**Fantasy**

Herausgegeben von Friedel Wahren

# Das Schwarze Auge

1. Band: Ulrich Kiesow, *Der Scharlatan* · 06/6001
2. Band: Uschi Zietsch, *Túan der Wanderer* · 06/6002
3. Band: Björn Jagnow, *Die Zeit der Gräber* · 06/6003
4. Band: Ina Kramer, *Die Löwin von Neetha* · 06/6004
5. Band: Ina Kramer, *Thalionmels Opfer* · 06/6005
6. Band: Pamela Rumpel, *Feuerodem* · 06/6006
7. Band: Christel Scheja, *Katzenspuren* · 06/6007
8. Band: Uschi Zietsch, *Der Drachenkönig* · 06/6008
9. Band: Ulrich Kiesow (Hrsg.), *Der Göttergleiche* · 06/6009
10. Band: Jörg Raddatz, *Die Legende von Assarbad* · 06/6010
11. Band: Karl-Heinz Witzko, *Treibgut* · 06/6011
12. Band: Bernhard Hennen, *Der Tanz der Rose* · 06/6012
13. Band: Bernhard Hennen, *Die Ränke des Raben* · 06/6013
14. Band: Bernhard Hennen, *Das Reich der Rache* · 06/6014
15. Band: Hans Joachim Alpers, *Hinter der eisernen Maske* · 06/6015
16. Band: Ina Kramer, *Im Farindelwald* · 06/6016
17. Band: Ina Kramer, *Die Suche* · 06/6017
18. Band: Ulrich Kiesow, *Die Gabe der Amazonen* · 06/6018
19. Band: Hans Joachim Alpers, *Flucht aus Ghurenia* · 06/6019
20. Band: Karl-Heinz Witzko, *Spuren im Schnee* · 06/6020
21. Band: Lena Falkenhagen, *Schlange und Schwert* · 06/6021
22. Band: Christian Jentzsch, *Der Spieler* · 06/6022
23. Band: Hans Joachim Alpers, *Das letzte Duell* · 06/6023
24. Band: Bernhard Hennen, *Das Gesicht am Fenster* · 06/6024
25. Band: Niels Gaul, *Steppenwind* · 06/6025
26. Band: Hadmar von Wieser, *Der Lichtvogel* · 06/6026
27. Band: Lena Falkenhagen, *Die Boroninsel* · 06/6027
28. Band: Barbara Büchner, *Aus dunkler Tiefe* · 06/6028
29. Band: Lena Falkenhagen, *Kinder der Nacht* · 06/6029
30. Band: Ina Kramer (Hrsg.), *Von Menschen und Monstern* · 06/6030
31. Band: Johan Kerk, *Heldenschwur* · 06/6031
32. Band: Gun-Britt Tödter, *Das letzte Lied* · 06/6032
33. Band: Barbara Büchner, *Das Galgenschloß* · 06/6033
34. Band: Karl-Heinz Witzko, *Tod eines Königs* · 06/6034 (in Vorb.)
35. Band: Hadmar von Wieser, *Der Schwertkönig* · 06/6035 (in Vorb.)
36. Band: Barbara Büchner, *Schatten aus dem Abgrund* · 06/6036 (in Vorb.)
37. Band: Barbara Büchner, *Seelenwanderer* · 06/6037 (in Vorb.)
38. Band: Hadmar von Wieser, *Der Dämonenmeister* · 06/6038 (in Vorb.)
39. Band: Christel Scheja, *Das magische Erbe* · 06/6039 (in Vorb.)
40. Band: Linda Budinger, *Der Geisterwolf* · 06/6040 (in Vorb.)

Das Schwarze Auge

BARBARA BÜCHNER

# DAS GALGENSCHLOSS

*Dreiunddreißigster Roman
aus der
aventurischen Spielewelt*

begründet von
ULRICH KIESOW

**Originalausgabe**

WILHELM HEYNE VERLAG
MÜNCHEN

HEYNE SCIENCE FICTION & FANTASY
Band 06/6033



*Umwelthinweis:*
Dieses Buch wurde auf
chlor- und säurefreiem Papier gedruckt.

Redaktion: Friedel Wahren

Printed in Germany 1998
Umschlagbild: Arndt Drechsler
Kartenentwurf (Seite 6/7): Ralf Hlawatsch
Umschlaggestaltung: Atelier Ingrid Schütz, München
Technische Betreuung: M. Spinola
Satz: Schaber Datentechnik, Wels
Druck und Bindung: Presse-Druck, Augsburg

ISBN 3-453-14025-7

*Libussa, du bist wie ein wildes Tier …*
*Du verdienst es nicht, die Luft Deres zu atmen oder das Licht Praios' zu sehen; du bist es nicht mehr wert, der menschlichen Rasse anzugehören. Du wirst von Dere verschwinden und nie wieder zurückkehren. Schatten werden dich umgeben, solange du lebst …*

Bannfluch des Inquisitors Savertin
gegen Baronin Libussa Ouvenskaja zu Brandthusen

Yeti-Land
Ifirns Ozean
Riva
Norburg
Bornland
Orkland
Festum
Thorwal
Lowangen
Baliho
Warunk
Beilunk
Nostria
Havena
Mittelreich

Meer der Sieben Winde
Fasar
Zorgan
Vinsalt
Kuslik
Khunchom
Mherwed
Liebl.
Feld
Khom
Thalusa
Tuzak
Maraskan
Zyklopen-
Inseln
Perlenmeer
Al´Anfa
Brabak
Altoum
Waldinseln
N
W
O
S
Aventurien
500 Meylen

# 1. Kapitel

Adelsmarschallin Thesia von Ilmenstein feierte eben in ihrem Stadtpalast ein Fest, als ein Bote gemeldet wurde. Ärgerlich über die Störung, herrschte sie den Eintretenden an: »Was überbringt Er mir? Will hoffen, etwas wirklich Wichtiges, daß Er mich nicht um einen Tand beim Feiern stört!« Ihre blauen Augen blitzten ärgerlich, und sie warf mit heftigem Schwung das blonde Lockenhaar zurück.

Der Bote antwortete auf den Knien. »Man sagte mir, es sei sehr wichtig, Euer Hoheit. Ich sollte es Euch augenblicklich übergeben. Ihr wüßtet Bescheid.«

»Schwatz Er nicht soviel! Her mit der Post … und dann warte Er draußen.«

Als der eingeschüchterte Bote verschwunden war, betrachtete sie nachdenklich, was er ihr gebracht hatte: einen Brief und ein kleines Kästchen aus Walnußholz. Sie wendete den Brief hin und her. »Sieh einer an, von Thimorn von Rodebrannt, diesem finsteren Schleicher …« Sie lächelte spöttisch, aber ihr Herz schlug schneller, als sie das Siegel des Briefes erbrach und die wenigen Zeilen überflog.

*Euer Hoheit,*
*Baronin Libussa verschied mit heutigem Tage, dem 15. Rondra. Sie starb in der Abenddämmerung, von allen verlassen. Dies sende ich Euch zum Beweis der Wahrheit.*

*Ich habe meine Tochter mit einer Kaleschka losgeschickt, den rechtmäßigen Erben abzuholen.*

*Mit größter Hochachtung* *Thimorn*

Thesia von Ilmenstein knüllte das Papier in der Hand zusammen. Dieser vorwitzige Finsterling! Hatte er nicht warten können, bis die Adelsmarschallin das alles auf ihre Weise regelte?

Dann griff sie neugierig nach dem Kästchen. Es hatte einen Schubdeckel, der an einem Ende durch Thimorns Siegel verschlossen war. Sie brach es auf und öffnete die Schachtel.

So kühn und kampferprobt sie war – sie mußte einen Laut des Widerwillens unterdrücken, als sie sah, was auf Eichenspäne gebettet darin lag. Eine Totenhand war es, säuberlich am Gelenk abgetrennt. Eine kleine, leichenblasse, schwammige Frauenhand. Die Fingernägel waren so lang, daß ihre Spitzen sich aufrollten. An einem der gedunsenen Finger steckte, tief ins Fleisch eingewachsen, ein kostbarer goldener Siegelring.

Thesia schloß den Deckel wieder. Dann siegelte sie es mit ihrem eigenen Sigill und rief nach einer vertrauten Zofe.

»Hier, Butte«, sagte sie, während sie ihr Kästchen und Brief übergab. »Bring das hier so schnell wie möglich zur Wahrerin der Ordnung, Baronin Nadjescha von Gulnitz. Du brauchst ihr nichts dazu sagen, sie wird Bescheid wissen.«

Der beginnende Efferdmond färbte die ersten Blätter in den Gartenanlagen des Klosters der Anconiten in Donnerbach. Zwei junge Männer nützten die Zeit zwischen dem Ende des Unterrichts und dem Abendessen für einen Spaziergang. Sie schlenderten ins Gespräch vertieft an den weißen Mauern entlang und genossen den warmen, fast noch sommerlichen Wind, der über sie hinwegstrich. Der kleinere der beiden war ein hübscher junger Mann mit langem, lockigem nußbraunem Haar, braunen Mandelaugen und sinnlichen Zügen. Er trug die übliche grüne Kutte der Magier, der tätowierte Stern in seiner Handfläche verriet, daß er sein Studium bereits abgeschlossen hatte.

»Ich sage dir, ich weiß nicht, wohin mit mir«, bemerkte er eben. »Ich habe nicht die geringste Lust, auf Vaters Gut zurückzukehren, und es liegt mir auch nicht, mich sofort wieder in der Studierstube zu begraben. Am liebsten möchte ich erst etwas von der Welt sehen, bevor ich mich weiterhin entscheide.«

»Warum auch nicht? Du hast Geld genug, Thezmar«, bemerkte sein Begleiter. Er überragte den Magier beinahe um einen Kopf – ein hochgewachsener junger Mann mit starken Knochen und viel Fleisch darauf, das sich allerdings recht angenehm auf seinem Körper verteilte, so daß er eher massig als fett wirkte. Sein schulterlanges Haar hatte die Farbe wie reifer Kürbis, seine kleinen Augen waren von einem durchdringenden Blaugrün. Sein Gesicht wirkte auf den ersten Blick bäurisch, aber das lebhafte Mienenspiel und das wiederholte Aufblitzen der hellen Augen gab ihm etwas Lebhaftes, fast Koboldhaftes. Er trug nicht die Tracht der Akademie, sondern die eines gewöhnlichen Bürgers der Stadt – ein bauschiges weißes Leinenhemd, Kniebundhosen und hohe Stiefel.

»Am Geld allein liegt es nicht, Mikail«, widersprach Thezmar. »Ich möchte etwas Sinnvolles tun, nicht einfach nur durch die Welt ziehen. Wie steht es übrigens mit dir? Du bist jetzt dreiundzwanzig Götterläufe alt, und noch immer gibt es keine Anzeichen, daß du die Akademie bald verläßt. Dabei studierst du nicht einmal Magie.«

Mikail zuckte die Achseln. »Ich muß warten«, sagte er. »Ich denke, wenn ich erst einmal erfahre, wer ich bin, werde ich mich leichter zurechtfinden. Im Augenblick lebe ich einfach so dahin, tue, was der alte Melcher mir befiehlt, und warte, was das Schicksal bringt.«

»Deine Ruhe möchte ich haben!« rief Thezmar. »Warum bedrängst du Melcher nicht? Sie müssen es dir doch einmal sagen. Jeder Mensch muß wissen, wer er ist. Du bist der einzige, der von sich selbst nicht mehr weiß, als daß er Mikail Ouvenske heißt. Was hältst du davon, wenn wir zusammen in die Welt ziehen und dein Geheimnis enträtseln?«

»Ich denke, sie werden es mir schon rechtzeitig sagen«, widersprach Mikail gelassen. »Und ich habe es gut hier; Melcher ist mir wie ein Vater, und auch die anderen Magier sind freundlich zu mir ... Weißt du, daß ich gestern für die Seelenkranken im Hospiz singen durfte? Melcher sagte, es habe ihnen gutgetan. Ich muß wohl eine sehr schöne Stimme haben.« Er warf dem Freund einen ratsuchenden Blick zu, als erwarte er dessen Bestätigung.

»Die hast du gewiß«, bekräftigte Thezmar. »Aber ich verstehe dich nicht, woher du diese Geduld nimmst! Seit zwanzig Götterläufen lebst du jetzt hier und wartest darauf, daß die Magier dir sagen, wer du bist. Vielleicht lassen sie dich warten, bis du ein alter Mann bist.«

Mikail lachte nur, und als gleich darauf der Gong zum Abendessen durch den Garten hallte, unterbrachen sie ihr Gespräch und eilten in die Speisehalle.

Mikail hatte eine Menge Pflichten dem greisen Magier gegenüber, der ihn erzog. Er mußte ihn bedienen wie ein Scholar. Seine letzte (und angenehmste) Pflicht kam am späten Abend, wenn er dem Zauberer ein Gläschen Meskinnes als Schlaftrunk einschenkte. Dann war Melcher oft in gesprächiger Stimmung und hörte auch gerne zu, wenn sein Zögling ihm etwas zu erzählen hatte.

Der Zauberer saß in seiner privaten Studierstube vor dem Feuer, denn abends erlosch die trügerische

Wärme des Tages, und kalte Nebel stiegen aus dem Neunaugensee und den Wäldern auf. Melcher war ein ehrwürdiger Greis mit langem, offenem grauweißen Haar und einem Bart, der sich in zwei Zipfel teilte. Auf seinen Stab gestützt, saß er da und betrachtete Mikail, der sich in der mit tausenderlei Zauberkram vollgestopften Stube zu schaffen machte.

»Du bist ein guter Junge«, sagte er unvermittelt. »Ich habe mich zwanzig Götterläufe lang gemüht, dich zu einem guten Jungen zu erziehen, und ich sehe, es ist mir gelungen. Du hast ein warmes Herz, und das wirst du in Zukunft mehr brauchen als Bücherwissen und Zaubersprüche.«

»Kennt Ihr denn meine Zukunft, gelehrter Herr?« fragte Mikail vorsichtig, wenn auch neugierig. Ganz so gelassen, wie er sich seinem Freund Thezmar gegenüber gegeben hatte, war er nämlich beileibe nicht. Manchmal drohte ihn die Neugier fast zu zerreißen, und nur der Respekt vor seinem Lehrer und Erzieher hielt ihn davon ab, aufdringliche Fragen zu stellen.

»Teils ja, teils nein«, erwiderte Melcher.

Mikail wagte einen vorsichtigen Vorstoß. »Ich weiß, Ihr habt mir geboten, mich zu gedulden … Aber es ist hart, so gar nichts von mir selbst zu wissen. Habe ich Eltern? Bin ich von Adligen oder von Leibeigenen geboren? Bin ich reich, bin ich arm? Habe ich Geschwister? All das geht mir oft durch den Kopf, und ich verzehre mich danach, eine Antwort zu finden.«

Melcher ergriff das Gläschen Meskinnes, das der Junge ihm auf einem Silbertablett reichte, und nahm einen nachdenklichen Schluck. »Nun«, sagte er, »vielleicht bist du alt genug, daß ich dir einige Fragen beantworten sollte. Aber nur, wenn du mich mit den Fragen, die ich dir nicht beantworte, in Ruhe läßt. Setz dich zu mir.«

Mikail überschlug sich fast vor Eile. Er war ein etwas tolpatschiger junger Mann, und in seinem Bemühen, möglichst rasch an die Seite des Magiers zu kommen, hätte er beinahe einen Bücherstapel umgestoßen. Heftig atmend vor Aufregung ließ er sich auf einem Schemel zu Füßen des Alten nieder. Der Feuerschein malte seltsame Muster auf sein Gesicht.

»Höre«, begann Melcher, »ich mußte seinerzeit versprechen, dich in Unkenntnis über deine Geschichte zu halten, und ich beschwor es ... aus Angst, sie hätten dich vielleicht sonst gar getötet.«

»Von wem sprecht Ihr?« unterbrach Mikail.

»Das ist eine der Fragen, die ich dir nicht beantworte. Du kamst also mit drei Götterläufen in meine Obhut, und im Einverständnis mit dem Kollegium der Akademie begann ich dich zu erziehen. Schade, daß du keinen Funken Magiebegabung hast, ich hätte gern einen Magier aus dir gemacht. Aber vielleicht ist deine Stimme ein so kostbares Geschenk, daß du keine weiteren Gaben der Götter bekommst. Ich erfuhr damals, daß du Mikail Ouvenske heißt, daß dein Vater ein bornländischer Baron und ein tapferer Schwertkämpfer war, der freilich jung im Kampf gegen einen Lindwurm in den Nordwalser Höhen fiel. Geschwister hast du nicht. Sobald deine Mutter stirbt, wirst du das Lehen erben.«

Mikail saß verdattert da, mit halboffenem Mund. »So bin ich also gar ein Baron!« sagte er. »Bei Hesinde, Herr Melcher, Ihr bereitet mir eine Überraschung! Ich dachte immer, ich sei ein Sohn linker Hand, den seine Familie verstoßen hat.«

»Nein, gewiß nicht, du entspringst einem Traviabund, und du bist der rechtmäßige Erbe des Lehens. Sobald die Nachricht vom Tode deiner Mutter eintrifft, wirst du volle Aufklärung über alles erhalten.«

»Dann lebt meine Mutter also noch?« fragte Mikail

bewegt. »Darf ich sie denn nicht besuchen? Was verbergt Ihr mir, Herr Melcher?«

»Du wirst sie lebendig oder tot nie zu Gesicht bekommen«, sagte der alte Mann streng. »Und jetzt denk daran, daß du versprochen hast, mich nicht mit Fragen zu bestürmen. Wenn du die Antworten eines Tages hast, wirst du vielleicht wünschen, du hättest weniger gefragt. Manchmal ist Nichtwissen eine Gnade.« Er erhob sich, wobei er sich mühsam auf seinen Stab stützte. »Hast du mein Bett abgedeckt? Und die heißen Ziegelsteine zum Wärmen hineingelegt? Du weißt, ich hasse diese feuchtkalten Nächte.«

Zur selben Zeit übergab eine Botin in Festum der Wahrerin der Ordnung, Baronin Nadjescha von Gulnitz, die Post, die Thesia von Ilmenstein ihr aufgetragen hatte. Frau von Gulnitz schickte sie mit einem Dankeswort weg und setzte sich dann an ihren mit Pergamenten überhäuften Arbeitstisch, um die Botschaft zu betrachten. Sie war eine drahtige kleine Frau in den späten Fünfzigern, mit den unruhig lauernden Bewegungen einer Katze. Ihr schwarzes Haar war so kurz geschnitten, daß es sich wie ein Käppchen um ihren Kopf schmiegte. An einem Samtband um den Hals trug sie einen Zwicker, den sie zum Lesen benötigte, aber auch um Angeschuldigten einen vernichtenden Blick zuzuwerfen.

Sie las den Brief Thimorns von Rodebrannts und öffnete vorsichtig das Kästchen. Feine Runzeln krausten ihre Nase, als sie die Totenhand sah. Dann zuckte sie die Achseln. Sie wußte Bescheid – jedem Wahrer der Ordnung standen ausgezeichnete Archive zu Verfügung –, aber die Sache lag nun schon unendlich lange zurück.

Nun, immerhin hatte sie die Ehre, die leidige Angelegenheit zu einem Abschluß zu bringen.

Sie stand auf, durchschritt ihr Arbeitszimmer und machte sich auf den Weg zu ihrem privaten Kabinett mit der Halsgerichtssammlung. Das war ein langer, hoher und düsterer Raum in ihrer stattlichen Residenz, in dem sich die Erinnerungen an alte und neue Inquisitionsprozesse stapelten. In den großen offenen Schränken an der Wand häuften sich Pergamentrollen und Faszikel, die Akten alter Prozesse. An den Wänden hing eine Anzahl Holzschnitte, die die Verbrennung berühmter Ketzer festhielten. Aber es gab mehr als nur Papier zu sehen: Mitten im Raum standen Vitrinen mit gläsernen Deckeln, und sie enthielten handgreiflichere Erinnerungsstücke. Da stand, mumifiziert, aber in natürlichen Farben erhalten, der Kopf eines Gerichteten, umrahmt von verschiedenen kleinen Torturwerkzeugen wie Daumenschrauben und Hexensticheln; dort lagen Erinnerungsstücke an gefährliche Delinquenten – geheime Nachrichten, verbotene Bücher und Artefakte. Ein beißender Staubgeruch breitete sich über alles.

Nadjescha von Gulnitz öffnete eine dieser Vitrinen und schob Handschellen und Henkersstricke beiseite, um Platz zu schaffen. Dann stellte sie das Kästchen mit der Totenhand hinein. Thimorn hat es klug gemacht, dachte sie, daß er die Hand auf Eichenspäne bettete. So war sie nicht verwest, sondern würde allmählich mumifizieren.

Sie schloß den Deckel und warf einen letzten Blick auf das schaurige Memento – dann sprang sie plötzlich zurück. Ihre Hand fuhr an die Kehle, und sie stieß einen keuchenden Schrei aus.

*Die Hand hatte sich bewegt.* Mit einer langsamen, ruckartigen Gebärde hatte sie den Zeigefinger gehoben und deutlich sichtbar auf Nadjescha gezeigt, ehe sie sich mit derselben hölzernen Gebärde wieder streckte und ruhig lag …

Einen Augenblick lang verschlug es Frau von Gulnitz den Atem. Aber sie war eine mutige und im Kampf mit dem Bösen gewappnete Frau und hatte Erfahrung im Umgang mit allerlei üblen Objekten. So griff sie blitzschnell in die Vitrine, schob den Deckel des Kästchens zu und hob es heraus. Drinnen kratzte und scharrte es, aber sie hielt es mit beiden Händen zu und trug es zurück in ihr Arbeitszimmer. Dort wickelte sie ein Band darum und siegelte es mit ihrem Amtssiegel, dem Greifen des Praios.

Dann rief sie einige Tempeldiener und befahl ihnen, in einem abgelegenen Hinterhof ein Feuer zu entzünden. Es sah seltsam aus, wie die Flammen fast durchsichtig in der Sonne gleißten und sprangen. Als es hell prasselte, beugte sie sich darüber und schob mit einer flinken Handbewegung das Kästchen mitten ins Feuer.

Nadjescha stand, immer noch laut atmend, daneben und sah zu, wie das Kästchen verbrannte. Ein paar Lidschläge lang lag der grausige Inhalt inmitten der prasselnden Flammen, dann brach das aufgeschichtete Holz ein, und die Hand verschwand. Eine Stunde später fuhr Nadjescha mit dem Feuerhaken in die glosenden Überreste und förderte außer dem goldenen Ring nur noch ein paar schwarzverbrannte Knöchelchen zutage.

Diesmal atmete sie tief und ruhig durch. Das Scheusal war weg. Aber das Erlebnis hatte ihr gezeigt, daß in dieser Baronie im Norden längst nicht alles so ruhig war, wie sie vor kurzem noch gehofft hatte. Vielleicht lohnte es sich sogar, einen Angehörigen des Ordens ›Bannstrahl des Praios‹ dorthin zu schicken.

Sie streckte sich und fuhr mit beiden Hände über ihr kurzgeschnittenes glattes Haar. Ja, es würde sich gewiß lohnen.

Sie eilte ins Haus, ergriff das Glöckchen auf ihrem Schreibtisch und läutete nach ihrem Sekretär.

»Haben wir zur Zeit einen guten Mann des Bannstrahl-Ordens in Festum?« fragte sie ihn, als er eintrat.

Der Mann verneigte sich. »Ja, Euer Hochgeboren – Curthan Arsteeger weilt zur Zeit in der Stadt; er sucht mit seinen Leuten nach den Borbaradianern, die mit der ›Königin von Festum‹ in die Stadt gekommen sein sollen. Wünscht Ihr, daß ich ihn rufe?«

Nadjescha von Gulnitz nickte.

Für gewöhnlich bestand Mikails Tagewerk darin, daß er seinen Meister in das Hospital neben der Akademie begleitete, in dem die heilkundigen Magier tätig waren. Es tat ihm leid, daß er die magischen Handgriffe nicht erlernen konnte, aber Melcher munterte ihn auf. »Du lernst hier mehr, als du denkst«, sagte er. »Ich beobachte dich, wie du die Krüppel und Keuchkranken ansiehst, wie du mit ihnen redest … Das Wichtigste, was du hier lernst, ist dies: Denk daran, daß sie Menschen wie du sind.«

Mikail verstand nicht ganz, wieso der alte Magier soviel Gewicht darauf legte, ihn Barmherzigkeit zu lehren. Er hatte ein robustes Gemüt, das der traurige Anblick der Kranken nicht schreckte, und von Natur aus ein mitfühlendes Herz. So fiel es ihm leicht, mit allen freundlich umzugehen; es erschien ihm selbstverständlich, die Kranken mit Achtung und Mitleid zu behandeln, lernte er doch nichts anderes von den Heilkundigen, die hier am Werk waren.

Abends kümmerte er sich um den Magier oder er ging, wenn er nicht gebraucht wurde, mit Thezmar ins Dampfbad, das sich in einem der Ecktürme der Akademie befand. Der große steinerne Raum, in dem ständig Dampf zischte und wallte, war ein beliebter Treffpunkt der Studiosi. Dort saßen sie auf hölzernen Bänken und Schemeln und erfrischten den Geist im Geplauder, während ihnen der Schweiß über den Rücken troff.

Thezmar war beinahe jeden Abend hier vorzufinden, aber besonderen Genuß bereitete ihm das Dampfbad, wenn Mikail dabei war. Dann griff er nach der Rute aus belaubten Zweigen, die zu diesem Zweck an der Wand hing, und peitschte den Jungen aufs kräftigste von den Schultern bis zu den Zehen durch. Mikail genoß die scharfen Schläge auf der vom Dampf erwärmten Haut, fühlte, wie die Hiebe alles Saure und Verdorbene aus seinem Körper trieben, so daß sein Blut frisch pulsierte und sein Blick klar wurde. So oft Thezmar nach der Rute griff, kniete er bereitwillig und erfreut nieder, um es dem Kleineren leicht zu machen. Es machte ihm nichts aus, daß sein Körper danach kreuz und quer von Striemen gezeichnet war – er fühlte sich gesund, und das war das Wichtigste.

Nach dem Dampfbad lagen sie, in grobe Laken gehüllt, nebeneinander auf den Pritschen im Ruheraum. Mikail nutzte die Gelegenheit, dem Freund zu erzählen, was Melcher ihm offenbart hatte. Thezmar wandte sich um und sah ihn aus großen staunenden Augen an. »Ein Baron! So sind wir also ebenbürtig! Wiewohl ich nicht viel auf deinen Stand gebe … Höre, sobald du dein Lehen hast, mußt du mich einladen, dich zu besuchen. Ich langweile mich hier zu Tode.«

»Es gibt soviel, das er mir nicht gesagt hat«, murmelte Mikail nachdenklich. »Ich darf ihn auch nichts mehr weiter fragen. Es ist ein seltsames Gefühl, so plötzlich ein Baron zu sein.«

»Ach, daran gewöhnst du dich rasch«, beruhigte ihn Thezmar. »Ich hoffe, es dauert nicht mehr endlos lange, bis du hier fortkannst.«

Es dauerte knapp vierzehn Tage. An einem strahlendhellen, aber schon etwas frischen Tag ließ Melcher mitten im Arbeitstag alles stehen und liegen und rief seinen Zögling zu sich. »Ich habe eine wichtige Nachricht für dich«, sagte er. »Hier, dieser Brief ist soeben gekommen.« Er wies ihm einen pergamentenen Umschlag. »Darin steht, daß deine Mutter gestorben ist und daß du dein Erbe antreten sollst.«

Mikail stand wie niedergeschmettert von dieser Nachricht da. »Aber«, stotterte er, »aber das heißt ja wohl, daß ich fortziehen muß ... fort von hier ... Und wo liegt dieses Erbe überhaupt?«

»Im Bornland, zwischen den Nordwalser Höhen und dem Totenmoor. Du brauchst dir keine Sorgen zu machen, wie du es findest; man hat jemanden geschickt, dich abzuholen. Komm, ich will dich der Dame vorstellen.«

Eine Dame! Auch das noch! Mikail kramte in allen Ecken seines Gedächtnisses, um seine guten Manieren zusammenzusuchen, während Melcher ihn in das Empfangszimmer der Professoren geleitete. Mikail hatte erwartet, eine Dame von majestätischem Aussehen vorzufinden, aber auf dem grünen Sofa saß eine hagere kleine Person, deren Haar ihn sofort in den Bann zog. Es war pechschwarz und stand vom Kopf ab wie Messergras, so daß er meinte, er könnte sich an den scharfen, struppigen Spitzen schneiden. Das Gesicht darunter war jedoch ein recht hübsches, wenn auch sehr blasses Gesicht mit grünen Katzenaugen und einem reizvoll geschwungenen Mund. Die Frau trug die Tracht der Ordensritter des Heiligen Golgari: eine schwarze Rüstung und den langen weißen Mantel, der mit dem Symbol des heiligen Raben bestickt war.

Melcher half seinem eingeschüchterten Schüler weiter. »Mikail«, sagte er, »das ist die Dame Thyrza von Rodebrannt, Vögtin deines Lehens. Sie ist gekommen, um dich heimzubegleiten.«

Mikail machte eine unbeholfene Verneigung. Plötzlich war ihm gar nicht mehr danach zumute, die Akademie zu verlassen. Er wünschte, diese seltsam aussehende junge Frau möge wieder gehen. Er wünschte, er wäre überhaupt kein Baron, sondern ein einfacher Scholar und könnte sein Leben damit verbringen, Melchers Folianten abzustauben und ihm seinen Schlaftrunk zu kredenzen.

Die Frau bemerkte seine Scheu und trat an ihn heran. Sie reichte ihm eine kleine, mädchenhafte, aber sehr kraftvolle Hand. »Willkommen, Euer Hochgeboren. Mein Vater Thimorn schickt mich, Euch sicher nach Hause zu geleiten. Eine Kaleschka und vier Reiter warten auf Euch.«

»Muß ich denn – sofort weg?« platzte Mikail erschrocken heraus. »Ich meine, ich muß … mich von Thezmar verabschieden und … von Euch, Meister … das kommt alles sehr überraschend.«

»Nein, darauf hast du seit zwanzig Götterläufen gewartet«, widersprach Melcher. »Lauf und verabschiede dich von Thezmar, aber dann mußt du fort.«

Beinahe in Panik stolperte Mikail durch die Gänge der Akademie. Er wollte nicht fort. Das war ja geradezu eine Entführung, was sich hier abspielte! Da kam diese Frau einfach an und verschleppte ihn weit ins Bornland, wo die Winter eisigkalt waren … und wie würde er sich ohne Thezmar fühlen?

Als er den Freund schließlich entdeckte, konnte er seine Tränen nicht mehr zurückdrängen. Aufschluchzend fiel er ihm um den Hals und stotterte alles hervor, was geschehen war. Dann schreckte er auf, denn Thezmar lachte.

»Mein guter Freund!« rief der Magus aus. »Darauf habe ich doch gewartet! Höre, ich werde dich begleiten. Wir reisen zusammen.«

Mikail trat einen Schritt zurück und starrte ihn aus tränenumflorten Augen an. »Das willst du wirklich tun? Mit mir ins Bornland reisen?«

»Gewiß doch. Laß mir nur Zeit, mein bißchen Kram zusammenzusuchen.« Damit war er auch schon verschwunden.

Mikail blickte ihm nach und wischte sich die nassen Augen. Plötzlich war ihm viel leichter ums Herz. Wenigstens den besten Freund mußte er nicht missen!

Als Mikail zurückkehrte, um sich nun auch von Melcher zu verabschieden, zog der alte Mann ihn beiseite. »Höre«, sagte er, »ich besitze nicht viel, das ich dir mitgeben könnte, aber zweierlei habe ich doch. Das eine ist dies hier.« Er reichte ihm einen schön gearbeiteten schulterhohen Kampfstab aus Ebenholz, mit silbernen Ringen beschlagen. »Du hast gelernt, dich damit zu verteidigen; möge er dich in Gefahren beschützen. Das zweite, was ich dir mitgebe, ist deine Stimme – sie ist lieblich, und es ist eine Kraft darin, die du selbst noch nicht kennst. Wenn du in Not bist, wird sie dir eine Hilfe sein … auf mancherlei Weise. Und nun laß uns einander rasch Lebewohl sagen, damit uns die Trennung nicht zu schmerzlich wird.« Dabei küßte er Mikail auf die Wange, und dieser erwiderte den Kuß.

Er fühlte sich schrecklich. Das Bornland erschien ihm als eine einzige Eis- und Nebelhölle; alle Geschichten, die er über die bitteren Winter und die hungrigen Wölfe gehört hatte, fielen ihm ein. Er wußte, daß er Geheimnisse erfahren würde, dunkle Geheimnisse, wenn er dorthin fuhr, und ihm graute davor.

Thezmar riß ihn aus seinen melancholischen Gedanken, indem er ihm auf die Schulter schlug. »Komm! Auf in die Welt! Vertrauen wir uns der schönen Dame an und reisen ins Unbekannte.«

Die Golgari-Ritterin antwortete mit einem halben Lächeln. Ihr dreieckiges Gesicht hatte etwas Schelmisches, das ab und zu auffunkelte, aber dann wieder schien sie ganz in die Düsternis ihres Ordens gehüllt. Mikail fragte sich, wie eine Ritterin des Heiligen Golgari dazu kam, sein Lehen zu verwalten. Hatte der Orden etwa Ansprüche an ihn? Er schob den Gedanken aber rasch wieder weg. Um das Lehen konnte er sich Sorgen machen, sobald er dort war. Jetzt lag eine lange und mühselige Reise vor ihnen.

Sie traten in den sonnigen Hof hinaus, und Thyrza von Rodebrannt wies auf zwei buntbemalte Kutschen, die dort standen. Beide waren mit je drei struppigen Pferdchen bespannt. Die erste Kutsche war sichtlich eine Reisekutsche, mit einem faltbaren Verdeck und einem hohen Kutschbock, die andere schien ein Versorgungsfuhrwerk zu sein. Mikail sah lange Zeltstangen unter der Plane hervorlugen. Nun, das würde notwendig sein, denn zwischen Donnerbach und Norburg gab es keine größeren Ansiedlungen.

Neben den Kutschen warteten zwei Männer und zwei Frauen auf ebenfalls rauhhaarigen Pferden, die er als Norbarden erkannte: Sie hatten alle rasierte Köpfe – die Männer mit mächtigen Schnauzbärten – und trugen sorgsam gefertigte Kleidung aus Samtleder mit Pelzbesatz. Jeder hatte einen prächtigen Reisemantel über der Schulter hängen, der auf der einen Seite in tarnenden Erdtönen gehalten war, auf der anderen aber farbenfroh leuchtende Ornamente aufwies. Alle waren mit Äxten und schweren Messern bewaffnet.

Sobald Mikail unter sie trat, verneigten sich die Norbarden, und die beiden Kutscher – kurzbeinige Männer mit zotteligem Haar, die buntbestickte Kittel und dicke Stiefel trugen – ließen sich auf ein Knie nieder und nahmen die Mützen ab. Als Mikail sich ihnen näherte, ergriffen sie seinen Ärmel und küßten den Saum.

»Nun beginnt also dein Leben als Baron«, sagte

Thezmar. »Komm, du mußt eine finstere Miene aufsetzen und die Leute streng anschauen, sonst gehorchen sie dir nicht.«

Mikail lachte verlegen, befreite seinen Ärmel aus dem Zugriff der Kutscher und stieg in die Reisekutsche. Plötzlich konnte er es nicht mehr erwarten, Donnerbach zu verlassen. So hart ihn der Abschied erst angekommen war, so begierig war er nun darauf, in die Ferne zu ziehen.

Thyrza bestieg ihr eigenes Pferd – einen Rappen, dessen Mähne mit silbernen Bändern durchflochten war –, und gleich darauf fuhr die Kaleschka los. Die Glöckchen am Zaumzeug der Pferde klingelten mit zartem, hellem Klang. Mikail warf einen letzten Blick zurück auf die Akademie und dachte daran, daß er morgens noch keine Ahnung gehabt hatte, was der Tag bringen würde. Heute nacht würde er nicht in seiner schmalen Kammer hinter der Studierstube schlafen, sondern in einem Zelt unter freiem Himmel. Und was danach kommen würde, das wußten nur die Götter.

# 2. Kapitel

Im hohen Heiligtum des Boron auf dem Rabenpaß, der die Gelbe Sichel durchschneidet, erhob sich früh im Morgengrauen der junge Geweihte Jagotin von seinem Lager. Er wusch sich mit kaltem Wasser den rasierten Kopf, Gesicht und Hände, dann schlüpfte er in seine einfache schwarze Kutte und die lammfellgefütterten Stiefel, die im kalten Bornland auch für einen Geweihten ein Muß waren. Sein Blick glitt über die spartanisch eingerichtete Zelle: Mauern aus dunklem Stein, ein schmales Lager aus Rotföhrenholz. Auf einem Brett standen die Dinge des täglichen Bedarfs: eine Öllampe, ein Eßnapf, ein Krug und ein Becher. Jagotin war ein Künstler, und so hatte er die Wände seiner Zelle mit Holzschnitten geziert, die Borons heilige Pflanzen darstellten: Ebenholzbaum, Boronweide und die tödlich berauschenden Blüten des Schwarzen Lotos.

Er trat an das kleine Fenster und blickte hinaus. Sein Blick wanderte über das einfache Steingebäude des wiederaufgebauten Tempels und die brandgeschwärzten Ruinen, die sich ein Stück entfernt am Hang hinaufzogen. Nach langen Jahren der Verlassenheit regte sich wieder borongefälliges Leben auf dem Rabenpaß. Eine Vision hatte den Tempelvorsteher Ilko Dagoneff dazu berufen, neben dem abgebrannten Heiligtum ein neues zu bauen, und mit nur sieben Geweihten hatte er es zustande gebracht, diese Aufgabe zu erfüllen.

Jagotin streckte sich, daß sein hagerer, sehniger Körper knackte. Er hätte jetzt Anrecht auf ein Frühstück gehabt, aber er wollte lieber fasten, bis er dem Vorsteher des Tempels seinen Traum erzählt hatte. Er wußte genau, daß es ein richtungsweisender Traum gewesen war. Jeder Boroni erkannte die bedeutsamen Träume sofort.

Wenig später schritt er einen steinernen Gang entlang, in den nur durch schmale Scharten das Morgenlicht hereinfiel, und betrat das teppichverkleidete Zimmer des Tempelvorstehers. Ilko Dagoneff saß auf seinem Meditationskissen und blickte ihm aufmerksam entgegen. Jagotin verneigte sich stumm.

»Du willst mir einen Traum erzählen?« fragte der Vorsteher. Er war ein Mann in fortgeschrittenen Jahren mit statuenhaften bleichen Zügen. Sein Schädel war rasiert, aber an seiner Kinnspitze sproß ein langer, spitz zulaufender blauschwarzer Bart, der ihm bis auf die Brust hinabhing.

»Ja, Euer Hochwürden. Ich bin sicher, daß er mir zur Warnung vor kommendem Ungemach gesandt wurde.«

»Dann berichte.« Ilko deutete auf ein weiteres kreisrundes Kissen.

Jagotin ließ sich nieder und begann zu erzählen. »In meinem Traum stand ich auf dem höchsten Punkt unseres Heiligtums und blickte hinunter. Es war um die Zeit der Dämmerung, und ich sah dort unten, zwischen den Nordwalser Höhen und dem Totenmoor, ein bösartig schillerndes Licht zucken. Es war so groß wie eine Wolke, die mehrere Dörfer bedeckt. Dann war ich plötzlich unter dieser Wolke, unter der es wie Gewitterlicht leuchtete. Ich schritt eine Straße entlang. Die Felder links und rechts stöhnten und brachen auf, und Särge sprangen hervor, als speie die Erde sie aus. Dann sah ich, daß mir ein Zug Leute auf der Straße entgegenkam, und ich trat beiseite und ließ sie passieren. Sie waren hager und verblichen, und in meinem Traum wußte ich, daß sie kein Spiegelbild und keinen Schatten hatten. Stumpf und wortlos trotteten sie an mir vorbei und verneigten sich alle vor einer Frau, die auf einem Stein saß. Erst als sie vorbeigezogen waren, blickte ich hin und sah, daß es eine sehr schöne Frau war, mit langem Haar und in ein kostbares rotes Gewand gehüllt. Aber von ihrem Gewand, das aus Menschenhaut gemacht war, tropfte Blut, und ich erkannte die Erzdämonin Belkelel ...«

Als er geendet hatte, sann der Tempelvorsteher eine Weile schweigend über den Traum nach, dann sagte er: »Die Bauern erzählen, daß die Dämonenpaktiererin auf Burg Brandthusen gestorben ist.«

»Das habe ich auch gehört«, nickte Jagotin. »Und ich fürchte, aus diesem Tod wird noch Böses kommen. Was sagt Ihr, hochwürdiger Herr? Soll einer von uns dort unten nach dem Rechten sehen?«

»Ich werde darüber nachdenken«, erwiderte Ilko Dagoneff. »Ich danke dir, daß du mir deinen Traum erzählt hast. Ich bin überzeugt, er ist wichtig. Geh zum Schreiber und sag ihm, er soll ihn in das Große Buch der Träume eintragen.«

Die Reisenden folgten zügig der Karrenstraße, die zum Roten Paß zwischen Salamandersteinen und Roter Sichel führte. Dann und wann passierten sie ein kleines, von wehrhaften Palisaden umgebenes Dorf – in der Gegend gab es immer wieder Überfälle durch Goblins, und die Dörfler mußten auf ihre eigene Kraft vertrauen, sie zurückzuschlagen. In jedem Dorf liefen den Kutschen bissig aussehende große Hunde nach, manche falb, manche schwarzweiß gefleckt. Sie kläfften sich heiser, während sie der Kutsche bis zum Dorfende folgten, wo sie allerdings auf der Stelle umkehrten.

Das Land war flach und grasig, hin und wieder

rückten Birkenwälder und lichter Laubwald bis an die Straße heran. Als die Sonne sank, wählten die Norbarden einen geeigneten Platz auf einer von Laubwald umgrenzten Wiese aus und stellten mit bewährter Geschicklichkeit die Zelte auf, eines für sich selbst und die Kutscher sowie ein mit bunten Bändern geschmücktes zweites für Thyrza, Mikail und Thezmar. Kaum standen die Zelte, machten sie ein Feuer, und dann kramten sie aus den Packen in dem Vorratskarren alles Nötige für ein Abendessen heraus. Einer von ihnen pflückte frische Kräuter, um die Suppe damit zu würzen.

Mikail schlenderte ein wenig am Waldrand entlang. Die sinkende Dämmerung überfiel ihn mit einem Gefühl der Einsamkeit und Nutzlosigkeit. Er fühlte sich heimatlos, schutzlos, obwohl die vier Norbarden grimmig genug aussahen, jeden Goblin das Fürchten zu lehren. Es waren auch gar nicht so sehr die Goblins, die ihn bedrückten. Es war der Gedanke, daß er wie ein irrender Stern zwischen zwei Welten stand: Eine lag wohl für immer hinter ihm, die andere lag fern und unbekannt vor ihm. Noch hing ein Teil seiner Gedanken und Gefühle an Donnerbach, aber ein anderer Teil streckte sich bereits bis in das ferne Land im Norden aus.

Er bemerkte eine leichte Bewegung an seiner Seite und hielt inne. Thyrza war ihm gefolgt und stand jetzt neben ihm. Das Licht der sinkenden Sonne spielte auf ihrer schwarzen Rüstung. »Ihr seid einsam, nicht wahr?« fragte sie, während sie ihn mit ihren feinen dünnen Fingern berührte.

»Ja«, gab er zu. »Ich werde abends leicht melancholisch. Es sieht so traurig aus, wenn alles plötzlich so grau und blaß wird, als wäre es verwunschen. Im Moment beneide ich jeden Bauersmann um seinen heimeligen Strohsack.«

»Ihr werdet Euch wohler fühlen, wenn wir in unserem Zelt liegen. Wir haben Matten aus Schafwolle dabei, die besser wärmen als jeder Strohsack. Und es wird nicht mehr lange dauern, da werdet Ihr ein Zuhause haben.«

Mikail zögerte, dann fragte er: »Wie ist es … das Zuhause, meine ich? Ist es eine richtige Burg oder …« Soviel wußte er von der Welt, daß eine Baronie nicht immer eine Burg bedeutete; es gab Barone, die in Blockhütten hausten.

Aber Thyrza sagte: »Ja, Brandthusen ist eine richtige Burg mit vier Türmen und einem Burggraben, in dem jetzt allerdings die Gänse schwimmen. Ihr müßt wissen, im Bornland ist alles ein wenig … nun, einfacher als anderswo. Das Land ist hart, und die Leute haben nicht viel Zeit und Kraft für Firlefanz. Aber Ihr werdet sehen, daß es sich dort leben läßt.«

Mikail merkte, daß sie etwas zurückhielt, und wollte danach fragen, aber sie berührte wiederum sanft seinen Arm und sagte: »Still, Euer Hochgeboren. Mein Vater wird Euch in allem Rede und Antwort stehen, sobald Ihr erst einmal in Brandthusen seid.«

Brandthusen hieß seine Burg also. Kein besonders prächtiger Name – kein Vergleich mit ›Burg Drachenhaupt‹ oder ›Schloß Ilmenstein‹. Wahrscheinlich ein verfallenes Gemäuer irgendwo in den tiefen Nadelwäldern der Nordwalser Höhen.

Er war noch ganz in Gedanken, als Thezmar nach ihm rief. »Komm, Mikail! Sie haben es tatsächlich fertiggebracht, eine köstliche Suppe zu kochen; du mußt unbedingt davon kosten!«

Wenig später saßen sie alle um das Feuer, während es zwischen den Stämmen des Waldes erst grau und dann schwarz wurde. Die Sterne erschienen, zuerst klein und blinzelnd, dann groß und kristallen. Mikail meinte, er müßte nur die Hand ausstrecken und könnte sie berühren. Er fühlte sich ein wenig wohler als zuvor. Das Feuer erleuchtete ihre Gesichter, und die Zelte warteten, mit warmen Matten ausgelegt, im Hintergrund.

Plötzlich kam ihm der Gedanke, daß Thyrza bei ihnen schlafen würde, und eine leise Röte stieg ihm in die Wangen. Was er von der Liebe wußte, hatte ihm Thezmar beigebracht. Was Mädchen betraf, so hatte er bislang nur die hochnäsigen und ständig in ihre Bücher vergrabenen Studentinnen der Akademie kennengelernt, die ihn kaum zur Kenntnis nahmen. Die Vorstellung, neben einer Frau zu liegen, und sei es auch voll bekleidet, beunruhigte ihn. Wenn er nun im Schlaf herumrollte und sie anstieß? Sicher würde ihr das unangenehm sein, und sie würde sich ärgern …

Er riß sich mit Gewalt von diesen beunruhigenden Gedanken los und lauschte dem Gespräch. Die vier Norbarden unterhielten sich in ihrer eigenen Sprache, die beiden Kutscher wagten angesichts der hohen Herrschaften nicht viel zu reden, so daß sich das Gespräch auf Thezmar und Thyrza beschränkte.

Thezmar sagte eben: »Ich dachte, im Bornland schneit es das ganze Jahr über.«

»Unsinn, keine Rede davon! Wir hatten sogar einen sehr heißen Sommer. Der Herbst ist immer wechselhaft, aber für gewöhnlich fängt es erst im Traviamond zu schneien an. Dann allerdings kann man sich nur noch hinter den Ofen verkriechen.« Sie lächelte. »Deshalb hat jedes Haus im Bornland, und sei es noch so arm, einen riesigen gemauerten Ofen. Die alten Leute liegen den ganzen Winter auf dem Ofen und kommen erst im Frühjahr wieder herunter. Im Winter geht kaum jemand außer Haus. Wenn es doch einmal nötig wird, sind die Leute bis zu den Ohren in Pelze und Schals gewickelt.«

»Und womit unterhält man sich?« fragte Thezmar. »Mir scheint, die Tage können einem lang werden.«

Thyrza lächelte in den Mundwinkeln. »Die Bauern machen Kinder, aber Ihr werdet Euch wohl selbst eine Unterhaltung suchen müssen. Ihr seid doch ein Magier – könnt Ihr uns nicht mit Zaubereien unterhalten?«

Thezmar seufzte. »Meine Zaubereien sind nicht sehr unterhaltsam. Sollte es Euch gefallen, ein Bein zu brechen oder mit dem Dumpfschädel das Bett zu hüten, so könnte ich Euch zu Diensten sein. Ich bin ein Magier der Heilkunde.«

»Es gibt viel zu heilen auf Brandthusen«, sagte Thyrza, aber sie sagte es wie zu sich selbst, und im nächsten Augenblick wandte sie sich schon wieder mit einer Frage an Thezmar.

Schließlich brannte das Feuer herunter. Das Madamal stand hoch am Himmel und warf einen silbrigen Schein in die Kronen der Bäume. Die beiden Kutscher schliefen bereits in ihrem Zelt, und auch die Norbarden waren bis auf einen verschwunden, der Wache hielt. Mikail warf einen letzten Blick auf den mächtigen kahlköpfigen Mann, der auf seine Axt gestützt zwischen den Zelten saß, dann kroch er ins Innere. Er hörte Thezmar sagen: »Eure Berufung in allen Ehren, Dame Thyrza, aber Ihr werdet doch gewiß nicht in dieser Rüstung schlafen.«

Thyrza schüttelte lächelnd den Kopf. Wenig später kam sie in ihrem schwarzen Untergewand – langen Beinlingen und einem engen Leibchen – ins Zelt geschlüpft und zog die Teile ihrer Rüstung hinter sich her. Sie verstaute alles vorsichtig zu ihren Füßen, dann zog sie die Decke über die Schultern. »Schlaft wohl, Gefährten«, sagte sie und war augenblicklich eingeschlafen.

»Mich macht das unruhig, daß sie da ist«, bekannte Mikail mit gedämpfter Stimme. »Ich bin Frauen überhaupt nicht gewöhnt.«

»Du wirst dich schon daran gewöhnen. Weißt du nicht, daß du als Baron jede deiner Mägde haben kannst, die dir gefällt? Du brauchst dir nur eine auszusuchen.«

Mikail schüttelte fast gereizt den Kopf. »Mir würde das keinen Spaß machen. Ich möchte eine, die mich mag. Liebt, wenn du willst.«

»Es wird auch genug Frauen geben, denen du gefällst, hübsch, wie du bist«, erwiderte Thezmar. »Sieh dich doch an! Du bist ein prächtiger Bursche, stark wie ein junger Bär, und für bornländische Mägde bist du noch allemal schön genug. Nein, laß dich nicht ärgern, du siehst wirklich gut aus. Dein Haar fühlt sich an wie Flachs, und du hast weiße Zähne, das gefällt den Mädchen.«

Mikail hörte das gern. Seine Unruhe legte sich ein wenig, vor allem weil Thezmar zwischen ihm und der Frau lag. Thezmar stieß niemanden im Schlaf an. Er war geschmeidig wie ein Otter, und es widerfuhr ihm nie, daß er etwas aus der Hand fallen ließ oder umstieß – was Mikail durchaus geschehen konnte.

»Laß mich an deinen Rücken legen«, bat er leise. »Und laß uns schlafen.«

Die nächsten Reisetage verliefen einer wie der andere. Tagsüber trotteten die Pferde durch die eintönige Landschaft, abends wurden die Zelte aufgeschlagen, und es wurde gekocht. Dann aber änderte sich das Land, die Straße wurde steiler, der Laubwald machte dichtem Nadelwald Platz. Immer höher stieg die Straße an, dem Roten Paß entgegen. Die Felswände rückten zu beiden Seiten zusammen, und bald zwängten sie sich durch eine Schlucht, auf deren Grund ein

Wildbach brauste. Es dauerte nicht lange, da mußten alle absteigen, um die Pferde am Zügel zu führen und die Kaleschkas über den schlüpfrigen Pfad zu schieben. Kaum hatten sie die Paßhöhe erreicht, begannen die Schwierigkeiten von neuem, denn jetzt führte der Weg steil bergab, und sie mußten sich gegen die Kutschen stemmen, um sie zurückzuhalten. Drei Tage lang hatten sie mit dem Gebirge zu kämpfen, ehe der Weg allmählich flacher wurde und sie wieder reiten und fahren konnten.

Dafür öffnete sich jetzt die Grüne Ebene vor ihnen – eine endlose Weite, von kurzem rauhen Gras bewachsen, in dem nur die Karrenspuren den Weg wiesen. Mikail hatte bald den Eindruck, daß sie verhext waren und auf der Stelle traten. So weit sie auch fuhren, das Land blieb immer gleich flach, der Horizont immer gleich fern. Acht Tage lang bot sich ihnen kein anderer Anblick als Steppe und Himmel. Das seltsame Land bedrückte die Reisenden, alle, sogar Thezmar, waren schweigsam und mißmutig. Mikail hatte mit dem Gefühl zu kämpfen, daß er beobachtet wurde – bald glaubte er sogar, der Himmel selbst blicke ihn an.

Er erzählte Thezmar davon, und der junge Magus sagte: »Ich habe eher Angst, daß Sumpfrantzen mich anstarren. Diese Bestien kommen nämlich in grasigen Ebenen vor, und sie sind schnell wie Affen und ausnehmend blutrünstig.«

Tatsächlich hielt noch am selben Tag der Norbarde, der ihnen vorausritt, plötzlich sein Pferd an. Seine schmalen Augen zogen sich noch weiter zusammen, er hob die flache Hand an die Stirn und spähte angestrengt über das Grasmeer. Thyrza trieb ihr Pferd an seine Seite, und er sagte, während er mit ausgestreckter Hand deutete: »Roschje melzik.«

»Was sagt er?« fragte Thezmar, der den unheilvollen Ton in der Stimme des Mannes erfaßt hatte.

Thyrza seufzte. »Er meint, es gebe hier Sumpfrantzen, ganz in der Nähe. Ich hoffe, daß sie es nicht wagen, uns anzugreifen, aber ich bin nicht sicher. Haltet eure Waffen bereit.«

Mikail spürte, wie es ihm den Magen zusammenzog. Er hatte von diesen affenähnlichen Ungeheuern gehört, deren scheußliches Aussehen an einen Niederen Dämon gemahnt. Ihre langen Arme waren so geschickt wie die eines Menschen, und mit ihrem fürchterlichen Gebiß bissen sie mühelos einen Menschenknochen durch.

Sie fuhren weiter, während die Norbarden und Thyrza aufmerksam Ausschau nach den Bestien hielten. Mikail umklammerte seinen Kampfstab aus Ebenholz. Er wünschte, es wäre ein Zauberstab, wie Thezmar einen trug.

Einer der Norbarden stieß einen lauten Alarmruf aus und wies nach vorn. Dort kam in langen Sätzen einer der Grasaffen angestürmt, wobei er die Beine weit von sich streckte. In einiger Entfernung blieb er sitzen, wühlte wie in Raserei verfallen mit den Pfoten in der Erde herum und schleuderte große Erdbrocken gegen die Reisenden. Er zielte erstaunlich gut; Thyrza konnte einen Erdklumpen gerade noch mit dem eisenumhüllten Arm abwehren, und einer der Kutscher wurde so hart getroffen, daß er die Hand auf die schmerzende Stelle preßte und nach Luft japste.

Gleichzeitig eilte noch ein gutes weiteres Dutzend Tiere herbei. Wie das erste begannen sie mit allem zu werfen, was ihnen unter die Finger kam, Erdbrocken, Zweiglein, Steinen. Dazu brüllten und kreischten sie, daß einem angst und bange werden konnte. Plötzlich sammelten sie sich alle und stürmten mit beängstigender Geschwindigkeit auf die Reisenden zu, offenkundig entschlossen, sich auf sie zu stürzen und ihnen die Zähne in die Kehle zu schlagen.

Thezmar sprang mit einem Schrei hoch. Er wartete nicht ab, ob es ein Scheinangriff war, mit dem die Tiere sie nur erschrecken wollten, oder blutiger Ernst. Er hob die Hand zur Schulter, rief eine Formel und deutete ruckartig mit Mittel- und Zeigefinger auf die heranpreschenden Sumpfrantzen. Ein Feuerstrahl schoß aus seinen Fingern und verwandelte das erste der mörderischen Ungeheuer in eine springende Fackel.

Chaos brach aus. Zwei der Norbardenpferde gingen in Panik durch, die drei Pferde der Kaleschka wieherten und trampelten wie wahnsinnig im Gespann, und ehe der Kutscher eingreifen konnte, war die Kutsche umgekippt. Mikail fand sich mit zerschundenen Knien und Ellbogen auf dem Boden wieder. Ein Stück entfernt lag Thezmar, ebenso zerschunden.

Die überlebenden Sumpfrantzen ergriffen die Flucht.

Es dauerte seine Zeit, bis die kleine Reisegesellschaft sich von den Auswirkungen des *Ignifaxius Flammenstrahl* erholt hatte, bis alle Pferde zurückgekehrt waren und sich soweit beruhigt hatten, daß die Reise weitergehen konnte. Thyrza fuhr sich mit gespreizten Fingern durch das struppig aufstehende Haar. »Allen Respekt vor Eurer Zauberkunst, gelehrter Herr«, sagte sie. »Ich hoffe nur, Ihr macht so etwas nicht allzuoft. Mein Pferd zittert jetzt noch vor Schrecken.«

»Nun, die Sumpfrantzen sind weg, oder?« gab Thezmar zurück. Er stand neben der Kutsche, die sie mit vieler Mühe wieder aufgestellt hatten, und rieb sich Knie und Ellbogen. Dann kletterte er etwas steifbeinig in das Gefährt zurück. »Laßt uns weiterfahren, bevor sie wiederkommen.«

In den darauffolgenden Tagen hatten die Reisenden noch ein weiteres unerfreuliches Erlebnis. Sie hatten eben ihr Lager in der weiten Steppe aufgeschlagen und sich am Feuer zusammengesetzt, als plötzlich ein

Schatten im Madalicht auftauchte. Mikail hatte gerade noch Zeit, um zu erkennen, daß es ein anmutiger großer Vogel mit gut acht Spann breiten Flügeln war, da sauste das Tier auch schon aus der Höhe herab und fuhr Thezmar flügelschlagend ins Gesicht. Der Magier schrie auf, als ihm die scharfen Krallen das Fleisch ritzten, und fiel hintenüber. Sofort hackte der Vogel wie rasend auf ihn los, wobei er besonders auf die Augen zielte.

Mikail wußte kaum, was er tat. Er griff nach seinem Ebenholzstab und schlug mit voller Kraft zu. Ob er nun gut gezielt oder ob das Glück seinen Schlag gelenkt hatte – er traf den Vogel quer über den Rücken, und im nächsten Augenblick zappelte ein verendendes Bündel schwarzer Federn im Gras. Thyrza trat hinzu und tötete das Tier mit ihrem Dolch.

Thezmar erhob sich mühsam. Seine Augen waren groß und starr vor Schrecken. Blutige Spuren zeichneten sein Gesicht von der Wange bis zum Hals. Sein Haar war zerrauft, und er atmete in schweren, zitternden Stößen.

Thyrza wendete den toten Vogel mit der Fußspitze um. Es war ein pechschwarzes Tier mit großen runden Augen. Der scharfgekrümmte Schnabel war blutig. »Ein Nachtwind«, sagte sie. »Deshalb hat er sich auf Euch gestürzt – diese Wesen greifen alle magiebegabten Personen an. Niemand weiß, warum, aber so ist es. Laßt mich sehen, wie schlimm er Euch verletzt hat.«

Sie wies einen der Norbarden an, einen Topf Wasser zu erwärmen, dann wusch sie Thezmar sanft das Gesicht. »Ihr habt doch gewiß etwas da, um die Wunden zu versorgen?« fragte sie. »Ich sah Euch mit einem großen Apothekenkoffer die Kaleschka besteigen.«

Thezmar nickte. Er hatte seine Kiste mitgebracht, in der auf rotem Samt die verschiedensten Tinkturen in Fächern und Schlaufen geordnet lagen. Jetzt reichte er

Thyrza ein Stück hellen Alaunstein, und sie bestrich mit dem blutstillenden Mittel die Wunden. »Ich hoffe, Ihr behaltet keine Narben zurück«, sagte sie. »Es wäre schade um Euer schönes Gesicht.«

Aber die Wunden heilten im Lauf der nächsten Tage, ohne daß ihm Narben zurückblieben.

Nach Tagen begannen endlich Wälder am Horizont aufzutauchen, und wenig später zogen sie zwischen den bewaldeten Hügeln einher, zwischen denen Norburg liegt.

Mikail hatte sich darauf gefreut, wieder eine Stadt zu sehen, aber er bekam von Norburg nichts weiter zu sehen als die Schlafkammer einer Herberge. Sie kamen spät an und hatten Glück, daß man sie noch durch die Stadttore ließ. Schon im Halbdunkel erreichten sie einen Gasthof und gingen nach einem raschen Abendessen zu Bett. Am Morgen hielten sie sich gerade lang genug auf, bis die Norbarden frische Vorräte eingekauft hatten.

»Von jetzt an«, erklärte Thyrza, »fahren wir immerzu durch Wald.« Das stimmte, und bald fand Mikail den Wald ebenso hassenswert wie die grüne Steppe. Tagaus, tagein standen dieselben schweigenden Mauern riesiger traschbärtiger Tannen zu beiden Seiten der Straße. Wenn Mikail schlafen ging, galt sein letzter Blick den Bäumen, und wenn er aufwachte, sah er als erstes Bäume. Allmählich verzweifelte er an dem Gedanken, den Rest seines Lebens von Bäumen umzingelt zu verbringen, aber Thyrza tröstete ihn.

»Zu Brandthusen gehört zwar viel Wald, aber das Land, das sich dort zum Totenmoor senkt, ist offener als hier.«

»Zwischen Sumpf und Urwald gefangen, wie herrlich!« mischte Thezmar sich spottend ein.

»So schlimm ist es nicht. Zu Eurem Besitz gehören

ein paar hübsche Hügel und Senken, und auch das Moor hat seine Schönheiten, solange man es mit Respekt behandelt. Mein Vater und ich haben das Land lieben gelernt.«

Mikail unterdrückte wieder eine der Fragen, die Thyrza erfahrungsgemäß nicht beantworten würde. Sooft er versucht hatte, in sie zu dringen, hatte sie ihn an ihren Vater verwiesen: Thimorn würde ihm alles aufs beste erklären und keine Frage offenlassen.

Sie folgten eine Zeitlang in nordöstlicher Richtung dem Oberlauf des Born, der dort aus der Gelben Sichel entspringt, dann bogen sie nach Osten ab. Ihr Weg führte sie entlang der bewaldeten Felswände der Nordwalser Höhen, die sich im Osten unmittelbar an die Sichel anschlossen.

»Seid wachsam«, mahnte sie Thyrza. »In diesem Wald gibt es Räuber.«

Es dauerte nicht lange, bis sie sich selbst davon überzeugen konnten. Die kleine Reisegruppe zog eben friedlich auf der Straße dahin, als plötzlich mit lautem Schrei ein Mann zwischen den Bäumen hervorsprang. Seine Kleider waren geschmacklos grellbunt, so daß er beinahe wie ein Schelm aussah; er trug einen großen, mit Hahnenfedern verzierten schwarzen Hut auf dem Kopf und ein langes Hiebmesser in der Hand. Im nächsten Augenblick ertönte der gleiche Schrei von hinten, und hinter dem Wagen tauchten drei ähnlich verwegen gekleidete Männer auf. Immer mehr Räuber stürzten zwischen den Baumstämmen aus dem Dunkel hervor, bis gut zehn Mann Reiter und Kutsche umstellt hatten, und den Kutschern nichts anderes übrigblieb, als die Pferde anzuhalten.

Der Mann mit dem Federhut war offenkundig der Hauptmann. Er trat an Thyrza heran, machte eine tiefe höhnische Verbeugung und redete sie an, »Einen schönen guten Tag auch, edle Frau! Ich sehe, Ihr habt vornehme Passagiere im Wagen; die beiden sind wohl ein fettes Lösegeld wert. Gebt sie uns heraus, dann sollt Ihr mit dem Leben davonkommen. Andernfalls ...« Er schwang sein schweres Hiebmesser mit unmißverständlicher Geste durch die Luft.

Thyrza wollte hitzig antworten, aber Thezmar sagte: »Schon gut, Dame Thyrza. Wir sind in der Minderzahl. Wir gehen freiwillig mit diesen Herren.«

Mikail wollte protestieren, aber dann sah er das koboldhafte Lächeln auf dem Gesicht seines Freundes und begriff, daß Thezmar etwas im Schilde führte. Der Magier erhob sich, als wolle er aus der Kaleschka steigen, fuhr blitzartig herum, streckte seinen Stab gegen die Räuber aus und murmelte einen Spruch.

Augenblicklich veränderte sich das Verhalten der Wegelagerer. Einer ließ sein Schwert fallen, die anderen tappten herum, als wären ihnen die Glieder schwer wie Blei geworden. Manche konnten sich kaum aufrichten, andere versuchten vergeblich, mit gelähmten Händen die Waffen zu heben.

Das Lächeln verschwand aus Thezmars Gesicht. »Auf sie!« rief er. »Den Hauptmann fangt lebendig!«

Die Norbarden und Thyrza preschten augenblicklich vor, Mikail sprang, den Kampfstab in der Hand, vom Wagen. Im Augenblick waren die Räuber zu keiner Gegenwehr imstande, aber Mikail wußte, daß solche Zauber nicht ewig andauerten und die Männer rasch ihre Kräfte wiederfinden würden. So schlug er mit aller Kraft zu, drehte und wendete den schwarzen Stock mit den Silberreifen und mähte drei oder vier der Taumelnden nieder.

Die Norbarden schlugen mit ihren Äxten und Messern drein, und bald lagen fünf der zehn Raubgesellen tot auf der Straße. Thyrza hatte sich mittlerweile auf den Hauptmann gestürzt und ihn niedergeschlagen, und während er noch benommen am Boden lag, band sie ihm die Hände auf den Rücken. Der Schurke fluchte und strampelte und schrie seine Genossen an, sie sollten ihm helfen, aber die hatten genug mit sich selbst zu tun. Die vier, die mit dem Leben davongekommen waren, flohen verwundet und verstört in den Schutz des Waldes. Mikail stand mit hocherhobenem Kampfstab da und merkte, daß es keine Gegner mehr gab.

»Was wollt Ihr mit ihm anstellen, gelehrter Herr?« fragte Thyrza mit einem Blick auf den Räuberhauptmann, der sich zeternd und fluchend im Straßenstaub wälzte.

»Ihn aufhängen, wie es ihm gebührt«, erklärte Thezmar. »Ihr habt doch gewiß einen Strick dabei.«

Das hatten sie, und so zerrten zwei der Norbarden den vor Wut und Todesangst geifernden Räuberhauptmann auf einen dürren Baum zu, der einen mächtigen, kahlen Ast von sich streckte. Sie warfen ihm die Schlinge über und ohne ein weiteres Wort hängten sie sich mit aller Kraft daran und zogen den Mann hoch. Sein Gesicht verzerrte sich und lief blaurot an, seine Beine schlegelten wild hin und her, bis zwei andere Norbarden sie packten und sich daranhängten. Dann erstarrte sein Gesicht plötzlich, die Zungenspitze schob sich über die Unterlippe, und die Augen verdrehten sich nach oben. Die Beine beendeten ihren wilden Tanz.

»Laßt ihn hängen«, sagte Thezmar. »Das wird seinesgleichen eine Warnung sein.«

Sie zerrten die Erschlagenen von der Straße und legten sie zuhauf am Waldrand nieder, dann zogen sie weiter.

Mikail warf einen letzten Blick zurück und sah den Leichnam des Räuberhauptmanns wie eine gespenstische bunte Puppe im Geäst hängen. Dann machte die Straße eine Biegung, und der Anblick verschwand.

Thyrza lenkte ihren Rappen neben die Kaleschka und wandte sich an Thezmar. »Ihr habt meine Norbarden sehr beeindruckt«, sagte sie lächelnd. »Sie reden in ihrer Sprache über Euch und loben Euch sehr. Ich dachte, Ihr versteht Euch nur auf die Heilkunde.«

»Gewisse Zauber gehören zur Allgemeinbildung«, erwiderte Thezmar. »Ich bin froh, daß ich Euch behilflich sein konnte.«

Schließlich gelangten sie ans Ende des Waldes. Nur noch im Norden, gegen die Berge zu, wuchsen die bärtigen Baumriesen, im Süden dagegen öffnete sich das Land und wurde zu einer grasigen Weite. Bald stellte Mikail fest, daß die Wiesen neben der Straße sumpfig und sauer waren.

»Wir nähern uns dem Totenmoor«, erklärte Thyrza. »Jetzt sind wir bald am Ende unserer Reise angekommen.«

Thezmar seufzte. »Ich wage es kaum zu glauben. Ich fürchtete schon, bei unserer Ankunft in Brandthusen so steinalt zu sein, daß mir die Glieder zu Staub zerfallen wären.«

Alle empfanden jedoch das Moor als Erleichterung nach den endlosen finsteren Wäldern. Im Sonnenschein bot es einen trügerisch lieblichen Anblick: Erlen und Birken raschelten mit ihren silbrigen Blättern im Wind, die Sonne glänzte auf kleinen Tümpeln und Hügeln, auf denen die Herbstblumen blühten. Sie zogen auf einem Knüppelpfad am Nordrand des Moores entlang, damit es ihnen nicht gefährlich werden konnte.

Und dann, eines Tages, waren sie da.

Thyrza hielt ihr Pferd am Straßenrand an und wies auf einen Grenzstein, der weiß am Straßenrand leuchtete. »Hier beginnt Euer Land, Euer Hochgeboren«, sagte sie. »Von diesem Straßenrand an gehören jeder Fußbreit Boden, jeder Mann, jede Frau und jedes Kind Euch.«

Mikail stützte den Arm auf den Rahmen der Kaleschka und blickte sich nachdenklich um. Das Land war hügelig, auf vielen der kleinen Erhebungen waren abgeerntete Felder zu sehen. Dann tauchte das erste Dorf auf: ein Häufchen buntbemalter Holzhäuser, die kunterbunt um einen Teich standen. Die Leute eilten herbei, als sie die Räder und das Hufgetrappel hörten, und dann fielen sie plötzlich alle zu Boden, rissen die Mützen vom Kopf und verbeugten sich beinahe bis in den Straßenstaub.

Dasselbe geschah im nächsten Dorf. Mikail fühlte sich ein wenig unbehaglich, als alle ihn so ehrfürchtig begrüßten, aber das Land zog ihn in seinen Bann. Es gefiel ihm hier.

Plötzlich hielt Thyrza wiederum an. »Eure Burg«, sagte sie mit leiser Stimme. Ihre Hand wies geradeaus auf einen niedrigen, nur von Buschwerk bewachsenen Hügel.

Mikail starrte angespannt hinüber. Er sah ein plumpes, trutziges Gemäuer, von vier wehrhaften Türmen umgeben.

Und auf jedem dieser Türme war ein Galgen errichtet.

# 3. Kapitel

Burg Brandthusen war ein einfaches Gebäude – ein langes und breites Haupthaus mit zwei kurzen Seitenflügeln. An den Ecken erhoben sich die vier Türme mit runden Dächern und hohen, schmalen Fensterschlitzen. Ein Burggraben umgab die Anlage, aber man sah ihm an, daß er schon lange nicht mehr genutzt wurde. Teils war er zugeschüttet, teils noch voll Wasser, auf dem Wasserpfeffer, Tausendblatt und Laichkraut schwammen und Gänse in feierlicher Haltung dahinpaddelten. Zum Burgtor führte eine Zugbrücke, die schon Jahrzehnte lang nicht mehr aufgezogen worden war, so verrostet waren die gewaltigen Ketten. Auch das Fallgitter über dem Burgtor war eingerostet. Nur das Tor selbst, aus beschnitzter Eiche gefertigt und mit breiten Eisenbändern beschlagen, hielt unwillkommene Gäste fern.

Immer noch verstört von dem bedrohlichen Anblick, kletterte Mikail im Burghof aus der Kaleschka. Im selben Augenblick trat aus einer Tür ein Mann, der ohne weiteres als Thyrzas Vater zu erkennen war: Er hatte dieselbe schlanke Gestalt, dasselbe schwarze Messergras-Haar und trug wie sie den Mantel der Golgariten, darunter allerdings keine Rüstung, sondern eine einfache schwarze Kutte.

»Willkommen daheim, Euer Hochgeboren«, wandte er sich an Mikail. »Ich bin Thimorn von Rodebrannt, der Vogt dieser Burg. Und willkommen, gelehrter Herr.« Das galt Thezmar, der sich blinzelnd nach allen Seiten umsah.

Thimorn streckte Mikail die Hand entgegen – eine knochige blasse Hand – und lächelte ihn an. »Ihr müßt todmüde sein, Euer Hochgeboren, nach dieser endlosen Reise. Kommt ins Haus, hier findet Ihr Wasser zum Waschen, und ein kleiner Imbiß wird soeben vorbereitet. Folgt mir.«

Mikail, der ihm verwirrt nachstolperte, fand sich in einem kühlen, offenbar uralten Gemäuer wieder. Die Mauern waren so dick, daß durch die Luken in den Wänden kaum ein Lichtstrahl hereinfiel. Sie schritten einen langen Gang entlang, von dem zu beiden Seiten reichbeschnitzte dunkle Türen abgingen, und stiegen eine sehr enge Wendeltreppe hinauf. Mikail fand sich in einem großen runden Raum wieder, in dessen Wände zwei hohe Fenster eingelassen waren. Ein Bett stand darin, groß und breit, mit einem phantastisch beschnitzten Betthaupt und einem halben Dutzend goldgestickter bunter Decken, die eine über der anderen lagen. Ansonsten gab es nur wenige Möbel: zwei uralte, mit zerschundenem Leder gepolsterte Armsessel, ein paar Truhen und Schränkchen, einen Arbeitstisch mit einem steiflehnigen Stuhl an einem der Fenster, einen blankpolierten Metallspiegel an der Wand. Eine ganze Ecke des Raums nahm ein gewaltiger gemauerter Ofen ein, dessen Wände mit bunten Kacheln verziert waren. Neben dem Fenster stand ein altmodisches Spielzeug – ein hölzernes Karussell, etwa einen Schritt hoch. Mikail drehte neugierig die kleine Kurbel, und sofort ertönte eine Leierkastenmelodie, während die Pferdchen im Kreis zu laufen anfingen.

»Dies ist das Herrschaftsgemach, Euer Hochgeboren. Zu Lebzeiten Eures Herrn Vaters war das sein Gemach. Deshalb nennen wir diesen Turm auch den Herrenturm.« Thimorn machte eine großzügige Geste, die den ganzen Raum umfaßte. »Euren gelehrten Begleiter werden wir einen Stock tiefer unterbringen. Ich hoffe, Ihr seid zufrieden damit.«

Mikail sah sich um und fand, daß das Herrschaftsgemach mehr als bescheiden wirkte. Er mußte an die Empfangsräume der Akademie denken, in denen es von Elfenbein, Glas und Halbedelsteinen nur so funkelte. Aber natürlich, dies war das Bornland. Wie hatte Thyrza gesagt? *Im Bornland ist alles ein wenig einfacher.* Dennoch, gegen Meister Melchers Schlafkammer nahm sich das Zimmer immer noch recht eindrucksvoll aus, und Mikail gab sich zufrieden damit.

»Wenn Ihr jetzt in die Badestube kommen wollt …«

Das kam Mikail sehr gelegen, denn der Schmutz der Reise überkrustete ihn förmlich. Thimorn führte ihn die Treppe hinunter und durch einen weiteren Gang in einen niedriggewölbten Raum, der offenbar genau neben der Küche lag. Darin stand ein großer Badezuber, halbvoll mit warmem Wasser. Eine Bürste lag daneben. Zwei Kerzen brannten in Leuchtern auf dem Boden und erhellten den Raum mit ihrem unruhigen schwachen Licht.

Thimorn zog sich zurück, und Mikail schlüpfte erleichtert aus den schmutzstarren Kleidern. Während er in den Zuber stieg, fragte er sich, ob seine ›guten Kleider‹, die er mitgenommen hatte, für einen Baron wohl angemessen seien. Nun, er würde es herausfinden. Ob es hier überhaupt einen Schneider gab?

Als er eben nach der Bürste greifen wollte, wurde die Tür geöffnet, und ein junges Mädchen in einem langen Kleid trat ein. Sie war sehr hübsch, obwohl ihr das schwarzbraune Haar in wirren Strähnen auf die Schultern hing. Ihre Augen waren dunkel und samtig, und sie hatte einen großen, vollen, kirschroten Mund. Auf der Schwelle knickste sie tief und fing dann ohne weitere Vorbereitungen an, Mikail zu waschen.

Er saß wie erstarrt in seinem Zuber und wußte nicht,

ob er diesen Dienst beglückt aufnehmen oder zurückweisen sollte. Für die Magd war die Angelegenheit offenbar selbstverständlich, sie griff rüstig zu, schrubbte ihm den Rücken, wusch ihm das Gesicht mit einem Linnentuch und tauchte dann die halben Arme ins Wasser. Mikail fühlte, wie sie energisch nach seinem Gemächt griff und es säuberte. Im nächsten Augenblick – noch bevor er sich von dem Schrecken erholt hatte – war sie schon munter dabei, ihm die Beine zu bürsten. Nicht einmal seine Haare entgingen ihr. Sie rieb ihm den Kopf mit Holzasche ein, arbeitete sein Haar kräftig durch und spülte es mit einem Topf Wasser ab.

Dann half sie ihm aus dem Zuber, bedeutete ihm, auf einem Hocker Platz zu nehmen, der auf einem Holzrost stand, und übergoß ihn mit einigen Kannen frischen warmen Wassers. Zwei derbe Badetücher kamen zum Vorschein, und Mikail wurde vorn und hinten abgetrocknet. Sie reichte ihm bereits eine grobe weißleinene Badekutte, als er sich endlich soweit gefangen hatte, daß er sie fragte: »Wie heißt du?«

»Zidonje, zu Diensten, Euer Hochgeboren.«

Zidonje also. Ein schönes Mädchen. Er war erleichtert, daß er vor Verblüffung nicht stärker auf ihre Schönheit reagiert hatte; es wäre ihm peinlich gewesen.

Dann fiel ihm auf, daß ihr Gesicht einen angestrengten Ausdruck trug. So unbefangen sie mit ihm umgegangen war – jetzt schien es ihm, daß sie Angst vor ihm hatte. Sie hatte die Arme um die nackten Schultern geschlungen und die vollen Lippen fest zusammengepreßt.

»Es ist gut«, sagte er. »Du kannst gehen.«

Aber Zidonje lief ihm diensteifrig nach, als er in sein Zimmer hinaufstieg. Wie sie ihn gewaschen hatte, so kleidete sie ihn jetzt an. Er kam kaum dazu, einen

Handgriff selbst zu tun. Als er angezogen war, kämmte und bürstete sie ihm das rotblonde Haar. Dann endlich trat sie zurück und machte neuerdings einen Knicks.

Wieder fiel ihm der angstvolle Ausdruck auf ihrem Gesicht auf.

»Gut«, wiederholte er. »Du kannst gehen.«

Diesmal ging sie wirklich.

Mikail fühlte sich ordentlich durcheinander. Einerseits war die ganze Prozedur sehr angenehm gewesen, andererseits fragte er sich, ob dieses Mädchen jetzt am Ende immer da sein würde, um ihn an- und auszuziehen wie ein kleines Kind. Wenn sie noch oft an ihm herumfingerte, könnte er sich nicht mehr beherrschen.

Kopfschüttelnd trat er auf die steinerne Treppe hinaus und stieg ins Untergeschoß hinunter. Dort, hatte Thimorn ihm gesagt, wartete sein Imbiß auf ihn. Auf den freute er sich bereits; vor allem hoffte er, wieder einmal etwas anderes zwischen die Zähne zu kriegen als Dörrfleisch, Zwieback und Äpfel.

Er wurde nicht enttäuscht. Als er die große Halle betrat, in der Thimorn ihn erwartete, fand er einen langen schwarzen Tisch mit allerlei erfreulichen Kleinigkeiten gedeckt: mit kaltem Huhn und Wildkräutersalat, Schwarzbrot, Beeren, einer Milchspeise und mehreren Krügen Bier. Als er kostete, merkte er, daß es Sauerbrotbier war – nicht eben das Beste, aber gegen den Durst reichte es.

Er nickte Thimorn zu und sah sich dann rasch in der Halle um. Sie diente offenkundig als Repräsentationsraum des Hauses. An den steinernen Wänden hingen Wappen und bunte Tapisserien, der Boden war mit einem kostbaren Teppich bedeckt, der allerdings sehr abgetreten war. In der Mitte waren die roten Blumen auf graugoldenem Grund kaum noch zu erkennen. Rund um die Halle zog sich eine Spielmannsgalerie, von der Teppiche herabhingen. Es war ein feierlicher, aber höchst ungemütlicher Raum.

Es war, als könne Thimorn Gedanken lesen, denn er sagte: »Ich wollte Euch mit aller Feierlichkeit willkommen heißen. Für gewöhnlich benutzen wir einen kleineren Raum im ersten Stock, in dem es heimeliger ist.«

Mikail nickte und schlug eben die Zähne ins kalte Huhn, als Thezmar auftauchte – frisch gebadet und in seinen besten Kleidern. Thezmar hatte viel von dem Geld, das ihm sein reicher Vater zukommen ließ, für Kleider ausgegeben, so daß er nun in einem silberbestickten Wams aus schwarzem Samtleder daherkam, die Beine in schwarzen Pluderhosen und weißen Strümpfen. Seine Füße steckten in weichen Wildlederstiefeln. Offenkundig hatte er vor, hier eher den Herrn herauszukehren als den Magier. Er nahm Platz und fragte Thimorn: »Ist das hier Brauch, daß man von den niedlichsten Nymphen gebadet wird?«

»Von Nymphen weiß ich nichts«, antwortete Thimorn mit einem halben Lächeln, »aber die Mägde sind dazu da, Euch zu bedienen. Habe ich eine gute Wahl getroffen? Wenn Ihr unzufrieden seid, sucht Euch nur nach Belieben eine andere aus. Wir haben noch viele Mädchen im Dorf.«

»Nein, ich bin vollauf zufrieden«, erwiderte Thezmar. »Und du, Mikail? Wie steht es mit dir?«

Mikail blickte nachdenklich auf. Er sagte: »Ich hatte den Eindruck, daß das Mädchen Angst vor mir hat.« Er blickte geradewegs in Thimorns grüne Katzenaugen. »Hatte sie Angst vor mir?«

»Ja, ich denke schon«, erwiderte der Vogt. »Doch jetzt eßt, was Euer Herz begehrt. Wenn es Euch genehm ist, wollen wir uns danach zusammensetzen und ein wenig reden.«

Mikail nickte unbehaglich. Wieder stellte er sich die Frage: Wie kam ein Golgari-Ritter dazu, Vogt seines Hauses zu sein? Sein Blick glitt über Thimorns düstere Erscheinung. Der Mann schien tüchtig zu sein, aber wie kam er überhaupt hierher?

Wenig später saßen sie sich in Thimorns Wohnung im Wappenturm gegenüber, die tatsächlich gemütlicher war als die Halle. Der übliche ausladende Kachelofen, ein schmales Bett und ein mit Papieren bedeckter großer Schreibtisch standen darin. An der Wand zwischen den beiden Fenstern war ein behelfsmäßiger Boron-Schrein aufgebaut, groß wie ein Schrank; darin stand eine einfache schwarzbemalte Figur des Totengottes zwischen zwei Schädeln, deren weißgebleichte Stirn mit Blumen und Ornamenten bemalt war. Weihrauchkörnchen lagen in einer schwarz angelaufenen Messingschale. Die beiden Fächer waren mit den frischen Zweigen der Boronweide geschmückt.

»Wir wagten nicht, ohne Zustimmung des Lehensherrn einen Tempel zu bauen«, entschuldigte sich Thimorn, »so mußten wir mit diesem kleinen Schrein vorliebnehmen, obwohl wir uns sehr nach einem Tempel sehnten ... Aber nehmt Platz. Wir haben einiges zu bereden.«

Thezmar hatte sich unauffällig entschuldigt, so daß Mikail und der Vogt allein miteinander waren.

Mikail nahm allen Mut zusammen. »Ich denke, Ihr habt mir einiges zu erklären«, sagte er. »Wie kommt es, daß meine Burg unter einem Schandzeichen steht? Wie kommt es, daß ein Ritter des Golgari mein Gut verwaltet? Und was war ...«

Thimorn unterbrach ihn mit einer sanften Handbewegung. Obwohl es draußen noch hell war, war es in der Stube bereits so dämmrig, daß er zwei Kerzen in eisernen Leuchtern entzündete. Erst holte er aus einem Schränkchen eine Flasche Meskinnes und stellte sie auf den Tisch, dann machte er sich an einer kostbar aus Silber gefertigten Apparatur zu schaffen, die auf einem Beistelltischchen stand. Unten war das Ding mit glühenden Holzkohlen gefüllt, oben mit Wasser, aber was es bewerkstelligen sollte, war Mikail unklar.

»Das ist ein Gerät, das Tee zubereitet«, erklärte Thimorn auf seine Frage. »An Tee müßt Ihr Euch gewöhnen, wir trinken ihn hier tagein, tagaus. Ihr werdet sehen, er tut Euch gut, er stärkt die Nerven, macht den Kopf klar und vertreibt düstere Gedanken. Am besten schmeckt er natürlich mit einem Schuß Meskinnes.«

Mikail betrachtete neugierig das Gerät, bis Thimorn einen der Aufsätze heraushob und ihm einen Becher voll dunklen Tees einschenkte. Er goß einen Schuß Meskinnes dazu, und als er das Getränk an die Lippen hob, stellte er fest, daß es tatsächlich ganz ausgezeichnet schmeckte.

Nachdem auch der Vogt sich seinen Tee gemischt hatte, fragte Mikail rundheraus: »Nun? Was hat es mit diesem Geheimnis auf sich?«

»Das ist eine lange Geschichte«, begann Thimorn vorsichtig. »Eine lange Geschichte und eine Geschichte, die ich Euch lieber nicht erzählt hätte. Aber so muß es denn sein. Habt ihr irgendwelche Erinnerung an Brandthusen?«

»Nein, nicht im geringsten«, erwiderte Mikail. »Das einzige, woran ich mich erinnere, ist meine Kindheit in der Akademie in Donnerbach. Ich wurde dort von einem alten Magier erzogen.«

»Hat er Euch nichts berichtet?«

»Nur wenig. Daß mein Vater im Kampf mit einem Lindwurm fiel und daß ich meine Mutter niemals sehen dürfe, weder tot noch lebendig. Er verriet mir aber nicht, warum.«

»Eure Mutter war verflucht«, erwiderte der Vogt leise. »Sie hatte einen Pakt mit der grausamen Belkelel geschlossen, und ihre prächtigen Kleider waren so rot von Blut wie das Gewand aus Menschenhaut, das die Erzdämonin trägt.«

# 4. Kapitel

Er beugte sich vor und sagte: »Ich werde Euch die Geschichte erzählen, wie ich sie erlebt habe. Vor zwanzig Jahren wurde ich von meinen Ordensoberen hierher geschickt. Ich fand die Burg in heller Aufregung. Ein Praios-Inquisitor mit seinem Troß war hier, ebenso ein Abgesandter des damaligen Adelsmarschalls. Alles lief durcheinander, und es dauerte Tage, bis ich Aufklärung erhielt.

Der Abgesandte des Adelsmarschalls berichtete mir, die Burgherrin sei wegen vielfacher Morde verurteilt worden: Mehr als zwanzig Mädchen und junge Frauen aus dem Dorf seien im Lauf der Jahre verschwunden, und ihre gräßlich gemeuchelten Leiber habe man bei einer Hausdurchsuchung in einem großen Grab – man nennt es heute den Jungfernhügel – im hinteren Burghof gefunden. Als nun der Inquisitor kam, löste sich der Bann der Furcht, der auf den Dörflern lag, und sie erzählten ihm mancherlei: daß die Baronin zuweilen Mädchen aus dem Dorf für eine Nacht zu sich genommen und am Morgen jämmerlich zerkratzt und von Nadeln zerstochen wieder heimgeschickt habe. Auch habe sie nach rahjagefälligen Mädchen in Norburg geschickt, die wohl kamen, die man aber nie wieder gehen sah. Sie war im ganzen Umkreis so gefürchtet, daß kein Mädchen bei ihr Magd sein wollte. Aber was blieb ihnen übrig?

Der Meister des Bannstrahls – ein Mann namens Savertin – befragte die Baronin, und sie gestand frei und offen alles ein. ›Da ich eine Frau von Stand bin‹, sagte sie stolz, ›kann ich mit den Niedrigen tun, was ich will.‹ Nun, daraufhin verfluchte er sie, von der Welt zu verschwinden und ewig von Schatten umgeben zu leben …

Savertin selbst erzählte mir damals die Geschichte, und dann führte er mich in den Ostturm, den man früher den Schönen Turm genannt hatte. Wir gingen eine Stiege hinauf und einen sehr langen Flur entlang, der vom Haupthaus zum Turm führte. Am Ende dieses Flurs befand sich eine zugemauerte Tür, mit einem einzigen Schlitz knapp über dem Boden, durch den man Essen hineinreichen konnte. ›Ich habe die Baronin verurteilt, in ihrem eigenen Schlafgemach eingemauert zu werden‹, sagte er zu mir. ›Eure Aufgabe wird es sein, über dieses Urteil zu wachen.‹

Die Mägde erzählten mir nachher, Savertin habe alle Fenster und Türen des Schlafgemachs zumauern lassen, so daß die Verurteilte tatsächlich ›in ewigen Schatten‹ lebte. Nun verstand ich. Keiner der Praiosritter wollte sich herablassen, in diesem Totenschloß Wache zu halten; so übergaben sie die Aufgabe uns, die den Tod und die Dunkelheit nicht fürchten. Savertin ließ die vier Galgen auf den Türmen des Schlosses errichten, zum Zeichen, daß Gerechtigkeit geschehen sei; dann zog er ab, und ich blieb allein mit den Dienern zurück. Wenig später kam mir dann meine Tochter zu Hilfe. Seither haben wir uns bemüht, dieses Gut so getreulich wie möglich zu verwalten, bis ein Erbe es übernehmen kann. Und nun seid Ihr hier.«

Mikail saß wie erstarrt vor Grauen auf seinem Stuhl. Er war auf allerlei gefaßt gewesen, aber nicht darauf. Mit schwerer Zunge murmelte er: »Meine Mutter … eine Mörderin?«

»Eine wahre Tochter Belkelels. Man sagt, sie habe auch bei ihren gelegentlichen Reisen nach Festum

Mädchen zu Tode gequält, doch wurde nicht weiter nachgeforscht, da das Urteil bereits feststand.«

Mikail griff nach dem Meskinnes und setzte die Flasche an den Mund. Nach einem kräftigen Schluck sagte er: »Deshalb hatte sie also Angst vor mir … dieses Mädchen … Zidonje. Und die anderen Dörfler haben auch Angst vor mir.«

»Es liegt an Euch, gnädiger Herr, diese Angst zu zerstreuen«, erwiderte Thimorn. »Wenn Ihr ein guter Lehnsherr seid – und ich glaube, das werdet Ihr sein –, dann werden die Leute auch ihre Angst verlieren. Aber jetzt, das muß ich zugeben, sind sie sehr verstört. Ihr seid nun einmal Eurer Mutter Sohn.«

»Ja, das bin ich.« Mikail fuhr sich mit der flachen Hand übers Gesicht. Ihm war kalt, und seine Knie fühlten sich so weich an, daß er nicht aufzustehen gewagt hätte. »Bei den Göttern, ich habe nicht erwartet, etwas so Grauenhaftes zu hören … wollt Ihr wirklich behaupten, daß sie noch zwanzig Götterläufe lang lebte?«

»Ja. Sie starb am fünften Rondra dieses Jahres. Sie war dreiundfünfzig Jahre alt.«

Mikail saß lange da, das Gesicht in den gefalteten Händen verborgen. Dann raffte er sich auf und warf sein langes kürbisfarbenes Haar zurück. »Habt Ihr nie daran gedacht«, fragte er leise, »sie freizulassen?«

Thimorn schüttelte entschieden den Kopf. »Bei Golgaris Schwingen, nein! Das Urteil war gesprochen – und es war ein gerechtes Urteil. Thyrzas und meine Aufgabe war es, darüber zu wachen, daß es vollstreckt wurde.«

»Aber wie konntet Ihr so leben, mit diesem Grauen im Haus?«

»Boron gibt seinen Dienern Kraft«, erwiderte Thimorn gelassen. Dann fuhr er fort: »Ich sah Euch damals … Der Abgesandte des Adelsmarschalls trug einen kleinen Jungen mit rotblondem Haar weg. Es gab Streit Euretwegen, die Meister des Bannstrahls wollten Euch mitnehmen und in eine Tempelschule der Praios-Kirche stecken, aber der Abgesandte des Adelsmarschalls war dagegen, und so wurdet Ihr nach Donnerbach zu den Magiern gebracht.« Damit stand Thimorn auf, trat zu einem mit Holzmosaik verzierten Schränkchen und holte eine bauchige kleine Flasche heraus. Eine bräunliche Flüssigkeit schwappte darin hin und her. »Hier«, sagte er, »nehmt ein paar Schluck davon, und Bishdariel wird Euch süße Träume senden. Ich will nicht, daß Ihr die ganze Nacht über schrecklichen Erinnerungen brütet.«

Mikail nahm die Flasche, dankte ihm und verließ mit zitternden Knien das Zimmer.

Er suchte augenblicklich Thezmar auf, der ein Gemach im Herrenturm bewohnte, einen Stock tiefer als Mikail selbst. Der Magier erschrak, als er Mikails aschfarbenes Gesicht und die eingefallenen Züge sah.

»Bei Hesinde, was ist dir widerfahren?« rief er aus, faßte den Freund am Arm und führte ihn zu einem lederbespannten Stuhl. »Hier, setz dich. Warte, ich werde gleich in meiner Apotheke nachsehen, um etwas Stärkendes zu finden.« Er kramte in dem großen Lederkoffer herum. Schließlich reichte er Mikail eine Flasche. »Da, trink. Das gibt deinem Herzen Mut.«

Mikail trank gehorsam. Die Flüssigkeit schmeckte ölig, aber er spürte rasch, wie sein rasender Herzschlag nachließ und die Schwäche aus den Gliedern schwand. Erleichtert lehnte er sich in den Stuhl zurück.

»Ich habe Grauenhaftes erfahren, Thezmar«, sagte er, während er das Fläschchen zurückgab. »Ich kann es selbst noch nicht fassen. Höre, was der Vogt mir erzählte.«

Thezmar lauschte aufmerksam. Als Mikail am Ende

der Geschichte angelangt war, sagte er leise: »Das muß grausam hart für dich sein. Du kanntest sie nicht einmal, und trotzdem trägst du ihr Erbe. Es wird lange dauern, bis die Leute hier wieder Zutrauen fassen.« Er trat hinter Mikail, schlang die Arme um ihn und rieb die Wange zärtlich an seinem Haar. »Aber es wird dir gelingen.«

»Ich ertrage es nicht, in einem Haus zu wohnen, in dem so schreckliche Dinge geschehen sind«, klagte Mikail.

»Doch, du wirst es ertragen.« Thezmar streichelte ihm liebevoll Arme und Brust. »Wir beide zusammen werden es schaffen. Komm jetzt, geh schlafen! Du bist ermüdet von der Reise und allem Neuen, das auf dich einstürmt. Morgen wollen wir die Sache bei Sonnenschein bedenken, da sieht vieles nur halb so schlimm aus.«

Schließlich ließ sich Mikail überreden und stieg die Treppe hinauf in sein eigenes Gemach. Er zündete keine Kerze an, sondern setzte sich an eines der weit geöffneten Fenster und ließ den Blick über das hügelige Land schweifen. Das also hatte er geerbt – diese Hügel mit ihren Kartoffeläckern, ein Stück Wald, einen Teil des großen Moors und an die fünfhundert Leibeigene, die ihn fürchteten und haßten!

Er zog das hölzerne Karussell auf und sah zu, wie die Pferdchen liefen und das bunte Pagodendach sich in einem Wirbel von Farben und Mustern drehte. Der Leierkasten spielte eine klingelnde dünne Melodie.

Als die Musik verklungen war, merkte Mikail, wie still es im Hause war – anscheinend ging man hier sehr früh schlafen –, und die Dunkelheit in der Stube drückte ihm aufs Gemüt. Er holte Thimorns Fläschchen heraus und trank ein paar Schluck. Vielleicht ließ sich Bishdariel von dem Trank besänftigen und schenkte ihm schöne Träume.

Dann ging es ihm durch den Kopf, daß er jetzt die Macht hatte, das Mädchen Zidonje hereinzurufen und ihr zu befehlen, sich in sein Bett zu legen. Bei dem Gedanken wurde sein Gemächt hart, und er drückte die Faust darauf, als könne er die Erregung zurückdrängen. Dann dachte er an den verängstigten Ausdruck auf ihrem Gesicht, und seine Lust verebbte. Nein, es würde ihm kein Vergnügen machen, sich mit einem Mädchen der Wollust hinzugeben, das ihn fürchtete. Er wollte geliebt werden – so wie Thezmar ihn liebte.

Dann lächelte er mitten in seinen schweren Gedanken. Thezmar würde über kurz oder lang der Schwarm aller Mägde im Hause sein. Mit seinen nußbraunen langen Locken, seinen Mandelaugen und dem kußfreudigen vollen Mund war er auf der Akademie der Liebling aller Studentinnen gewesen. Er hatte auch schon mit Mädchen geschlafen – und Mikail hinterher davon erzählt, der mit brennenden Wangen und prickelnden Levthansäpfeln zuhörte. Vor Thezmar würden sie keine Angst haben, andernfalls würde seine bezaubernde Art sie rasch zerstreuen. Glücklicher Thezmar, auf dem kein ererbter Fluch lastete!

Mikail straffte die Schultern. Eine Welle der Entschlossenheit durchströmte ihn. Er würde diesen Fluch nicht einfach hinnehmen. Morgen schon wollte er die Galgen auf den Zinnen abbrechen lassen. Brandthusen sollte nicht länger ein Totenschloß sein. Das Urteil war vollstreckt, die Verurteilte tot; es wurde Zeit, etwas Neues zu beginnen.

Ermutigt schlüpfte er aus den Kleidern und kroch ins Bett. Die vielen Decken erdrückten ihn fast, und er mußte gut die Hälfte davon zurückschlagen, um überhaupt schlafen zu können. Durch die offenen Fenster wehte kühler Nachtwind herein; auch wenn tagsüber die Sonne schien, so waren die Efferdnächte im Bornland doch bereits kalt. Mikail rekelte sich in den Kissen und blickte durchs Fenster hinaus auf den Nachthimmel. Einzelne Sterne glühten auf dunklem Kobalt.

Mikail schlief ein. Ganz konnte Thimorns Fläschchen die Alpträume doch nicht vertreiben, denn er träumte, daß er einen schier endlos langen Flur entlangging, auf eine Tür zu, die sich halb hinter einem schweren grünen Brokatvorhang verbarg. Aus einem waagrechten Schlitz knapp über dem Boden leuchtete ein schwaches violettes Licht hervor, das ihn magisch anzog. Schließlich hatte er die Tür erreicht, und wie unter einem Bann kniete er nieder und schob die Hand durch den Schlitz. Er fühlte gerade noch, wie seine Hand von einer anderen Hand gepackt wurde, dann wachte er auf.

Mit klopfendem Herzen saß er im Bett. Die Nacht war weit fortgeschritten. Er sah das Madamal, das die Form des Kelchs hatte und inmitten eines dunstigen Schimmers über den Feldern schwebte. Ein Tier schrie, heiser und durchdringend. Mikail legte sich wieder hin und wartete, daß sein Herz zu pochen aufhörte. Die Hand, die er im Traum in den Schlitz gesteckt hatte, fühlte sich kalt an. Vielleicht hatte er im Schlaf darauf gelegen, und das hatte seinen Traum ausgelöst.

Plötzlich fiel ihm ein seltsamer Schatten an einem der Fenster auf. Es sah aus, als liege ein großes Knäuel Wolle dort auf dem Fensterbrett, von dem Strähnen herabhingen. Das Knäuel bewegte sich, und die Strähnen zuckten, als lebten sie. Es wurde größer und größer, bis es so groß wie der Kopf eines Mannes war. Mikail hatte den Eindruck, daß ihn aus dem schwarzen Ball heraus rotfunkelnde Augen anblickten, facettenreich wie die einer Spinne.

»Hesinde schütze mich!« rief er laut aus. »Was ist das?«

Da fiel das Knäuel vom Fensterbrett und verschwand in der Nacht draußen.

Mikail war nicht sicher, ob er nicht kurz eingeschlafen war und von neuem geträumt hatte. Er griff zu Thimorns Flasche und trank ein paar Schluck, und diesmal half der Trank. Er träumte den Rest der Nacht von Zidonje, so eindringlich, daß er am Morgen in einem klebrigfeuchten Hemd aufwachte.

An diesem Abend saß einer der alten Diener des Hauses allein in seiner Kammer. Sein Name war Valpo. Früher war er einer der Leibdiener der Baronin gewesen, aber nach ihrem Sturz hatte er froh sein müssen, daß er der Praios-Inquisition durch die Finger gerutscht war und im Haus bleiben durfte. Jetzt war er ein mißgünstiger alter Mann, bleich und mit unordentlich gelocktem weißen Haar. Er saß am Fenster und betrachtete die Sterne, die draußen in den Himmel kletterten, und die dünnen Rauchfäden, die aus Brandthusens Küchen und Kaminen aufstiegen.

Plötzlich sprach ihn wie aus dem Nichts eine liebliche Stimme an: »Valpo, mein Getreuer, willst du mich nicht hineinbitten?«

Der Mann schreckte auf. Er kannte die Stimme. Hastig stand er auf und beugte sich aus dem Fenster, sah aber nichts als ein glitzerndes dünnes Gespinst, das in der Abendämmerung tanzte wie losgerissene Spinnweben.

»Bitte mich hinein«, wiederholte die Stimme. »Du weißt doch, wer ich bin, nicht wahr?«

Gewiß wußte er das. Sein Herz pochte so heftig, daß er meinte, es werde ihm zum Mund hinausspringen. Vor vielen Jahren war er leidenschaftlich und hoffnungslos in sie verliebt gewesen – ein Diener in seine Herrin. Sie hatte mit seiner Liebe getändelt und gescherzt, bis das Unglück hereinbrach, die langen dunklen Jahre, in denen er genug damit zu tun gehabt hatte, für seine eigene Sicherheit zu sorgen.

Die Stimme vor dem Fenster flüsterte: »Ich habe eine angenehme Gestalt, Valpo. Willst du mich sehen? Dann fordere mich auf, einzutreten.«

Er wußte, daß sie eine Vampirin war, wußte, daß sie das Haus nicht betreten konnte, wenn nicht jemand sie dazu aufforderte. Er wußte, daß sie Schrecken über das Schloß bringen würde. Aber die alte Gier glühte in ihm auf, sein längst erschlafftes Gemächt richtete sich noch einmal in jugendlicher Leidenschaft auf. Mit einer Stimme, die beinahe erstarb, flüsterte er: »Kommt herein, gnädige Herrin. Ich bitte Euch herein.«

Etwas zischte, und einen Lidschlag lang leuchtete es wie ein Blitz in der halbdunklen Kammer auf. Dann stand sie vor ihm – in der wundervollen Gestalt, die seit zwanzig Jahren durch seine Träume geisterte. »Komm und küß mich«, wisperte sie.

Wie von Sinnen vor Lust vergrub Valpo den Kopf an ihrem Busen. Halb ohnmächtig ließ er es geschehen, daß die Frau seinen Hals zur Seite bog und ihn zwischen Ohr und Schulter biß – ein kleiner Biß nur, wie von einer Schlange, aber tödlich für Körper und Seele.

Er wollte sie umarmen, aber jetzt lachte sie nur und schlug ihm auf die Finger, und gleich darauf war die Gestalt verschwunden. Nur das silbrig glitzernde Gespinst schwebte noch in der Nähe der Tür. »Ich komme wieder«, sagte die Stimme. »Öffne mir jetzt die Tür und laß mich gehen. Ich komme wieder.«

Auf der Straße, die von Festum nach Rodebrannt führt, zog zur selben Dämmerstunde der Troß des Meisters des Bannstrahls Curthan Arsteegen dahin. Voran ritt ein Herold mit goldener Praiosfahne und einem Jagdhorn, dann kam ein Dutzend Reiter vom Orden ›Bannstrahl Praios‹ in goldgestickten reinweißen Kutten und Mänteln. Ihnen folgte die Kutsche mit dem Greifenwappen, in der der Meister des Bannstrahls über Land fuhr. Dahinter kamen weitere Reiter, und zuletzt zogen zwei Pferde ein seltsames Gefährt: einen Käfigwagen, in dem allerlei Torturwerkzeuge transportiert wurden. Stacheln und Spitzen ragten unheilverkündend zwischen den Stäben des Karrens hervor. Dem Gefährt rannte ein Dutzend häßlicher Wehrheimer Bluthunde nach, die von einem berittenen Knecht beaufsichtigt wurden.

Curthan Arsteeger war ein kleiner Mann mit einem sehr schmalen, scharfgeschnittenen Gesicht, in dem düstere braune Augen leuchteten. Sein langes Haar, grau und braun gestreift, war aus der Stirn zurückgekämmt und wölbte sich hoch auf, ehe es in den Nacken fiel.

Bei Curthan in der Kutsche saß ein zweiter Meister des Bannstrahls, Savertin mit Namen. Er war ein alter Mann, an die Siebzig schon, und bis vor kurzem war er im Ruhestand gewesen; als er aber gehört hatte, daß es um Burg Brandthusen ging, war er in sein Amt zurückgekehrt. Sein Gesicht unter dem weißen Haar war ungemein ausdrucksvoll, tiefschwarze Augen leuchteten in umschatteten Höhlen, zottige Brauen wölbten sich darüber. Sein Mund war breit und so erstaunlich beweglich, daß es manchmal schien, als schneide er Grimassen. Eben sagte er: »Der Junge sollte damals in eine praiosgefällige Anstalt gebracht werden, um ihm das Böse auszutreiben, das er ererbt hatte, aber der Gesandte des Adelsmarschalls bestand darauf, ihn den Heilmagiern in Donnerbach zur Erziehung zu übergeben. Ich konnte mich gegen ihn nicht durchsetzen.«

»Nun, Frau von Ilmenstein wird Euch keine Steine in den Weg legen«, erwiderte Curthan. »Sie ist – wie sagt man doch? – sehr intim befreundet mit unserer Wahrerin der Ordnung, Frau Nadjescha Gulnitz.«

»Laßt das bloß nicht laut werden.«

Die beiden sahen einander an und lächelten in den Mundwinkeln, dann fuhr Savertin fort: »Ich bin überzeugt, das böse Blut hat sich in Libussas Erben fortgesetzt, denn zu der Zeit, als sie das Kind trug, hatte sie schon mehrere Morde begangen. Es ist wohl nur eine Frage der Zeit, bis wir von weiteren Morden auf Brandthusen hören.«

Curthan warf ein: »Aber die fremde Erziehung ... die lange Trennung ... Meint Ihr nicht, daß der Junge ganz anders geraten sein könnte als seine verworfene Mutter?«

Savertin preßte die Lippen zusammen. »Erstens halte ich nicht viel von einer Erziehung durch Magier, wie Ihr wohl wißt, und zweitens überträgt sich solche Sünde. Wußtet Ihr nicht, daß die Baronin Libussa einen Pakt mit Dar'Klajid geschlossen hatte? Ich habe mit eigenen Augen das Dokument gesehen: Es war auf der Haut eines neugeborenen Kindes und mit der Tinte aus den Säften von vielerlei Pflanzen und Beeren geschrieben. Ich weiß noch genau, was darauf stand ... Sie trug diesen Vertrag immer im Mieder eingenäht, und ich weiß, daß sie jeden ihrer grausamen Morde Dar'Klajid aufopferte.«

»Was wurde aus dem Schriftstück?« fragte Curthan.

»Es wurde mit ihr zusammen eingemauert. Ihr wißt, daß kein Dritter mit Gewalt einen Dämonenpakt brechen kann; es hätte nichts genützt, selbst wenn ich es ihr weggenommen und verbrannt hätte. Es verschwand in den Schatten mit ihr ... und wenn sie es nicht selbst zerstört hat, so wurde sie wohl damit begraben. Oder sie hat es ihrem Sohn hinterlassen, damit er in ihren Fußstapfen nachfolgt.«

»Ihr seid sehr überzeugt, daß der Junge schuldig ist.« Curthan zog die Augenbrauen hoch. »Seid Ihr nicht ein wenig voreilig, verehrter hochwürdiger Herr? Wir haben ihn noch nicht geprüft.«

Savertin schüttelte entschieden den Kopf. »Es gibt einen Spruch: Auch junge Klapperschlangen töten. Der Bursche ist seiner Mutter Sohn, was wollt Ihr mehr? Ich habe keinen Zweifel, daß er ihr böses Herz geerbt hat. Aber wenn Ihr zweifelt, überzeugt Euch selbst.« Er lächelte grausam. »Wir haben schließlich alles Nötige zur Hand, um eine aufrichtige Antwort zu bekommen ...«

# 5. Kapitel

Die Morgensonne weckte Mikail. Ein paar Lidschläge lang lag er still und genoß das Gefühl, in einem Bett zu liegen. Kein Zelt mehr, in das nachts die Grillen hereinkrochen. Kein Melcher, der nach seinem Frühstück rief. Jetzt war er ein Herr.

Er streckte zögernd die Hand nach der Klingelschnur aus, die neben dem Bett herabhing. Sein Herz pochte bei der Vorstellung, daß Zidonje wieder kommen würde, um ihn zu bedienen.

Und sie kam. Ein wenig atemlos vom raschen Lauf die Stiegen herauf erschien sie in der Tür und knickste.

»Bring mir Frühstück«, verlangte Mikail. Das Mädchen nickte und verschwand.

Mikail stand auf und wechselte rasch und verlegen das Hemd, zog sich an und setzte sich an den Tisch am Fenster. Zidonje kehrte bald wieder zurück, ein Tablett in den Händen, auf dem ein großer Humpen Tee und ein Teller mit den flachen heißen Pfannkuchen standen, die Plötzinger Dotzen genannt werden, daneben Näpfchen mit Aufstrichen und Konfitüren. Mikail sog tief den verführerischen Duft ein. Zumindest was das Essen anging, ließ es sich leben im Bornland!

»Du kannst mein Bett machen«, sagte er zu Zidonje. Dies fiel ihm als erstbestes ein, um sie ein wenig länger festzuhalten. Während sie sich an die Arbeit machte, beobachtete er sie über seinen Humpen hinweg. Sie war hochgewachsen und schlank; ihre Bewegungen waren gleichmäßig und geschmeidig. Allerdings schien sie ihr Haar nie zu bürsten, so zottig hing es ihr um die Wangen.

»Wenn du das nächstemal kommst, möchte ich sehen, daß du sauber gekämmt bist«, sagte Mikail.

Das Mädchen nickte mit gesenktem Kopf und flüsterte: »Ja, Euer Hochgeboren.« Dann fuhr es fort, die Decken auszubreiten.

Wenig später wurde Mikail von der Nachricht überrascht, daß der Schneider mit seinen Näherinnen gekommen sei und ihn erwarte. »Ich habe mir erlaubt, den norbardischen Händlern Stoff für ein passendes Gewand abzukaufen«, erklärte ihm Thimorn. »Ihr wirkt ein wenig, äh, bescheiden in Eurer Stadtkleidung. Als Baron müßt Ihr etwas hermachen.«

Also stand Mikail zwei Stunden lang geduldig da und ließ Maß nehmen. Die Stoffe, die Thimorn gekauft hatte, erschienen ihm allzu prächtig; er konnte sich kaum vorstellen, daß er den ganzen Tag in rotem Samt herumlief, der mit Goldfäden bestickt war, oder einem mit bunten Bändern benähten Kittel, aber er wagte nichts zu sagen. Immer neue Ballen schleppte der Schneider an, buntbesticktes Linnen, farbenprächtigen Samt, weiches Samtleder, und dann kam auch noch der Schuster und maß ihm Stiefel an.

Wieder fiel Mikail auf, wie furchtsam die Leute waren. Sie sprachen kaum ein Wort mehr als notwendig und verbeugten sich bei jeder Gelegenheit tief vor ihm. Was sollte er bloß mit diesem verschüchterten Volk anfangen?

Schließlich kam Thezmar herbei und lachte, als er die vielen bunten Stoffe sah. »Du wirst aussehen wie ein Hahn auf dem Mist«, neckte er ihn. »Ich höre dich schon krähen.« Dann fuhr er fort: »Sobald du hier fertig bist, will Thimorn uns das Land zeigen. Er wartet in seinem Arbeitszimmer auf uns.«

Wenig später suchten die beiden den Vogt auf. »Es ist ein schöner, sonniger Tag«, sagte Thimorn. »Ihr werdet es genießen. Wollt Ihr reiten oder fahren?«

Mikail war ein leidlich guter Reiter, aber er zog es doch vor zu fahren. Also brach am späten Vormittag eine dreispännige Kaleschka auf. Thimorn begleitete die beiden Freunde.

Mikail erfuhr, daß die drei Dörfchen in seinem Besitz Brandthusen, Bonna und Fedoran hießen. Brandthusen lag dem Schloß am nächsten, Bonna lag am Rand des Moores – dort wurde auch viel Torf gestochen – und Fedoran drei Wegstunden entfernt am Rand der Nordwalser Höhen.

Als sie durch Brandthusen kamen, begrüßten die Bauern sie auf dieselbe unterwürfige Art wie bei ihrer Ankunft. Mikail fühlte einen Stich im Herz, aber er ließ sich nichts anmerken, sondern fuhr hoch erhobenen Hauptes an seinen knienden Untertanen vorbei.

Plötzlich verlangte Thezmar, daß man anhalte. Er sprang vom Wagen und ging auf eine Frau zu, die auf der Türschwelle eines Hauses saß und Körbe flocht. Neben ihr saß ein kleines Mädchen, das einen bejammernswerten Anblick bot – das Gesicht und die bloßen Arme und Beine waren rot geschwollen und mit dicken eitrigen Pusteln bedeckt.

Thezmar trat auf die Frau zu, die erschrocken auf die Knie fiel. Dann bückte er sich, besah das Kind von allen Seiten und fragte: »Hast du der Kleinen Weißdornbeeren zu essen gegeben?«

Die Frau stotterte beinahe vor Scheu. »Ja, gnädiger Herr … wir alle essen sie jetzt im Herbst, wo sie reif sind. Der Vogt hat es uns gestattet.«

»Das mag sein, aber wenn du ihr weiterhin so viele Weißdornbeeren gibst, wird sie weiterhin krank sein. Sie darf die Beeren nicht mehr essen, hörst du? Nie wieder. Wenn ich wieder durchs Dorf komme, werde ich nachsehen, ob sie gesund ist.«

»Ja, gelehrter Herr.« Die Frau wagte kaum, den Kopf zu heben.

Thezmar kletterte wieder auf den Wagen. »Ein typischer Fall von Völlerei«, bemerkte er. »Ich hoffe, die Mutter hält sich an meinen Rat, sonst komme ich mit der Rute. Verzeih, Mikail«, wandte er sich dann an den Freund, »es sind *deine* Leibeigenen. Ich hoffe, du gestattest mir die Rute.«

»Geh nicht zu verschwenderisch damit um, die Leute hier sind verängstigt«, sagte Mikail. Leise fügte er hinzu: »Spar deine Hiebe lieber für mich; du machst mir eine Freude damit.«

Thimorn führte sie in einem weiten Kreis durch das Lehen, und Mikail sah, daß der Vogt gut gewirtschaftet hatte. Die Leute sahen gesund und kräftig aus. Sie trugen, Männer wie Frauen, farbig bestickte Kittel und dicke Stiefel; man sah niemanden in Lumpen. Es gab viele Kinder. Die Häuser waren ordentlich instand gehalten, viele waren mit Blumen und Vögeln bemalt. Die meisten hatten ein Gärtchen, in dem Gemüse gezogen wurde und Praiosblumen und Stockrosen am Zaun wuchsen.

Hinter den Häusern lag ein grüner Anger, von zwei riesigen Boronweiden bewacht, die ihre melancholischen Ruten auf die kleinen Grabsteine herabhängen ließen. Das Gras war frisch geschnitten. Ein gebeugter Greis in schwarzer Kutte war damit beschäftigt, das Unkraut aus dem Rasen zu rupfen.

»Ihr habt gut für mein Lehen gesorgt«, bemerkte Mikail anerkennend, als sie das schmucke Dorf hinter sich ließen.

Der Vogt lächelte auf seine leise, halbseitige Art. »Wer Milch haben will, muß es der Ziege gutgehen lassen, sage ich immer. Gesunde und zufriedene Bauern schaffen mehr als ein zu Tode geschundenes und verprügeltes Volk. Uns ist in zwanzig Jahren kein einziger Bauer entlaufen, und sie tun ihre Arbeit, ohne daß man sie antreiben muß.«

Mikail erfuhr, daß er ein wohlhabendes Lehen besaß. In Fedoran wurde das Holz der riesigen alten Tannen geschlagen und verarbeitet, in Bonna wurde Torf gestochen, der sich gut verkaufte, und die Hügel trugen zwar wenig Korn, aber reichlich Kartoffeln, Rüben und anderes Wurzelgemüse. Als sie durch Fedoran kamen – das sich in nichts von Brandthusen und Bonna unterschied –, wies der Vogt auf den Wald. »Dort wohnt ein Druide … die Bauern nennen ihn Väterchen Durn, aber sie fürchten ihn. Glücklicherweise hält er sich meistens in seiner Höhle auf und kommt nur ein- oder zweimal im Jahr ins Dorf, um das Nötigste einzukaufen. Ich habe ihn schon des öfteren gesehen … Er ist ein häßlicher, pockennarbiger Kerl, der durchs Land stiefelt, als gehöre es ihm. Wir lassen ihn in Frieden, das ist das beste … Druide ist schließlich Druide.«

Sie fuhren in einem weiten Bogen durch die Hügel, auf denen da und dort Laubwald wuchs – Eichen und Ahorn. Auf halbem Wege zwischen Brandthusen und Fedoran kamen sie an einem seltsamen grünen Buckel vorbei, der sich auf einem Hügelrücken erhob. »Das ist ein Trollgrab«, erklärte Thimorn. »Das heißt … eigentlich weiß niemand etwas Genaues, außer daß es sehr alt ist, und man soll große Knochen darin gefunden haben, deshalb nennt man es Trollgrab.«

Allmählich näherten sie sich dem Moor. Bald sahen sie die riesigen Torfballen am Wegrand liegen. Die Luft roch feucht und sumpfig, aber das Moor bot einen lieblichen Anblick. Kleine weiße und gelbe Herbstblumen blühten darin, und der Sonnenschein glitzerte auf den Tümpeln.

»Hütet Euch davor«, warnte Thimorn. »Man nennt

es nicht umsonst das Totenmoor. Was dort wie eine frische grüne Wiese aussieht, sind schwimmende Grasbüschel über einem Abgrund aus Wasser und Schlamm, aus dem keiner wieder herauskommt, der einmal hineingeraten ist. Vor allem bei Nacht dürft Ihr diesen Weg nicht benutzen. Es wimmelt hier von Irrlichtern, die den Unvorsichtigen in den Sumpf locken.«

Es ging schon auf den Abend zu, als sie nach Brandthusen zurückkehrten. Die ersten Sterne glitzerten klein und blaß am noch hellen Himmel. Mikail spürte das Holpern der Kaleschka in den Knochen, und er hatte Hunger, aber erst wollte der Vogt ihnen noch rasch das Schloß zeigen.

Mikail sah, daß im Untergeschoß des Haupthauses außer der Großen Halle noch die Küche und alle Wirtschaftsräume untergebracht waren; im oberen Stock lagen Repräsentations- und Gesellschaftszimmer. Die beiden Seitenflügel waren den Gästezimmern vorbehalten. Im Herrenturm befanden sich die Herrschafts- und Gästegemächer, die er und Thezmar jetzt belegt hielten, im Wappenturm wohnte der Vogt mit seiner Tochter. Der Alte Turm und der Ostturm standen leer. Man sah Brandthusen an, daß in den vergangenen Jahren nicht viel Leben darin geherrscht hatte; der ganze erste Stock war nur notdürftig instand gehalten, die Möbel waren mit schmutzigweißen Laken bedeckt, die Teppiche in den Ecken zusammengerollt. Auf den Böden lag dick der Staub.

Mikail spürte, wie der Anblick dieser vernachlässigten Räume ihn bedrückte. Er beeilte sich, dem Vogt zu folgen, der ihn zum Alten Turm führte. Dort sah es freilich noch trübseliger aus. Die Zimmer waren nicht einmal eingerichtet, nur einzelne Möbelstücke standen herum. Die Fenster waren verstaubt, in den Ecken spannten sich Spinnennetze.

Thimorn schloß die schwere Holztür wieder ab, die

in den Turm führte. »Den Ostturm werdet Ihr wohl nicht sehen wollen, oder?« fragte er.

Mikail schluckte, sagte aber mit gepreßter Stimme: »Doch, ich möchte ihn sehen.« Seine Hand griff nach Thezmars Hand.

Thimorn gab keine Antwort, sondern schritt einen langen Korridor entlang, der an der Längsseite des Gebäudes vom Alten Turm zum Ostturm führte. Die Tünche war verblichen. Dann und wann hing an der Wand ein Hirschhaupt mit abgeblätterten blinden Augen oder ein Wappen, dessen Farben kaum noch zu erkennen waren. Die Luft roch abgestanden. Schließlich kamen sie an eine massive Holztür, die Thimorn aufschloß.

Mikail fröstelte, aber hinter der Türe war nichts zu sehen als eine steile, sehr enge Wendeltreppe. Sie stiegen hinauf und gelangten im ersten Stock in einen halbdunklen langen Flur. Mikail fühlte sich plötzlich an den Flur erinnert, den er im Traum entlanggelaufen war. Er wandte unwillkürlich den Blick – und tatsächlich, da war der schwere grüne Damastvorhang, den er im Traum gesehen hatte! Er eilte darauf zu und hob den Vorhang. Dahinter befand sich ein zugemauerter Türbogen mit einem Schlitz knapp über den Dielen.

»Wir haben die Tür wieder zumauern lassen, nachdem die Leiche herausgetragen wurde«, erklärte Thimorn. »Ich wollte, daß das Zimmer bis zu Eurer Ankunft unberührt bleibt. Ihr selbst sollt entscheiden, was damit geschehen soll.«

Thezmar drängte sich vor. »Warte, ich will einen Blick hineinwerfen! Wozu bin ich schließlich ein Magier?« Er legte beide Hände an die Augen, drückte die Stirn auf die rohen Ziegel und murmelte einen Zauberspruch. Im nächsten Augenblick fuhr er heftig zurück.

»Was ist?« rief Mikail erschrocken.

Thezmar fing sich und lächelte etwas verkrampft.

»Nichts … nur Sinnentrug. Fürs erste war mir zumute, als stünde jemand hinter dieser Mauer … aber dann war das Gefühl wieder verflogen. Die Fenster sind wirklich vermauert, Mikail, der ganze Raum ist schwarz wie die Nacht.«

Mikail preßte die Lippen zusammen. »Welch unmenschlich grausame Strafe«, flüsterte er. »Was die Frau auch getan hat …«

»Ich dachte mir, daß Ihr das einmal sagen würdet«, erwiderte Thimorn. »Und ich will Euch etwas zeigen, das Euren Sinn wohl ändern wird. Kommt mit.« Er wandte sich von der zugemauerten Tür ab und öffnete das Pförtchen in der Wand, hinter dem die Wendeltreppe ins Erdgeschoß hinabführte. Auf dem Treppenabsatz blieb er stehen und schob einen Schlüssel ins Schloß einer spitzbogig zulaufenden Tür, die sich in die Wölbung des Gemäuers schmiegte. »Tretet ein«, sagte er und zog die Tür auf.

Die hohen Läden der beiden Fenster im Raum waren geschlossen, nur schwach sickerte das Licht der Dämmerung durch die Ritzen. Mikail blinzelte in dem staubigen Halbdunkel. Er sah Ketten, die von der Wand hingen, sah zwei mit Gitterstäben verschlossene Nischen – und eine nackte Frau.

Einen Lidschlag lang prallte er vor Verblüffung zurück. Die Frau stand ganz ruhig, die Augen geschlossen, die Arme hingen am Körper herab. Er sah deutlich die rotgefärbten Brustwarzen und das blonde Schamhaar. Dann begriff er, daß es sich um eine künstliche Figur handelte. Staunend trat er näher.

»Rührt sie nicht an«, warnte ihn Thimorn. »Und kommt ihr auch nicht zu nahe, es könnte Euer Tod sein.«

Mikail trat gehorsam einen Schritt zurück und starrte die Figur an. Sie stand auf einem flachen Podest. Ihr eiserner Körper war sorgfältig fleischfarben bemalt, die Lippen waren scharlachrot gefärbt. Das blonde Haar war weiches Menschenhaar.

»Tretet zurück – Ihr auch, gelehrter Herr! Ich will euch etwas zeigen.« Thimorn trat auf die Figur zu, hob einen großen Stein auf, der daneben lag, und legte ihn auf das Podest. »Der Raum hier«, sagte er, »war Libussas Folterkammer und dies ihr liebstes Spielzeug. Ein berühmter Mechanikus in Festum hat es für sie gefertigt.«

Mikail sprang mit einem erstickten Schrei zurück, und Thezmar wich ebenfalls zurück.

Als das Gewicht des Steins das Podest niederdrückte, schlug die Figur mit einem harten Ruck die Augen auf, bei dem Mikail eine Mechanik knirschen hörte. Die Arme hoben sich rasselnd bis zu halber Höhe, dann klappten die Unterarme nach innen, als hielten sie jemanden umschlungen. Die blauen Augen rollten von einer Seite zur anderen. Der Mund öffnete sich lächelnd, und Mikail sah entsetzt, daß kleine weiße Zähne darin blinkten.

Plötzlich sprang der bemalte eiserne Leib auf, und in Herz- und Hüfthöhe fuhren je fünf blitzende Klingen heraus, so schnell, daß Mikail erst gar nicht folgen konnte. Ein paar Lidschläge lang stand die Figur lächelnd da, dann schloß sich der Mund, die Augenlider fielen zu, und die Arme sanken zur Seite. Mit einem schnarrenden Geräusch wurden die Messer zurückgezogen, der Leib schloß sich wieder. Mikail konnte sich lebhaft vorstellen, wie in diesem Augenblick ein zerfleischtes, blutüberströmtes Opfer auf dem Podest in sich zusammensank.

Thimorn räumte schweigend den Stein beiseite und blickte die beiden jungen Männer an. »Nun?« fragte er.

Mikail fuhr sich mit dem Handrücken über die feuchte Stirn. »Ihr hattet recht«, sagte er mit gebrochener Stimme. »Es war ein gerechtes Urteil.«

# 6. Kapitel

Bevor Mikail sich an diesem Tag schlafen legte, sprach er noch einmal mit dem Vogt. »Ich möchte, daß diese Galgen morgen abgerissen werden«, sagte er. »Sie sollen auf dem Platz vor der Burg verbrannt werden. Die Bauern sollen kommen und zuschauen, und laßt jedem, der kommt, eine Maß Quassetz geben. Vielleicht befreit sie das ein wenig von ihrer Furcht.«

Thimorn nickte zustimmend.

In dieser Nacht ging Mikail nicht allein ins Bett, sondern bat Thezmar, bei ihm zu bleiben. Er fühlte sich wohler, als der Freund sich im Halbdunkel an seine Seite schob. »Es tut gut, dich hier zu haben«, sagte er. »Das alles hat mich doch sehr bedrückt. Mir rinnt es eiskalt über den Rücken, wenn ich an diese mörderische Figur denke. Ach, Thezmar, ich wünschte, ich wäre dem Schoß einer Wölfin entsprungen! Wie kann ich damit leben, daß diese Blutsäuferin meine Mutter war?«

»Über deine Geburt hast du nicht bestimmen können, aber über dein Leben kannst du bestimmen«, erwiderte der junge Zauberer, während er Mikail einen Arm unter den Nacken schob und sich eng an ihn schmiegte. »Sie ist tot, Mikail. Sie kann dir nichts mehr anhaben. Lebe dein eigenes Leben. Du wirst ein guter Herr auf Brandthusen sein.«

Mikail ließ sich allmählich ein wenig beruhigen. Er streckte die Hand aus und streifte mit den gespreizten Fingern durch das weiche nußbraune Haar, das auf Thezmars Brust wuchs. »Ich bin froh, daß du mitgekommen bist. Ohne dich wäre ich hier verloren«, sagte er leise. »Willst du ein wenig zärtlich zu mir sein?«

Thezmar lachte leise. »Mehr als nur ein wenig, mein Freund. Ich habe dich vermißt in all diesen Nächten, in denen die wachsame Ritterin neben uns lag. Das müssen wir nachholen.« Er fuhr mit den Fingern über Mikails Brust, als wolle er ihn kratzen, dann schob er die Hand langsam tiefer. Seine Lippen berührten Mikails glatte Wange, tasteten sich weiter und fanden seinen Mund. »Küß mich«, flüsterte er.

Mitten in der Nacht erwachte Mikail von einer heftigen Bewegung im Bett. Er setzte sich verschlafen auf und sah zu seinem Erstaunen, daß Thezmar mit einer Kerze in der Hand neben dem Bett kniete, die Decken hochhielt und in das Dunkel unter der Bettstatt leuchtete.

»Was tust du?« murmelte er schlaftrunken. »Hast du etwas verloren?«

»Nein, aber ich habe etwas Seltsames gesehen.« Thezmar richtete sich auf und stellte die Kerze auf eine Truhe neben dem Bett. »Ich wachte auf, als draußen ein Käuzchen schrie, und da sah ich etwas auf dem Fensterbrett sitzen … Ich weiß nicht, was es war, es war schwarz oder grau, rund wie ein Kürbis und wohl ebenso groß, aber es hatte Augen – funkelnde rote Augen, die mich anstarrten. Schließlich stand ich auf und holte die Kerze, um zu sehen, welchem Augentrug ich aufgesessen war, aber da sprang es vom Fenster und rollte unter das Bett … Und nun finde ich es nicht mehr. Ich bin aber ganz sicher, daß ich gesehen habe, wie es unter dem Bett verschwand.«

»Das ist seltsam«, sagte Mikail. »Ich habe gestern etwas ganz Ähnliches gesehen, etwas wie ein großes Knäuel Wolle, das auf dem Fensterbrett lag. Dann sprang es hinaus und war verschwunden. Ich dachte, ich hätte geträumt.«

»Nun, ich habe nicht geträumt«, widersprach Thezmar grimmig. »Und es gefällt mir nicht, was ich gesehen habe. Willst du kurz auf mich warten? Ich hole nur meine Apotheke.«

Als er bald darauf zurückkehrte, trug er seinen Lederkoffer in der einen Hand, in der anderen ein kleines Artefakt aus Bronze: eine Hand, die eine Schlange gen Himmel hielt – das Zeichen der Hesinde.

Er stellte die Schlange auf den Tisch am Fenster und opferte ihr ein paar Tropfen von verschiedenen Tinkturen, die er in seinem Apothekenkoffer aufbewahrte. Dann zeichnete er mit einem Stück geweihter Kreide dasselbe Schlangensymbol auf das Betthaupt. Schließlich ließ er einige Tropfen einer rötlichen Flüssigkeit auf das Fenstersims fallen, zündete sie an und sah zu, wie sie verbrannten. Feiner, angenehm duftender Rauch stieg auf. Bläulichgelbe Flämmchen flackerten eine Weile lang, dann erloschen sie.

»Komm«, sagte Thezmar, »laß uns gemeinsam zu Hesinde beten, daß sie uns vor allem beschützen möge, das in diesem Haus umgeht. Ich bin überzeugt, Mikail, hier ist etwas Böses am Werk, und wir müssen uns in acht nehmen.«

Sie knieten beide mitten im Raum nieder und beteten eine Weile, dann standen sie auf. »Nun«, sagte Thezmar, »ich hoffe, jetzt können wir ungestört schlafen.«

Sie schlüpften wieder ins Bett und löschten die Kerze. Thezmar schlief sofort ein, aber Mikail lag noch eine ganze Weile wach und betrachtete die kleine Bronzestatuette der Schlange, die auf dem Fenstersims Wache hielt. Das Madalicht zeichnete zwei lange helle Bahnen auf den Boden. Er lag still und halb schlafend da, bis sein Blick zufällig auf den Teppich neben dem Bett fiel. Dort lag etwas, das wie ein langer Strang Wolle aussah. Und noch während er es beobachtete, wuchs es weiter, kroch auf einen Stuhl zu und wand sich empor. Dann bildete sich langsam eine Gestalt.

Mikail lag wie gebannt. Er atmete kaum. Sein Blick hing an der dunklen Wolke, die aufstieg und langsam immer festere Formen annahm, bis zuletzt die Gestalt einer Frau deutlich sichtbar auf dem Stuhl saß. Sie war in mittleren Jahren und sehr schön. Unter einem kostbar bestickten Häubchen blickte ein herzförmiges Gesicht mit großen Kirschenaugen hervor. Der Mund war klein und voll und sogar im Halbdunkel erschreckend rot. Sie trug ein enges Mieder, unter dem eine weiße Bluse mit vielfach gefältelten Ärmeln hervorsah, und einen weiten, mit vielen bunten Perlen bestickten Rock. Ein Übermaß von Juwelen glitzerte an ihrem Hals, ihren Handgelenken und auf ihrer Brust.

Sie wandte Mikail das Gesicht zu, aber er sah keine Augen, er sah nur Löcher. Langsam und leise, mit zischender Stimme fragte sie: »Sohn, Sohn, warum erlaubst du mir nicht, dich zu küssen?«

Dann verlor die Gestalt an Kraft und verschwand allmählich. Mikail sah starr vor Entsetzen zu, wie ein großes schwarzes Knäuel unter dem Bett hervorrollte, aufs Fensterbrett sprang und nach draußen verschwand.

Im selben Augenblick krähte draußen ein Hahn.

Mikail lag still im Bett, sein Herz pochte wie ein Hammer, seine Hände und Füße waren eiskalt. Kein Zweifel, die Gestalt war das Gespenst seiner Mutter gewesen. Wie sie ihn angesehen hatte, mit diesen Augen, die wie schwarze Löcher waren! Noch jetzt schüttelten ihn Ekel und Entsetzen. Er dankte Hesinde in einem Stoßgebet, daß sie Thezmar den klugen Gedanken eingegeben hatte, den Raum zu schützen. Er dankte ihr auch, daß er die Baronin Libussa erst jetzt gesehen hatte, nachdem er sich von ihren grauenhaften Untaten überzeugt hatte, sonst hätte sie ihn wohl betört – wie schön sie war! Wie verlockend der kleine blutrote Mund! Nein, er wußte jetzt, daß sie ein Geschöpf der Schatten war, daß ihre Haut nach Erde schmeckte und ihr Mund nach kaltem Blut ...

Gleich nach dem Frühstück begaben sich die beiden jungen Männer zu Thimorn, bei dem sie auch seine Tochter antrafen. Thyrza trug jetzt lange schwarze Beinlinge, ein schwarzes Wams und enge Stiefel.

Thezmar rückte ohne lange Vorreden heraus. »Ich glaube, Herr Thimorn, in diesem Hause geht eine Vampirin um.« Er erzählte Thimorn und Thyrza, was sie in der Nacht erlebt hatten, und Mikail ergänzte den Bericht um seine eigene Geschichte.

Thimorn rief augenblicklich aus: »Die Baronin, wie sie im Leben war!«

Thezmar fragte arglistig: »Und ich dachte, Ihr hättet sie nie lebendig gesehen!«

Thimorn zuckte die Achseln und tat, als blättere er in den Papieren, die sich auf seinem Schreibtisch stapelten. »Ich wollte Euch das nicht erzählen. Ich sah keinen Sinn darin, Euch mit Schrecknissen zu überhäufen, Herr Mikail. Es war schlimm genug, was ich Euch zu erzählen hatte. Ja, ich war dabei, als das Urteil vollstreckt wurde. Ich erinnere mich, wie sie schrie und tobte – zwei Männer hatten alle Hände voll zu tun, sie mit langen Spießen in den Raum zu zwingen, während die Maurer ihr Werk taten. Und ich sehe auch noch vor mir, wie sie wie eine Pantherin auf die Tür zusprang, die schon bis Kopfhöhe zugemauert war, und sich zu befreien versuchte ... Aber die zwei Männer stießen sie mit ihren Piken fort, und die Maurer legten den letzten

Stein in die Fuge und schlossen den letzten Lichtstrahl aus. Was hätte es Euch genützt, wenn ich Euch das gleich zu Anfang erzählt hätte?«

»Nicht viel«, gab Mikail zu. Er fühlte eine leichte Übelkeit im Magen, und in seinem Kopf summte es. »Auf jeden Fall möchte ich, daß dieser Raum aufgebrochen wird. Man soll alles herausnehmen, was drinnen steht, und es auf dem Burghof verbrennen. Mir scheint, dieser zugemauerte Raum ist die Quelle des Bösen in diesem Haus. Ich will keine Erinnerung daran in meinem Schloß haben.«

Thyrza nickte. »Es wird geschehen, wie Ihr verlangt. Unsere Norbarden werden wohl einspringen müssen, denn von den Bauern würde es keiner wagen, diesen Raum oder einen Gegenstand darin anzurühren. Ich habe aber zwölf Mann kommen lassen, die die Galgen abbrechen sollen. Dazu wird ihr Mut wohl ausreichen.«

Mikail fühlte, wie ihn eine ungeahnte grimmige Entschlossenheit durchströmte. »Dann ruft die Norbarden«, verlangte er. »Ich will augenblicklich damit anfangen.«

Kurz darauf standen sie zu viert vor der zugemauerten Tür, begleitet von den vier Norbarden, die Brecheisen, Meißel und Hämmer bei sich trugen. Der grüne Damastvorhang wurde abgenommen, und die Meißel bissen ein erstes Loch in den Mörtel.

Mikail sah zu, wie sich seitlich langsam ein Loch öffnete, hinter dem es stockdunkel war. Die Schwärze schien aus dem Raum zu fließen wie Tinte ins Wasser, so dicht war sie. Endlich war ein mannsgroßes Loch ausgehauen, und die vier traten mit brennenden Leuchtern ein. Ein beißender, stickiger Geruch schlug ihnen entgegen. Und da war noch etwas – das Gefühl einer Gegenwart, als lauere etwas in den tiefen Schatten. Es war so stark, daß Mikail unwillkürlich rief: »Ist da jemand?« Aber keine Antwort kam, kein Laut drang aus dem schrecklichen Kerker.

Mikail schauderte, und er hörte, wie Thezmar neben ihm einen gequälten Seufzer ausstieß. Das Licht der vielen Kerzen fiel auf Spinnweben, die sich von der hohen Decke bis zum Baldachin eines Himmelbetts spannten. Zerlumpte Bettwäsche, fleckig und vergilbt, lag auf dem Boden. Rings im Zimmer häuften sich verstaubte, aber ehemals prächtige Kleider, Nachthemden und Hausmäntel, als wären sie aus dem Schrank gerissen und im ganzen Raum umhergeschleudert worden. Schmutz klebte an den ehemals weiß-golden getünchten Wänden. Der Boden war übersät mit Kleinkram, wie eine Frau ihn in ihrem Schlafgemach aufbewahrt; das meiste davon war zertreten. Der Kerzenschein sprang und flackerte und erweckte seltsame Schatten zum Leben; es sah beinahe aus, als bewege eine verzerrte große Gestalt sich an den Wänden entlang, auf die Tür zu ... Dann war das Gefühl einer feindseligen Gegenwart plötzlich erloschen.

Die Norbaden kamen mit einer Leiter wieder und begannen damit, das Mauerwerk aus einem der hohen Fenster herauszuschlagen. Ein seltsames Gefühl durchrieselte Mikail, als die ersten Steine gelöst wurden und ein schwacher Sonnenstrahl in den Raum fiel. Immer mehr Steine wurden gelockert und entfernt, immer mehr Licht drang ein. Die helle Morgensonne entblößte den Raum in seinem ganzen schrecklichen Verfall und dem unbeschreiblichen Schmutz.

Thimorn deutete auf das Himmelbett. »Wir haben nur die Leiche hinausgetragen und alles andere unberührt gelassen. Sie lag auf dem Bett – verkehrt herum, mit den Füßen auf dem Kopfkissen und dem Kopf am Fußende. Ich denke, sie war schon eine Weile wahnsinnig, bevor sie starb.«

Mikail nickte nur. Er sagte: »Laßt die Männer alles,

was sich hier herin befindet, vor die Burg tragen – bis zum letzten Splitter. Sagt ihnen, ich werde sie dafür belohnen.« Plötzlich hielt er inne. Vom Dach des Turmes waren Axtschläge und ein splitterndes Krachen zu hören, als würde Holz mit Gewalt gebrochen. Mikail lächelte. »Gut so. Beeilt euch, ich will, daß ihr heute noch fertig seid.« Die Norbarden sahen seine Ungeduld und nickten eifrig.

Mikail hatte nicht damit gerechnet, daß sein Vorgehen eine Panik im Haus auslösen würde. Die Dienerschaft rannte in heller Aufregung ins Freie, viele Mägde kauerten sich nieder und warfen die Schürzen über den Kopf. Alte Diener beschworen ihn händeringend, die Baronin nicht aufzustören. Solange der Raum zugemauert gewesen sei, habe es keinen Ärger gegeben, aber jetzt …

»Doch«, erwiderte Mikail kalt. »Es hat Ärger gegeben. Sie ist mir gestern nacht erschienen, und ich mache Schluß mit dem Spuk.«

Das gab Anlaß zu neuem Wehklagen, und schließlich konnte Mikail dankbar sein, daß es heller Morgen war und Praios' Scheibe strahlend am Himmel hing, sonst hätte sich wohl die gesamte Dienerschaft geweigert, ins Haus zurückzukehren. So flohen sie wie aufgescheuchte Hühner ins Haus zurück, als die Norbarden mit den ersten Möbelstücken die Treppe herabkamen und damit anfingen, vor der Burg einen mächtigen Scheiterhaufen zu bauen.

Mikail war mehr als zufrieden mit sich. Bereits zwei der Galgen waren von seinen Türmen verschwunden, und im Innern des Hauses waren die Norbarden fleißig am Werk. Was sie nicht im Ganzen hinuntertragen konnten, zerschlugen sie und warfen die Bretter auf den Scheiterhaufen, der sich schließlich an die zwei Schritt hoch auftürmte.

Mikail überwachte die Arbeiten, und bei jedem Stück, das aus dem Zimmer verschwand, wurde sein Herz leichter. Die Kleider verschwanden, das Bett wurde abgebrochen, die schweren Draperien entfernt. Die Norbarden waren eben mit einer neuen Last die Treppe hinunter verschwunden, als Mikail auf dem schmutzig-vergilbten Bett etwas liegen sah: eine kaum spannenlange Lederrolle, die mit dem Wappen der Ouvenskes gesiegelt war. Ein merkwürdiges Verlangen danach überkam ihn, und er streckte die Rechte aus. Es war, als spränge die Lederrolle in seine Hand. Wie unter einem Bann hob er sie hoch und versteckte sie in seinen Kleidern.

Mittlerweile hatten auch die Dörfler erfahren, daß es bei der Burg oben Freibier gab, und die Mutigsten trafen bereits ein. Dann sahen sie den Scheiterhaufen, auf dem jetzt auch die vier Galgen lagen, und rissen Mund und Augen auf. Einer wie der andere wichen sie zurück, als könnten sie sich mit der Dämonenfäule anstecken, wenn sie nur ein vorstehendes Brett berührten. Die Nachricht machte blitzschnell die Runde, und es dauerte nicht mehr lange, da stand ganz Brandthusen im Burghof und starrte ängstlich den Scheiterhaufen an.

»Ihr solltet mit ihnen reden, Mikail«, schlug der Vogt vor. »Sie sollen wissen, daß ein neuer Herr die Zügel in der Hand hält.«

Mikail zögerte. »Ich habe keine Ahnung, was ein frischgebackener Baron so sagt ... Und überhaupt wird mir wahrscheinlich das Wort im Hals steckenbleiben.« Erst nachdem auch Thezmar ihm eine ganze Weile gut zugeredet hatte, stellte er sich an ein Fenster im ersten Stock, um seine Antrittsrede zu halten. Die Bauern sahen ihn und sanken in die Knie.

Mikail fühlte sich scheußlich, aber er nahm seinen ganzen Mut zusammen und begann. »Leute von

Brandthusen, Bonna und Fedoran, euer neuer Herr spricht zu euch ...« Und dann geschah etwas Seltsames: Seine Stimme klang anders. Sie klang so schön, wie es sonst nur der Fall war, wenn er sang. Die Bauern hoben die Köpfe und starrten ihn aus aufgerissenen Augen an. Einige bewegten sich langsam hin und her, als lauschten sie einer berauschenden Musik. Andere schlossen die Augen und neigten wie in süße Träumereien versunken die Köpfe zur Seite. Frauen knieten mit den Händen im Schoß auf der Erde. Die Kinder, die mitgekommen waren, saßen still wie festgebannt, die großen Augen auf den Mann im Fenster gerichtet.

»Ihr habt Jahre des Schreckens erlebt und Jahre, in denen Brandthusen ein Totenschloß war. Diese Zeit ist vorbei. Ich werde euch ein guter Herr sein und zähle darauf, daß ihr mir treue Untertanen sein werdet. Und nun trinkt das Bier, das man euch ausschenken wird, und seht zu, wie die Vergangenheit in Rauch und Flammen aufgeht. Zündet das Holz an!«

Tiefe Stille herrschte, als er geendet hatte. Die Leute schienen Mühe zu haben, sich aus ihrer Verstrickung zu lösen. Sie schüttelten die Köpfe wie Betrunkene, fuhren sich mit den Händen übers Gesicht. Mikail trat ins Zimmer zurück und stellte fest, daß Thyrza, Thimorn und Thezmar in dieselbe Andacht versunken dasaßen. Er empfand plötzlich beinahe Furcht. Was war geschehen? Hatte er sie behext? Aber nein, Thezmar schlug die Augen auf. Mit einem tiefen Seufzer sagte er: »Ich habe nie gewußt, daß deine Stimme so berauschend klingen kann, Mikail. Ich hätte dir stundenlang zuhören können, auch wenn du nur Unsinn geredet hättest.«

»Wie schön muß es erst sein, Euch singen zu hören!« rief Thyrza und klatschte wie ein Kind in die Hände. »Oh, Ihr müßt uns eines Tages die Ehre antun!«

Jetzt erst fiel Mikail ein, welche Gabe der alte Melcher ihm mit auf den Weg gegeben hatte. Ein Zauber lag auf seiner Stimme! Er räusperte sich und setzte etwas ängstlich zum Reden an, aber seine Stimme klang jetzt wieder ganz alltäglich.

Thezmar hatte sich zum Fenster hinausgebeugt. »Es brennt schon lichterloh!« rief er. »Komm nur, sieh es dir an!«

Tatsächlich – das ausgetrocknete alte Holz brannte wie Zunder. Eine hohe Flammensäule stieg von der Spitze des Scheiterhaufens auf. Dienerschaft und Dörfler standen im Kreis und starrten stumm und ängstlich das Schauspiel an, als erwarteten sie, aus den Flammen einen Gehörnten Dämon auftauchen zu sehen. Es geschah aber nichts weiter, und langsam sank der gewaltige Scheiterhaufen zu einem gewöhnlichen Feuer zusammen. Bald darauf lagen nur noch kleine Stücke glosenden Holzes auf dem Boden.

Der Tag war darüber fast zur Neige gegangen, und der Himmel bezog sich mit dunklen Wolken, die Regen verhießen. Die Bauern beeilten sich, noch vor Sonnenuntergang nach Hause zu kommen. »Nun, das hätten wir geschafft«, sagte Mikail stolz.

»Ganz geschafft haben wir es noch nicht«, widersprach Thezmar, der neben ihm am Fenster lehnte. »Wir müssen auch die Vampirin selbst vernichten, wenn es hier jemals Ruhe geben soll. Ich nehme doch an«, wandte er sich an den Vogt, »man hat die Baronin Libussa im Familiengrab beigesetzt.«

»Gewiß«, erwiderte Thimorn. »Und ich werde es Euch morgen gerne zeigen, denn jetzt ist es zu spät am Tage, um Gräber zu besuchen. Seht nur! Die Sonne sinkt. Die Schatten werden lang. Wir sollten uns ins Haus zurückziehen. Habt Ihr Lust, Fünfas zu spielen?«

Die beiden jungen Männer kannten das Spiel, und so setzten sie sich nach dem Abendessen zu einer Runde zusammen. Der Raum, in dem sie saßen, wurde der ›kleine Salon‹ genannt – der einzige Raum im ersten Stock, der benutzbar war. Er war hübsch mit buntbestickten Filzteppichen geschmückt, ein massiver Tisch mit sechs Sesseln stand darin, der sich zum Abendessen ebenso eignete wie zum Kartenspielen.

Nachdem sie zwei oder drei Runden gespielt hatten, bemerkte Thimorn: »Unsere Bauern werden sich heute nacht die Decke über den Kopf ziehen. Ihr habt sie bezaubert, Mikail, aber Ihr habt auch einen neuen Schrecken auf sie losgelassen. Morgen wird jeder von Brandthusen bis Fedoran einen Vampir gesehen haben.«

»Ich bin überzeugt, daß es hier tatsächlich einen Vampir gibt«, widersprach Mikail. »Was Thezmar gesehen hat und was ich gesehen habe, das war so klar und deutlich … Und Ihr wißt doch, daß aus Menschen, die ein götterlästerliches Leben geführt haben, nach dem Tod ein Vampir oder Nachtalb wird.«

»Ja, gewiß«, stimmte Thimorn ein wenig widerwillig zu. »Und ich hatte schon gehofft, der ganze Ärger sei vorbei … Nun, wir werden morgen früh tun, was getan werden muß. Dann werden hier hoffentlich Frieden und Ruhe einkehren.«

Thyrza mischte sich ein: »Laß uns von etwas anderem sprechen. Ich wollte Euch schon lange fragen, Thezmar, ob Ihr noch andere Zaubersprüche kennt – hübsche Zaubersprüche, meine ich.«

Der Magier lächelte. »Was versteht Ihr unter ›hübsche Zaubersprüche‹?«

Thyrza lachte kokett. »Nun … vor einigen Jahre kam eine Gauklertruppe hier vorbei, und der Scharlatan, der mitreiste, verwandelte Tücher in Blumen. So etwas meine ich.«

»Ja, das sähe ich auch gern«, fiel Thimorn ein. »Wenn es nicht zu anstrengend ist.«

Thezmar überlegte, dann zog ein schelmisches Lächeln seine Mundwinkel hoch. »Oh … ich glaube, da habe ich etwas für Euch.« Er stand auf und trat ein paar Schritt in den Raum hinein. »Kommt zu mir, Dame Thyrza, und laßt Euch verzaubern.«

Thyrza stellte sich halb lächelnd, halb ängstlich vor ihn hin. »Hört, Ihr verwandelt mich aber nicht in eine Blaue Unke – oder etwas dergleichen?« fragte sie besorgt.

»Keineswegs.« Thezmar zog ihre zierliche Hand an sich und küßte sie galant. »Ich würde nie wagen, Euch durch meinen Zauber zu schädigen. Ihr werdet es sehr unterhaltsam und belustigend finden.«

»Thezmar«, mischte sich Mikail besorgt ein, »du machst doch nicht … irgend etwas Niederträchtiges?«

Thezmar verdrehte die Augen zum Himmel. »Ich schwöre es. Ich lasse nur einen niedlichen kleinen Zauber auf Euch los, Dame Thyrza.«

Er sah sehr hübsch aus, wie er in seinen schwarzen Pluderhosen und dem bestickten Samtrock vor ihr stand, und Thyrza betrachtete ihn mit heimlichem Wohlgefallen. Nun legte Thezmar beide Hände an die Ohren und sagte:

»Vogelzwitschern, Glockenspiel
klinge so, wie ich es will!«

Dann deutete er mit einem Ruck auf Thyrza.

Sie erschrak, als aber nichts weiter geschah, zog sie einen Flunsch und sagte: »Ach, es ist nicht gelungen!«

Thezmar lachte. »Stampft einmal mit dem Fuß auf.«

Thyrza gehorchte verdutzt. Sie stampfte mit dem gestiefelten Fuß auf den Boden, und augenblicklich erscholl ein Fanfarenstoß. Erschrocken fuhr sie zusammen, hatte aber dann blitzschnell begriffen, wie sie es machen mußte. Sie schnippte mit den Fingern, und ein

Glockenspiel ertönte dünn und süß. Sie klatschte in die Hände, und Wassergeplätscher wurde laut. Jetzt lachte sie vor Vergnügen. Thimorn klatschte Beifall, und Mikail, der den Zauber kannte, applaudierte ebenfalls. Thyrza rief: »O Thezmar, das ist ein köstlicher Zauber! Kennt Ihr noch mehr dergleichen?«

»Nicht viel«, gab er zu. »Ich habe eher ernsthaft studiert.«

Eine Weile amüsierte sich Thyrza noch mit den Geräuschen, aber dann verblaßte der Zauber langsam, die Töne wurden dünner, und schließlich wurde es still. Thezmar hatte sich gehütet, allzuviel von seiner Essentia in einen bloßen Schabernack hineinfließen zu lassen.

Als sie sich schließlich verabschiedeten, schob Thezmar sich an Mikail heran. »Soll ich dich noch eine Nacht lang beschützen?«

»Ich wäre dir dankbar, wenn du es tätest«, erwiderte Mikail offen. »Du bist immerhin ein Magier.«

»Ich kenne keine Zaubersprüche gegen Vampire, aber ich kann dir sicherlich ein wenig von Nutzen sein. Zumindest mußt du nicht allein schlafen. Und es ist auch viel unterhaltsamer zu zweit.« Er hakte sich bei Mikail unter und fuhr fort: »Als deine Magd heute morgen das Frühstück brachte, sah sie ganz merkwürdig drein. Ich glaube, sie hat noch nie zwei Freunde gesehen.«

»Mir tut das Mädchen leid«, fiel ihm Mikail ins Wort. »Ich hasse es, von allen Leuten gefürchtet zu werden.«

»Vielleicht hat deine Darbietung heute etwas daran geändert«, bemerkte Thezmar.

»Ja, vielleicht.«

Die beiden eilten mit einem Leuchter in der Hand den langen Korridor entlang, der den Herrenturm und den Wappenturm miteinander verband – das genaue Gegenstück des Flurs, der auf der anderen Seite des Hauses vom Ostturm zum Alten Turm führte. Auch hier blätterte die Tünche ab, und die Wappen und Rüstungen, die in weiten Abständen an der Wand hingen, warfen bizarre Schatten. Der Boden knarrte und knirschte bei jedem Schritt. Als sie an einem der offenen Fenster vorbeikamen, sah Mikail draußen ein paar Fledermäuse umherhuschen. Er trat ans Fenster und blickte hinaus. Alles rundum war dunkel, nur dort, wo Brandthusen und Bonna lagen, glitzerten ein paar Lichtlein. Es war kalt geworden, und die Regenwolken hingen schwarz und schwer über der Burg.

»Heute nacht wird nichts mehr zu Besuch kommen, das verspreche ich dir«, sagte Thezmar. »Ich habe dein Zimmer ein wenig verziert ... du wirst schon sehen.«

Mikail öffnete die Türe und sah, was Thezmar gemeint hatte. Auf jedem Fenstersims lag ein großer Zweig grünes Holz, an dem noch die Blätter hingen, zwei weitere Zweige steckten hinter dem Betthaupt. Das Grün verbreitete einen angenehmen Geruch in dem halbdunklen Zimmer. Vampire hassen grünes Holz, und keiner von ihnen würde es wagen, diesen Raum zu betreten.

Dennoch schien Thezmar nicht ganz zufrieden. Er blieb mit dem Leuchter in der Hand mitten im Zimmer stehen und bewegte sich von einer Seite zur anderen, als wittere er in der Luft. »Irgend etwas hier stimmt nicht«, sagte er. »Ich fühle es. In diesem Raum ist etwas Böses ... Hast du etwas hereingetragen oder mitgebracht?«

»N-nein«, antwortete Mikail rasch, denn im selben Augenblick war ihm die Lederrolle eingefallen, die er aus Libussas Schlafgemach mitgenommen hatte. Es überraschte ihn selbst, daß er so flinkzüngig log. Eigentlich hatte er Thezmar das wunderliche Fundstück aushändigen wollen, aber nun war er plötzlich wie von einem Bann geschlagen.

Thezmar ließ sich jedoch nicht täuschen. Er hob die Kerze und leuchtete ihm ins Gesicht. »Du lügst«, stellte er trocken fest. »Deine Augen sind dunkel vor schlechtem Gewissen. Was hast du mitgebracht?«

Als Mikail nicht sofort antwortete, trat er einen fast bedrohlichen Schritt auf ihn zu. »Du hast etwas aus dem Schlafgemach der Baronin mitgenommen, nicht wahr? Nur ihre Macht könnte dich zum Lügen bewegen. Gib es mir.«

Mikail preßte die Lippen zusammen und wich zurück.

Thezmar streckte fordernd die Hand aus. »Gib es mir!« befahl er in strengem Ton. »Bei Hesinde, Mikail, du wirst mir dieses Ding geben, was es auch ist, oder du wirst meine Macht zu spüren bekommen!«

Mikail steckte zögernd die Hand ins Hemd und zog die Lederrolle hervor. Mit einer widerstrebenden Bewegung reichte er sie Thezmar. »Ich hatte vergessen, daß ich es hatte«, murmelte er.

Thezmar achtete nicht auf ihn, sondern legte die Lederrolle auf den Tisch und betrachtete sie im Kerzenschein von allen Seiten.

»Es ist, wie ich dachte«, sagte der Magier. »In diesem Ding steckt ein Zauber. Laß sehen, ob wir herausfinden, welcher.«

Wieder beugte er sich über das Objekt und starrte es an. Dann rezitierte er mit leiser Stimme eine Formel, von der Mikail nur das Wort ›Arkanstruktur‹ verstand.

Im nächsten Augenblick fuhr der Magier zurück, als hätte er einen Blick in die Dämonensphäre getan. Seine Augen waren so weit aufgerissen, daß das Weiße sich zeigte. Er torkelte mit einem erstickten Schrei rückwärts und wäre gestürzt, hätte Mikail ihn nicht aufgefangen. Gleichzeitig veränderte sich die Luft im Raum, es wurde schwül und dumpf, und ein Geruch wie von tausend süßlichen Essenzen breitete sich aus. Wie eine schwarze Woge strömte es von der Lederrolle her auf sie zu und überwältigte sie so sehr, daß beide nebeneinander aufs Bett niedersanken. Ferne, dämonische Musik drang an ihre Ohren, und erschreckende Bilder drängten sich ihren Augen auf. Phantasmagorien wüster Orgien zogen, halb dem Auge sichtbar, halb in Gedanken vor ihnen dahin. Mikail sah Paare, die sich auf blutbefleckten Feldern liebten, während neben ihnen gespießte Opfer auf dem Pfahl verröchelten, sah aufgeputzte Stutzer, die Kot von silbernen Tellern aßen, sah eine wunderschöne Frau, die einen halbverwesten Leichnam küßte. Alle diese Bilder hatten – weit entfernt davon, ihn abzustoßen – eine ungeheuer erregende Wirkung auf ihn; sein Gemächt wurde steinhart und schwoll größer an, als er es je erlebt hatte. Thezmar wand sich neben ihm auf dem Bett, von höchster Lust und Qual durchströmt, und kam aufschreiend zu einem Höhepunkt, der seinen ganzen Körper erschütterte.

Dann ließ die Wirkung des Zaubers nach, und die Lust wich dem Abscheu. Mikail fühlte seine Nase verstopft von den Gerüchen nach Blut und faulsüßen Düften, in seinem Mund klebte ein ekelhafter Geschmack wie von sonnenvertrockneten toten Tieren. Sein Kopf schmerzte. Neben ihm raffte Thezmar sich auf und rieb sich mit beiden Händen die pochenden Schläfen.

»Was war das?« flüsterte er, als der Zauber verflog und nur ein saures Unbehagen in ihnen zurückblieb. »Ich dachte, ich sterbe ... und zugleich war ich so brünstig wie im Leben noch nie.«

»Es erging mir genauso«, stimmte Mikail zu. Er war erleichtert, daß die unheimliche Leidenschaft sich gelegt hatte.

Thezmar dachte eine Weile nach, dann sagte er: »Erzählte Thimorn dir nicht, daß deine Mutter einen Pakt mit Belkelel geschlossen hatte? Ich wette, was sich in der Lederrolle befindet, ist dieser Pakt. Gleich werden wir den Beweis haben.«

»Faß das Ding bloß nicht an!« rief Mikail entsetzt, aber Thezmar nahm es in die Hand und hob die Kappe ab. Ein Duft wie von vermoderten Blumen schwebte durchs Zimmer, aber nichts weiter geschah. Thezmar zog eine gläserne Phiole aus dem ledernen Schutzmantel. Darin steckte ein Stück glattgespannter weißlicher Haut, die auf beiden Seiten beschrieben war und die Unterschrift Libussas trug.

»Es ist tatsächlich der Pakt«, sagte er. Dann holte er tief Atem, und im nächsten Augenblick hielt er das Stück Haut in die Kerzenflamme. Es schmorte und zischte, brannte aber dann lichterloh, wobei es einen üblen Geruch ausströmte.

Vom Fenster her erklang das Lachen einer lieblichen Stimme, höhnisch und triumphierend. »Das nützt nichts, junger schöner Herr!« rief sie. »Das nützt rein gar nichts, denn dieser Pakt steht in meinem Herzen geschrieben.«

# 7. Kapitel

Obwohl beide Schlimmes erwartet hatten, blieben sie die ganze Nacht ungestört und wachten erst auf, als Thyrza an die Türe pochte.

»Seid Ihr bereit, edle Herren?« fragte sie, wobei sie ihnen einen großen geschmiedeten Schlüssel wies. »Der Morgen ist klar und hell; jetzt ist die rechte Zeit, die Vampirin aufzustöbern.«

Mikail stand auf und blickte aus dem Fenster. In der Nacht mußte ein kräftiger Regenguß über Brandthusen niedergegangen sein, denn im Burghof standen große Pfützen, und an allen Bäumen und Büschen hingen glitzernde Tropfen. Praios' Scheibe leuchtete jedoch in mattem Goldglanz am Himmel, und die Luft war frisch und klar.

»Euer Frühstück steht im kleinen Salon schon bereit«, fuhr Thyrza fort. »Sobald ihr gegessen habt, können wir aufbrechen.«

Mikail und Thezmar beeilten sich mit dem Ankleiden und Frühstücken, und keine Stunde später saßen sie auf zwei struppigen Pferden und warteten darauf, daß Thyrza das Signal zum Aufbruch gab.

»Es ist nur ein kleines Stück Weges«, erklärte sie, »dennoch sollten wir lieber reiten als gehen … Es sieht seltsam aus, wenn ein Baron zu Fuß geht. Ihr müßt auf Eure Würde achten, Herr Mikail. Kommt jetzt.«

Sie umrundeten das Schloß und ritten über den Hügel, auf dem es erbaut war. Üppiges Gebüsch überwucherte den ganzen Hügel; mächtige alte Bäume, vorwiegend aber Holunderbüsche, Haselsträucher und junge Bäume standen dicht an dicht im hochwachsenden Gras. Der Pfad war kaum noch zu erkennen, obwohl er gepflastert war. Bei jedem Schritt des Pferdes wischten nasse Ranken und Zweige an Mikail vorbei.

Von der Hügelkuppe führte der Pfad abwärts in eine feuchte Senke, in der mächtige alte Erlen und Boronweiden wuchsen. Bald standen sie vor einem Mausoleum aus schwarzgrauem Stein, dessen schmiedeeisernes Tor fest verschlossen war. Es stand, von einem kniehohen Gitter umgeben, einsam zwischen den Bäumen. Auf dem Torbogen war das Wappen der Familie Ouvenske angebracht. Zwei bronzene Greifen bewachten den Eingang.

»Ich denke, wir gehen die Sache besser allein an«, sagte Thyrza. »Die Norbarden sind schwatzhafte Leute, und wir wissen nicht, was wir finden werden.«

Sie schob den Schlüssel ins Schloß und drehte ihn um. Knarrend schwang die Gittertür auf.

»Kommt.«

Mikail zögerte. Dieser Boronritterin mochte es ja nichts ausmachen, eine Gruft zu betreten, in der eine Vampirin lag ... aber ihm rann trotz der hellen Sonne und der fröhlich zwitschernden Vögel ein kalter Schauder den Rücken hinab. Thezmar schien auch nicht gerade begierig zu sein, das dunkle Gewölbe zu betreten, in das eine Reihe steinerner Stufen hinabführte, aber er gab sich einen Ruck und sprang aus dem Sattel.

»Komm, Mikail«, mahnte er leise. »Wir müssen es hinter uns bringen, ob es uns gefällt oder nicht. Du willst doch nicht jede Nacht in Angst und Sorge schlafen?«

Mikail schüttelte den Kopf. Er faßte sich ein Herz und folgte Thyrza den schmalen Abstieg hinunter. Die schwarzen Schieferwände schwitzten Wasser aus. Ein dumpfer, erdiger Geruch und ein unangenehmer Brodem, der sich beißend auf die Lungen legte, drangen von unten herauf.

»Es wird nicht lange dauern«, beruhigte sie Thyrza. In der Hand trug die Golgari-Ritterin einen kleinen braunen Sack, aus dem zwei Holzpflöcke und der Griff eines Hammers hervorsahen. »Sie liegt ganz vorn, wir haben nicht weit zu gehen.«

Tatsächlich stand der Sarkophag, auf den sie wies, so weit vorn an der Treppe, daß ihn beinahe die Sonnenstrahlen erreichten. Im Licht des hellen Morgens las Mikail auf der schwarzen Steinplatte die Worte:

*Baronin Libussa Ouvenskaja zu Brandthusen*

Darunter war Rethon eingemeißelt, die Seelenwaage Borons.

»Helft mir«, verlangte Thyrza. »Der Deckel ist schwer.«

Sie griffen mit vereinten Kräften zu.

»Erschreckt nicht, wenn ihr sie seht«, fuhr Thyrza fort. »Die Norbarden trugen sie hinunter, in ein Tuch gehüllt, wie sie war, barfuß und in einem zerschlissenen blaßgrünen Nachthemd. Ihr Haar war lang und weiß und hing ihr um den Kopf wie Spinnweben, und ihre Fingernägel waren so lang gewachsen, daß sie sich aufrollten. Sie trug alle ihre Juwelen.«

»Hat kein Boronpriester sie eingesegnet?« fragte Thezmar.

»Doch, das schon … der alte Mann, der unten in Brandthusen am Boronanger wohnt. Aber ihre Kräfte sind wohl stärker als die seinen.«

Mit einem kräftigen Ruck packten alle drei an und schoben die Steinplatte beiseite – und blickten in einen leeren Sarg, in dem es von Würmern wimmelte. Nur ein weißes Leichentuch lag darin, zerknüllt und zerrissen.

»Sie hat sich einen anderen Schlafplatz gesucht!« rief Thyrza aus. »Warte, aber diesen hier wollen wir dir vergällen!« Sie sprang die Stufen hinauf, und gleich darauf hörten Mikail und Thezmar die harten Schläge des Schwertes. Holz brach, Laub rauschte. Dann kam Thyrza mit einem Armvoll grüner Zweige die Treppe herab. Sie legte sie in den Sarg. »Hierher wird sie wohl nicht so schnell zurückkehren«, sagte sie. »Aber sie ist uns entwischt.«

»Nun haben wir auch den Beweis, daß sie wirklich eine Vampirin ist«, sagte Thezmar. »Wir haben uns nicht getäuscht. Aber wo könnte sie jetzt sein?«

Thyrza hob hilflos die Achseln. »Es gibt hier viele versteckte Winkel und Nischen ... Sie könnte sich in den Wald zurückgezogen haben oder ins Totenmoor. Das ist eine schlimme Plage ... Wir müssen die Dörfler warnen, damit sie nach Sonnenuntergang nicht mehr aus dem Haus gehen.« Sie schlug zornig mit der Faust auf den steinernen Deckel des Sarkophags. »Diese Frau ist im Tod noch gefährlicher als im Leben! Ich muß mit meinem Vater sprechen; er verfügt über mehr Wissen als ich. Vielleicht kann er uns raten. Wie steht es mit Euch, gelehrter Herr? Wißt Ihr keinen Zauberspruch gegen diese Kreatur der Nacht?«

»Ich fürchte nein«, erwiderte Thezmar bedrückt. »Aber ich kenne ein Ritual der Hesinde, mit dem ich den Raum reinigen kann, in dem sie gestorben ist. So ist ihr wenigstens ein zweiter Zufluchtsort versperrt.«

»Dann führt dieses Ritual so rasch wie möglich durch, und wir anderen wollen sehen, wie wir uns auf unsere Weise schützen können.«

Eine Stunde später standen Mikail und Thezmar vor dem Raum im Ostflügel. Die Norbarden hatten ganze Arbeit geleistet. Aus den Fenstern waren alle Ziegel herausgeschlagen, so daß das Sonnenlicht breit und ungehindert in das weite Rund des Raumes floß. Kein Stückchen war darin zurückgeblieben: Schränke und Kleider, Bettzeug und Baldachin, alles war auf dem Scheiterhaufen in Flammen aufgegangen. Das Sonnenlicht glänzte auf nackten Dielen. Auch die Vermauerung der Tür war völlig entfernt worden, und die Türöffnung gähnte unverschlossen; selbst der grüne Damastvorhang war abgenommen worden.

»Laß mich allein«, bat Thezmar. »Und sieh zu, daß mich auch sonst niemand stört. Je mehr Ruhe ich habe, desto besser gelingt mir das Ritual.«

»Möge die Herrin Hesinde dir Erfolg schenken!« erwiderte Mikail. Dann zog er sich bis an die Treppe zurück und ließ sich dort nieder.

Vom Ende des Korridors hörte er den halblauten Singsang, mit dem Thezmar den Segen der Göttin auf diesen Raum herabflehte, mit dem er sie bat, alle offenen Wunden zu heilen und alle bösen Einflüsse hintanzuhalten. Er wußte, daß auch Melcher solche Zaubersprüche gekannt hatte, mit denen man Dinge wie Menschen heilen konnte, mochte es ein von bösen Geistern heimgesuchter Raum oder ein verwunschenes Stück Wald sein. Noch während er lauschte, wehte plötzlich ein kräftiger Windstoß den Flur entlang und trug den starken Geruch des naßfrischen Landes herein. Es duftete nach Laub und feuchter Erde.

Mikail wußte, daß dies ein gutes Zeichen war – Thezmar schien alles richtig zu machen mit seiner Anrufung. Aber wann machte Thezmar schon etwas falsch? Er schien gefeit gegen Mißerfolge. Mikail seufzte ein wenig neidisch, aber dann fiel ihm ein, was er selbst schon alles geschafft hatte, und sein Neid auf den Magier erlosch. Er freute sich, ihn zum Freund zu haben.

Nach einer Weile hörte das Singen auf, und bald kam Thezmar den Flur entlang. »Komm und fühl es«, sagte er.

Mikail folgte ihm. Auf den Boden war mit Kreide inmitten eines Pentagramms das Zeichen des Heiligen Argelion gemalt, des Patrons der Schutzmagie; an den fünf Spitzen des Pentagramms standen brennende Kerzen, deren Flammen weiß im Sonnenlicht leuchteten. Aus einer Schale in der Mitte stieg der zartbittere Duft von edlem Räucherwerk auf.

Mikail spürte es augenblicklich: Der Raum war leer. War nichts weiter als eine bedeutungslose Hülle aus Holz und Stein. Das Gefühl einer übelwollenden Gegenwart war völlig daraus verschwunden.

»Hesinde hat dich erhört«, sagte er.

Thezmar nickte. »Das wohl, aber mir graut vor der Nacht. Ich habe dein Gemach geschützt, so gut ich kann, aber wer weiß, was dieses Ungeheuer alles vermag? Es gefällt mir nicht, daß sie in deinem Zimmer erscheinen konnte ... Sie muß hier einen Spießgesellen haben, der sie hereingebeten hat. Zögere nicht, mich zu Hilfe zu rufen, wenn dir etwas widerfährt.«

Als Zidonje Mikail sein Abendessen brachte, überraschte sie ihn gleich doppelt: Ihr langes dunkelbraunes Haar war gewaschen und gebürstet, und ihr Gesicht hatte den angespannten Ausdruck der Angst verloren. Ein schüchternes Lächeln lag darauf, als sie die Speisen auf den Tisch stellte.

»Ich sehe, du hast dein Haar gebürstet«, sagte Mikail. »Das ist gut, das gefällt mir.«

Das Mädchen knickste.

»Ich muß dich warnen«, fuhr er fort. »Wir haben

heute entdeckt, daß die Baronin eine Vampirin geworden ist. Sie ruht nicht mehr in ihrem Sarkophag, sondern hat sich einen geheimen Ort zum Schlafen gesucht. Sag der Dienerschaft, die Leute sollen sich schützen; sie dürfen nach Sonnenuntergang nicht mehr hinausgehen, und auch das Burgtor darf nicht mehr geöffnet werden.«

Zidonje riß die Augen auf. »Oh, ihr Götter«, murmelte sie. »Das ist eine schlimme Nachricht.«

»Wir werden unser möglichstes tun, die Vampirin zu vernichten«, fuhr Mikail fort. »Aber jetzt geh und sag es den Dienern.«

Zidonje verschwand mit einem tiefen Knicks.

Mikail starrte ihr nachdenklich nach. Er hatte gespürt, daß sie ihn nicht mehr fürchtete. Hatte der Zauber seiner Stimme auch sie erfaßt? Oder lag es daran, daß sie ihn mit Thezmar zusammen gesehen hatte? Vielleicht war sie jetzt überzeugt, er werde sie in Ruhe lassen, und war deshalb so gelassen. Nun, wie auch immer, er war froh, daß sie ihn nicht mehr mit diesen großen furchtsamen Rehaugen anblickte. Es hatte ihm den Appetit verdorben.

Nachdenklich begann er zu essen. Wirklich, das Essen war ausgezeichnet hier. Es gab kalten Schweinebraten mit Rettich, Schwarzbrot und eine große Schüssel Beerenmus mit Quark, dazu Sauerbrotbier. Er mußte der Köchin einmal ausrichten lassen, wie gut es ihm schmeckte. Sogar an das Quassetz gewöhnte er sich allmählich. Er würde noch ein bornischer Adliger von echtem Schrot und Korn werden!

Nach dem Essen stand er auf und trat ans Fenster. Die Praiosscheibe ging eben in einem wilden Farbenspiel aus Rot und Gold, Türkis und Schwarz unter. Über den Wäldern breitete sich bereits tiefe Dämmerung. Auf den Feldern war es noch hell, und Mikail entdeckte drei Bauern, die in höchster Eile heimwärts strebten. Vielleicht hatte sich das Erscheinen der Vampirin schon herumgesprochen, oder die Bauern hatten ihre eigenen Vermutungen angestellt. Zweifellos würde in Brandthusen heute nacht jedes Fenster geschlossen und jede Türe verrammelt sein.

Er warf einen Blick auf sein Bett. Sollte er schon schlafen gehen? Im Bornland gingen die Leute mit den Hühnern zu Bett, aber er fand es noch ein wenig früh. Er vermißte die abendlichen Gespräche mit Melcher, die oft bis spät in die Nacht gedauert hatten. Vielleicht sollte er zu Thimorn hinübergehen und seine Gesellschaft suchen.

Schließlich raffte er sich auf, nahm eine Kerze und machte sich auf den Weg durch den langen Flur. Er mochte diesen Ort nicht besonders, weil er ihn vielleicht an den Flur erinnerte, der sich an der anderen Seite des Hauses entlangzog. Plötzlich fiel ihm ein, daß sein Zimmer genau dieselbe Lage hatte wie das Schlafgemach der Baronin. Zu beiden führten diese langen Flure im ersten Stock. Er warf einen unbehaglichen Blick zurück. Da, kaum noch erkennbar in der Dämmerung, war seine Tür. Ein schwerer grüner Damastvorhang hing davor. Bis dahin hatte er noch gar nicht wahrgenommen, daß es derselbe Vorhang war wie im Ostturm.

Er war froh, als er den Wappenturm erreichte und Thimorn und Thyrza dort beim Teetrinken fand. Sie setzten sich zusammen, und eine Magd brachte einen Teller voll kleiner brauner Kuchen, die Mikail ausgezeichnet schmeckten.

»Heute«, sagte Thimorn, »ist es zu spät dazu, aber morgen wollen wir das ganze Haus durchsuchen, ob wir irgendwo Spuren der Vampirin finden.«

»Meint Ihr, sie hat sich hier im Haus eingenistet?« fragte Mikail erschrocken.

»Vielleicht, vielleicht auch nicht. Immerhin hat sie

hier gelebt und kennt jeden Kellerwinkel. Ich habe übrigens etwas für Euch.« Er stand auf, suchte in einem seiner mit Holzmosaik verzierten Schränkchen und kramte eine kleine schwarze Medaille hervor, die das Bildnis des Raben trug. »Nehmt das. Es ist geweiht und wird Euch vor allen Angriffen schützen. Boron ist den Ruhelosen feind, die nicht in seine Hallen kommen, sondern nächtens herumstreifen, um Tod und Verderben über die Dere zu bringen.«

Mikail nahm ehrfürchtig die Medaille entgegen, küßte sie und hängte sie sich um den Hals.

»Fürchtet nichts«, sagte Thyrza. »Boron bringt Frieden und ein Ende aller Qual. Die Untoten scheuen sein Zeichen, bedeutet es doch, daß sie sich seiner Macht ergeben und ihr irdisches Leben loslassen müssen.« Dann fuhr sie fort: »Es ist mir aufgefallen, daß die Vampirin sich erst jetzt zeigt, seit Ihr hier seid, Mikail. Was meinst du, Vater? Libussa ist seit gut einem Monat tot, aber wir haben nichts von ihr gehört und gesehen. Erst jetzt erscheint sie. Meinst du, daß sie es auf Mikail abgesehen hat?«

»Auf mich? Aber warum?« rief Mikail erschrocken.

»Nun, Ihr seid ihr Erbe. Ich glaube – weiß es aber nicht sicher –, sie möchte Euch zu ihresgleichen machen, damit Ihr mit ihr nachts durch die Schatten streifen müßt, anstatt in Praios' hellem Sonnenschein zu leben. Ihr wißt, die Untoten können es nicht ertragen, wenn andere die Sonne genießen. Und ... Ihr habt viel Blut in Euch.« Ihr grüner Blick wanderte über Mikails massige Gestalt, sein frisches Gesicht. »Ihr seid eine große Verlockung für sie.«

»Ich fürchte, meine Tochter hat recht«, stimmte Thimorn zu. »Libussa versucht, Euch zu sich zu holen. Sie wird Euch locken und betören, und wenn Ihr ihr widersteht, wird sie Euch zu überfallen suchen. Aber fürchtet nichts, die Medaille wird Euch schützen, solange Ihr Euch nicht leichtfertig mit der Vampirin einlaßt. Fragt nichts und gebt keine Antwort, wenn sie Euch fragt!«

»Ihr erschreckt mich«, murmelte Mikail. Es war schon schlimm genug gewesen, daß eine Vampirin unterwegs war, daß es diese Vampirin aber auf ihn abgesehen hatte, war beinahe unerträglich!

Nachdem er noch eine Stunde mit dem Vogt und seiner Tochter geplaudert hatte, begab er sich zu Bett. Und diesmal schlich sich ein Traum ein, so seltsam, daß Mikail nachher nicht mehr wußte, ob er wach war oder geträumt hatte.

Er schreckte aus dem Schlaf auf, als er es an der Tür klopfen hörte – leise und sacht. Benommen stieg er aus dem Bett und öffnete die Tür. Im Dämmerlicht des Korridors, in den nur Madas blauer Schein durch die Fensterluken fiel, stand eine Frau vor ihm, eine vollkommen nackte Frau. Das Haar hing ihr wie gesponnenes Gold auf die Schultern, ihre großen blauen Augen schimmerten feucht im Zwielicht. Mikail fühlte, wie sein Gemächt hart wurde, als er ihre Nacktheit betrachtete. Ihre Brustwarzen waren blutrot gefärbt, feines lockiges Schamhaar kräuselte sich auf ihrem Venushügel. Eine Welle von Verlangen durchströmte ihn. Er war drauf und dran, auf die verlockend lächelnde Frau zuzutreten und sie in die Arme zu nehmen, als er auf einem Fenstersims Bishdariel sitzen sah – in seiner schrecklichsten Gestalt. Mit zerfetzten Schwingen, spärlichen, zerschlissenen Federn, die in dem faulenden Kadaver steckten, und leeren Augenhöhlen hockte er da, den Schnabel zu einem gräßlichen Schrei geöffnet. Eine Welle modrigen Leichengestanks ging von ihm aus. Er schrie, und im selben Augenblick öffnete sich der Leib der schönen Frau, und zehn scharfe Klingen fuhren aus ihrer Brust und ihrem Unterleib hervor.

Mikail schlug mit einem gellenden Aufschrei die Tür zu, und gleich darauf fand er sich quer über sein Bett ausgestreckt wieder, schweißnaß und mit wild hämmerndem Herzen. Sein Unterleib schmerzte von der so plötzlich abgebrochenen Erregung. Er lag keuchend da, bis er sich wieder einigermaßen erholt hatte. Dann griff er nach der Kerze, zündete sie an und öffnete die Tür, die zu der Wendeltreppe führte.

Gleich darauf saß er in Thezmars Gemach und erzählte dem Freund von der nächtlichen Begegnung. Thezmar, der einen bunten Hausmantel über sein Nachthemd gezogen hatte, lauschte aufmerksam. Schließlich sagte er: »Wir sollten auch diese Mordmaschine zerstören, aber das wird nicht einfach sein; wir kennen den Mechanismus nicht, und es könnte gefährlich werden, daran herumzuhantieren. Nun, ein zweites Mal wird sie dich in dieser Gestalt nicht überrumpeln.«

»Dank sei Bishdariel«, sagte Mikail, immer noch mit bebender Stimme. »Er schrie, und das brach den Zauber.« Er streichelte mit zwei Fingern die Medaille, die er um den Hals trug. »Thimorn hat gut daran getan, mir diesen Schutz zu schenken.«

Thezmar nickte zustimmend. Dann sagte er: »Dennoch wäre mir wohler, wenn wir diesen Vampir schon verbrannt hätten. Du solltest alle deine Dörfler auffordern, in den finstersten Winkeln nachzusehen und sofort Meldung zu machen, wenn ihnen etwas Besonderes auffällt. Vielleicht finden wir Libussa auf diese Weise schneller.«

Mikail nickte. »Ich werde morgen die Dorfältesten von Brandthusen und Bonna zu mir rufen und einen Boten nach Fedoran schicken.« Dann stand er auf. »Es tut mir leid, daß ich dich so lange wachgehalten habe … Ich gehe jetzt wieder schlafen.«

Er stieg hinauf in sein eigenes Zimmer und legte sich

ins Bett, ließ aber die Kerze brennen. Er wurde das Gefühl nicht los, daß noch etwas nachkommen würde, und er behielt recht. Keine halbe Stunde hatte er so sinnend und dösend im Bett gelegen, als eine Stimme ihn vom Fenster her ansprach.

»Sohn«, fragte sie (und klang süß wie Honig), »warum verwehrst du mir den Eintritt in dein Zimmer? Ich wollte dich nur sehen, ein einziges Mal. Nimm das grüne Holz weg, dann will ich zu dir kommen.«

Mikail dachte an Thimorns Rat und gab keine Antwort. Er starrte angespannt zum Fenster hinüber und sah etwas Dünnes, Halbdurchsichtiges wie ein Spinnennetz vor dem Fenster im Nachtwind wehen.

»Willst du mir keine Antwort geben?« fragte die liebliche Stimme. »Warum haßt du mich? Ich meine es gut mit dir. Ich will nur hereinkommen und meinen Sohn küssen. Sieh, ich habe eine angenehme Gestalt. Laß mich eintreten, Sohn.«

Mikail steckte den Kopf unter das Kissen und hielt es mit beiden Händen fest. Jetzt war die Stimme nicht mehr zu hören.

Libussa merkte wohl, wie er sich ihr entzog, denn plötzlich fuhr ein scharfer Windstoß durchs Fenster, und eine Woge von modrigem Gestank drang herein. Als Mikail unter dem Kopfkissen hervorfuhr und um sich blickte, war nichts mehr zu sehen.

Sie war fort, das spürte er. Dankbar berührte er Thimorns Medaille mit den Lippen und streckte sich dann lang im Bett aus. Er schlief ein, kaum daß er die Kerze ausgeblasen hatte.

# 8. Kapitel

In den darauffolgenden Nächten wurde er immer wieder belästigt – manchmal durch eine Stimme, die ihn vom Fenster her ansprach, manchmal durch ein Kratzen und Pochen an der Tür. Er regte sich daraufhin nie, sondern lag still und umschloß mit den Fingern die schwarze Medaille. Oft wurde in diesen Augenblicken sein Geist entführt: Er glaubte, nicht mehr in seinem Zimmer zu sein, sondern durch einen dunklen Park zu wandeln, über dessen Wipfeln die Sterne glitzerten. Lotosblumen blühten entlang der moosüberwachsenen Wege. Wasser rauschte eintönig in einen schwarzen Brunnen. Eine tiefe Ruhe erfüllte ihn, und seine Ohren waren taub für das Kratzen und Wispern des Vampirs.

»Boron stärkt Euch, indem er Euch einen Blick in sein Schlafgemach werfen läßt«, sagte Thimorn, als er ihm davon erzählte. »Selig, die in den Hallen der Abgeschiedenheit wandeln! Wir, seine Diener, verzehren uns in Gebet und Meditation danach, dieses Paradies kosten zu dürfen ... Ihr seid ein glücklicher Mann, Mikail.« Er zögerte, dann fuhr er rasch fort: »Da Boron Euch hilft, seid Ihr wohl nicht abgeneigt, ihm einen Tempel errichten zu lassen ... Wir würden uns um alles kümmern, wenn Ihr nur ja sagen wollt.«

Mikail zuckte die Achseln. »Warum nicht? Baut, wie es Euch beliebt. Aber wer soll Euch den Tempel weihen, hier in der Wildnis? Der alte Priester im Dorf?«

»Er könnte es vielleicht tun, aber ich möchte mich an

die Geweihten des Heiligtums oben auf dem Rabenpaß in der Gelben Sichel wenden. Vor zwei Jahren haben sie neben den Ruinen des alten Heiligtums ein neues gebaut. Dort gibt es gewiß Geweihte, die diese Aufgabe wahrnähmen, Männer von starkem Glauben und großer Kraft.«

Mikail nickte. »Tut, was Ihr für richtig haltet.« Er war froh, daß er dem Vogt so leicht einen Gefallen tun konnte, offenbar lag Thimorn sehr viel daran, seinem Gott hier einen Tempel zu bauen. Nun, warum auch nicht?

In diesen Tagen durchsuchten sie das Haus vom Keller bis zum Dachboden und fanden manchen dunklen Winkel, aber keine Spur des Vampirs. Zuletzt öffnete Thimorn ein verschwiegenes Pförtchen in der Kellerwand und forderte Mikail und Thezmar auf, ihn zu begleiten. Im flackernden Schein der Kerze stiegen sie in einen noch tieferen Keller hinab. Kaltfeuchter Brodem und ein beißend erdiger Geruch schlugen ihnen entgegen. Die Wände dieses Kellers waren aus harter Erde, die im Kerzenschein feucht glitzerte. Ein enger Gang bohrte sich ein Stück weit in die Grundfesten der Burg und öffnete sich dann in einen niedrigen unterirdischen Raum.

Die beiden jungen Männer faßten einander an der Hand, als Thimorn den Leuchter mit den drei Kerzen hob. Hinter einem Eisengitter stapelten sich Totenschädel und Knochen zu einer mächtigen Pyramide.

»Das sind die Überreste der Opfer Baronin Libussas«, erklärte Thimorn. Seine Stimme klang dumpf in dem unterirdischen Raum. »Sie wurden hier bestattet, nachdem man den Jungfernhügel im Schloßhof aufgegraben und die Knochen darin gefunden hatte. Der Borongeweihte segnete sie, und danach wurde die Tür verschlossen.« Dann sprach er die Gerippe an: »Schlaft weiter, Unglückliche! Möge Boron euch gnädig sein!«

Sie kehrten wieder in den oberen Keller zurück, wo Thyrza mit dem zweiten Leuchter auf sie wartete. »Jetzt haben wir das Schloß von den Zinnen bis zu den Grundfesten durchsucht, aber nichts gefunden«, sagte sie. »Hier ist sie also nicht. Heitert Euch das auf, Mikail?«

»Ein wenig«, erwiderte er. »Ich wollte nicht unter demselben Dach mit diesem verfluchten Gespenst wohnen. Hat man aus dem Dorfe schon etwas gehört? Ich habe den Dorfältesten aufgetragen, es mir sofort zu melden, wenn jemand krank wird oder als vermißt gilt.«

»Wir haben auch nichts gehört«, sagte Thimorn, »aber ich fürchte, das wird nicht mehr lange so bleiben. Jetzt, da Libussa erwacht ist, wird sie auch Beute suchen.«

Tatsächlich wurden sie wenige Tage später von der Nachricht alarmiert, im Dorf Bonna liege eine junge Frau krank. Mikail und Thezmar fuhren hinaus. Sie fanden die Frau in einer der kleinen hölzernen Torfstecherkaten, die hier hübsch mit Laubsägearbeit verzierte Giebel und Dächer hatten und deren Bruchsteinsockel mit Blumen und Götterzeichen bemalt waren.

Thezmar trat mitten unter die besorgte Familie. Er beugte sich über die Kranke, legte ihr die Hand auf die schweißfeuchte Stirn und betrachtete eingehend ihren Hals. Dann schüttelte er den Kopf. »Hier war kein Vampir am Werk. Die Frau ist am Sumpffieber erkrankt.« Er wandte sich an die Angehörigen. »Wickelt sie in feuchte Tücher und seht zu, daß sie einmal am Tag tüchtig schwitzt. Gebt ihr reichlich zu trinken, und morgens und abends laßt ihr sie ein oder zwei von diesen Donfstengeln kauen.«

Ein zweiter Fall sah weniger günstig aus. In Brandthusen war ein sechzehnjähriges Mädchen erkrankt.

Als Thezmar und Mikail die Stube betraten, erklärte die Mutter, sie sei seit mehreren Tagen fiebrig und fahre immer wieder voll Schrecken aus dem Bett. Auch sei das eben noch blühende Mädchen verfallen, als tobte eine zehrende Krankheit in ihr.

Die beiden traten in die Krankenstube, einen mit buntem Krimskrams vollgestopften kleinen Raum. Das Mädchen im Bett sah erschreckend aus. Man sah ihm noch an, daß es erst kürzlich ein pummeliges Kind mit frischen Farben gewesen war, aber jetzt waren die runden Backen bleich wie Käse, um die Augen lagen tiefe schwarze Schatten. Ihr Blick wanderte wild und fiebrig über die beiden Besucher. Als Thezmar nach ihrem Hals griff, warf sie sich mit einer heftigen Bewegung herum und streckte abwehrend die Hände aus.

Der Magier hatte jedoch schon gesehen, was er suchte. »Das sind Vampirspuren«, sagte er. Er wandte sich an die Mutter, die sich schüchtern hinter ihnen ins Zimmer gedrückt hatte. »Deine Tochter ist von einem Vampir heimgesucht worden.«

»Heißt das«, stotterte die Frau entsetzt, »daß sie nun auch … ein Vampir wird?«

Thezmar vermied eine klare Antwort. »Schließ die Fenster von Sonnenuntergang bis Sonnenaufgang und stell reichlich frisches Grün in die Stube. Das ist wichtig, verstehst du? Wenn die Vampirin noch einmal an sie herankommt, könnte es für deine Tochter zu spät sein.«

Die Frau nickte angstvoll.

»Laß vom Borongeweihten ein Amulett weihen, das du deiner Tochter um den Hals hängst. Sie darf es niemals abnehmen, verstanden? Und betet eifrig, zu wem immer ihr hier betet, daß die Götter sie beschützen mögen.«

Die Frau kniete nieder und küßte Thezmar demütig den Ärmel.

Als sie das Haus verließen und ihre Kaleschka bestiegen, sagte Thezmar leise: »Die Baronin Libussa wird im Tod mehr als im Leben umbringen, wenn wir sie nicht bald zur Strecke bringen… und wenn wir Pech haben, droht uns hier eine Vampirplage.«

Bald darauf wurden Mikail die Gewänder geliefert, die der Schneider ihm angemessen hatte. Ihm fiel auf, daß der Schneider und seine Näherinnen weitaus weniger ängstlich waren als beim Maßnehmen – die drei Mädchen betrachteten ihn geradezu mit Neugier, und der Schneider wagte sogar ein Scherzchen. Mikail fand sich überaus prächtig gewandet wieder und erfuhr, daß dieser Prunk seine Alltagskleidung darstellte, die Festtagskleidung mußte erst noch genäht werden!

Thezmar lehnte am Fenster und betrachtete ihn wohlgefällig. »Wirklich, Mikail«, sagte er, »du bist sehr schön und stattlich.«

Nachdem Mikail alles anprobiert hatte, erschien ein alter Diener, ein weißhaariger Mann namens Valpo, der ihm kunstgerecht Haare und Nägel schnitt. Dann wurde er eingekleidet, und Thimorn kam, ihn zu betrachten. Der sonst so ernste Vogt ließ sich zu lauter Bewunderung hinreißen, und Thezmar neckte den Freund nach Kräften mit seinem ›bunten Gefieder‹.

Keiner von ihnen bemerkte, daß Valpo die abgeschnittenen Haare und Fingernägel mit sich nahm.

In den nächsten Tagen ritt Thezmar häufig ins Dorf, um das Vampir-Opfer zu besuchen. Er fand das Mädchen in gebessertem Zustand vor – die Mutter hatte seine Anordnungen sorgfältig befolgt, die Stube strotzte von frischem Grün, und am Hals des Mädchens hing ein großes Amulett. Die Bißwunden am Hals waren kleiner geworden, und das Rot der Wangen kehrte zögernd zurück.

Daß ein Heilkundiger nach Brandthusen gekommen war, sprach sich herum, und immer öfter widerfuhr es Thezmar, daß sich ein Bauer vor seinem Pferd in den Staub warf und bittend die Hände hob. Dann wurde er angefleht, ein Vampir-Opfer zu besuchen oder auch jemandem zu helfen, der sich bei der Arbeit verletzt hatte. Sogar bei einer Geburt mußte er helfend einspringen.

»Wen habt ihr eigentlich um Hilfe gebeten, bevor ich hierherkam?« fragte Thezmar schließlich.

Die Familie, der er die Frage gestellt hatte, wand sich verlegen. Nur zögernd rückte einer mit der Antwort heraus: »Wir haben uns an Jaminka gewandt.«

»Wer ist sie? Eine Hexe?«

»Vielleicht. Sie weiß viel und kann bei vielen Krankheiten helfen. Sie kann auch gute Ratschläge geben.«

Thezmar nickte nur. In jedem Dorf gab es eine solche ›weise Frau‹, meist ein altes Kräuterweiblein. Er wandte sich wieder seiner Arbeit zu und vergaß Jaminka darüber.

In derselben Woche hatte Mikail einen üblen Traum. Es schien ihm, daß er vor dem polierten Metallspiegel stand und sein Gesicht schrecklich verändert fand. Knochige Buckel sprangen an Stirn und Schläfen vor, die Haut war von einer abstoßend bläulichen Farbe, eine Spanne lang zogen sich häßlich anzusehende Narben von der Schläfe bis unters Ohr. Das schlimmste jedoch waren seine Augen, die nicht mehr blaugrün waren, sondern gelb wie die Augen einer Katze. Er fuhr sich mit der Hand ins Gesicht – auch seine Hand hatte sich verändert, war von einer rauhen bläulichen Haut überzogen. Die Nägel waren lang und scharf wie Raubtierkrallen.

Noch starrte er atemlos in den Spiegel, da sagte die vertraute liebliche Stimme zu ihm: »Nun bist du auch ein Geschöpf der Nacht, Sohn. Nun wirst du auch als ein Gefangener deines Zimmers sterben, und die Menschen werden dir feind sein. Ich bin das einzige, was du noch hast … Komm zu mir, und wir wollen zusammen jagen, wir wollen zusammen das süße frische Blut trinken.« Ein hell perlendes Gelächter begleitete die Worte.

Mikail schreckte heftig auf. Welch ein entsetzlicher Alptraum! Unwillkürlich fuhr er sich mit der Hand ins Gesicht, um die Spinnweben des Schlafs abzuwischen.

Seine Finger berührten knochige Buckel und rauhe Narben.

Er saß aufrecht im Bett und schrie gellend vor Entsetzen. Immer wieder betastete er sein Gesicht, halb in der Hoffnung, aus dem Bann eines Alptraums zu erwachen, aber immer wieder glitten seine Finger über dieselben verunstalteten Züge. Schließlich sprang er mit einem Satz aus dem Bett, zündete eine Kerze an und kauerte sich vor dem großen metallenen Spiegel zusammen. Jetzt gab es keinen Zweifel mehr: Er war wach, aber sein Gesicht war so gräßlich verändert, wie er es im Traum gesehen hatte. Er riß sich das Hemd auf – auch seine Brust war bläulich verfärbt. Nur sein Haar hatte, wie zum Spott, seine alte Schönheit beibehalten und fiel, ein rotgoldener Rahmen, um diese abscheuliche Fratze.

Mikail hämmerte sich in verzweifelter Raserei mit den Fäusten ins Gesicht, bis der Schmerz ihn ernüchterte. Noch einmal hob er die Kerze: Das grausige Spiegelbild starrte ihn unverwandt an. Taumelnd wie ein Betrunkener wankte er auf die Tür zur Wendeltreppe zu, stieg hinunter und pochte unten an Thezmars Tür.

Der Magier hatte offenbar einen leichten Schlaf, denn er öffnete, kaum daß das erste Pochen verklungen war. Mikail drängte sich mit abgewandtem Gesicht hinein und blieb drinnen mit dem Gesicht zur Wand stehen.

»Was ist mit dir? Mikail!« Thezmar faßte ihn an der Schulter und drehte ihn um, noch bevor er sich wehren konnte. Fassungsloses Erstaunen glitt über sein schönes Gesicht. »Was ist dir widerfahren?« stieß er mit heiserer Stimme hervor.

Mikail brach in Tränen aus. Er warf sich längelang auf das offene Bett und schluchzte, unfähig, auch nur ein Wort hervorzubringen. Nach einer Weile setzte Thezmar sich neben ihn und schob ihm eine Hand unter den Nacken, während er mit der anderen das Haar liebkoste. So saßen sie lange beisammen, bis Mikail sich so weit gefaßt hatte, daß er die Worte über die Lippen brachte: »Sie hat mich behext. Sie hat es mir gesagt.«

»Vampire können niemanden behexen. Das glaube ich einfach nicht. Sie kennen keine Verwandlungszauber – es sei denn, sie waren im Leben Magier«, widersprach Thezmar. »Aber nun erzähle erst einmal, wie alles zustande gekommen ist.«

Als Mikail – häufig von Schluchzen unterbrochen – seine Geschichte erzählt hatte, fuhr Thezmar sich nachdenklich mit der Hand durch das langlockige seidige Haar. »Sie muß mit jemandem zusammenarbeiten«, sagte er. »Eine Vampirin könnte dich nicht so behexen. Sie muß mit einem Zauberkundigen im Bunde stehen … vielleicht mit einer Hexe.«

Mikail unterbrach ihn: »Kennst du keinen Zauberspruch, mir mein Gesicht wiederzugeben?«

»Ich fürchte nein«, antwortete Thezmar traurig. »Ich weiß nicht einmal, welche Art von Zauber auf dir liegt. Aber laß dir nicht den Mut nehmen! Das alles läßt sich herausfinden, wenn du mir nur ein wenig Zeit gibst.«

»Zeit? Thezmar, ich wage nicht, mich unter Menschen blicken zu lassen! Sie würden kreischend vor mir davonstürzen!«

»Thimorn und Thyrza müssen auf jeden Fall Bescheid wissen. Vor den anderen wollen wir es noch eine Weile verheimlichen ... Komm jetzt, leg dich an meine Seite, bis der Morgen anbricht.«

»Hast du ... denn keine Scheu vor mir?« fragte Mikail stockend.

Therzmar strich ihm sanft übers Haar. »Der Zauber konnte nur dein Gesicht verändern, nicht dein Herz«, sagte er. »Du bist noch immer mein bester Freund.«

# 9. Kapitel

Thimorn und Thyrza waren zutiefst betroffen, als sie sahen, was der Verwandlungszauber angerichtet hatte, aber ihr Schrecken war nicht von langer Dauer. Dann taten sie ihr Bestes, Mikail zu trösten. Zidonje wurde hereingerufen, da sie auch weiterhin Mikails Dienerin sein sollte, und man erklärte ihr in kurzen Worten, welch hartes Schicksal ihren Herrn betroffen habe. Sie brach in Tränen aus, kniete nieder und küßte Mikail den Ärmel.

Thimorn saß nachdenklich in seinem Armsessel. »Ich verstehe das alles nicht«, sagte er. »Um einen solchen Zauber aus der Ferne zu wirken, müßte ein Magier oder eine Hexe im Besitz eines Körperteils von Euch sein … Haare, Nägel, geronnenes Blut. Aber wer hätte Euch das abnehmen können, ohne daß Ihr es merktet?«

»Ich weiß es!« rief Thezmar plötzlich aus und klatschte in die Hände. »Dieser Diener, Mikail, der dir die Haare geschnitten hat! Wo steckt er? Bringt ihn augenblicklich her. Und du«, wandte er sich an Zidonje, »du läufst und schneidest mir hinter dem Haus einen frischen Haselstecken, grün und gerade.« Dann ergriff er Mikails Hand. »Ich kann dir im Augenblick nicht helfen, aber ich werde bald wissen, wer dir das angetan hat.« Seine großen Mandelaugen blitzten, und zwei harte Linien kerbten sich um den schönen Mund.

Es dauerte nicht lange, da kam Zidonje mit dem Haselstecken wieder, und gleich darauf tauchte der weißhaarige Valpo auf, von zwei Norbarden begleitet. Er ließ sich auf ein Knie nieder und verharrte so. »Was steht zu Diensten, gnädiger Herr?« fragte er.

»Eine Auskunft steht zu Diensten«, antwortete Thezmar scharf. »Du hast dem Baron hier« – er wies auf Mikail, der mit abgewandtem Gesicht am Fenster stand – »erst kürzlich die Haare geschnitten und ebenso die Fingernägel. Was hast du damit gemacht?«

Valpos Blick huschte von einem zum anderen. »Ich verstehe nicht, was Ihr meint, gnädiger Herr«, stotterte er.

»Ich meine«, sagte Thezmar, »wem hast du Haare und Fingernägel gebracht? Wer hat den Zauberbann ausgesprochen? Da, sieh deinen Herrn an! Das ist dein Werk!«

Valpo fuhr zitternd zusammen, als Mikail sich umdrehte und ihm sein schrecklich verunstaltetes Gesicht zuwandte. »Ich habe nichts damit zu tun«, stammelte er, aber seine irrlichternden Augen und sein zuckender Mund straften ihn Lügen.

Thezmar bog den Haselstecken zwischen den Händen. »Führt diesen Schurken zum Tor hinaus«, befahl er, »und bindet ihn mit den Händen an dem Balken fest, der dort hervorragt. Dann werden wir sehen, wie lange er bei seiner Lüge bleibt.«

Valpo schrie und zeterte, aber es half ihm nichts. Die Norbarden schleppten ihn vors Tor hinaus und fesselten ihm die Hände an einem altersschwarzen Balken, der in Kopfhöhe aus der Mauer ragte. Dann öffnete ihm einer der Männer die Hose und zog sie herunter, so daß Valpo mit blankem Gesäß dastand.

Thezmar schlenderte gemächlich heran und hieb durch die Luft, daß der Stecken pfiff. Valpo tanzte vor Angst auf der Stelle und kniff den Hintern ein – da sauste schon der erste Schlag waagrecht auf seine pickelübersäten bleichen Hinterbacken nieder. Valpo sprang schreiend in die Höhe. Thezmar wartete, bis er wieder auf beiden Füßen gelandet war, und schlug neuerlich zu. »Nun, hast du es dir überlegt?« fragte er, als Valpo einen weiteren wilden Satz tat.

»Ich weiß es nicht!« schrie Valpo. »Ich habe ganz gewiß nichts damit zu tun!«

Thezmar zielte sorgfältig und schlug wieder zu.

Inzwischen war das gesamte Gesinde, Knechte und Mägde, aus dem Schloß gelaufen gekommen, und alle rissen Mund und Augen auf, als sie den bis dahin so ehrwürdigen Diener Valpo mit entblößtem Gesäß und Gehänge am Schandpfahl stehen sahen. Gedämpftes Gemurmel wurde angesichts der breiten blauroten Striemen auf seinem Hinterteil laut.

Thezmar schlug zu – lässig, mit einer eleganten Handbewegung, als spiele er ein Spiel, aber seine dunklen Augen waren kalt wie Obsidian, und er biß sich in die Unterlippe, daß Spuren zurückblieben.

*Ich wette, du bist stocksteif,* dachte Mikail, der vom Fenster aus zusah. Es war ihm nie klargeworden, wie sein Freund gleichzeitig ein tüchtiger Heiler sein und solche Lust an Schlägen haben konnte, aber so war Thezmar nun einmal. Und im Augenblick fand Mikail die Schläge durchaus gerechtfertigt, wenn er daran dachte, daß er diesem schleimigen Schurken da unten seine Verwandlung in ein Ungeheuer zu verdanken hatte. Er beugte sich vorsichtig vor, um von den Dienern nicht gesehen zu werden, und betrachtete das Spektakel.

»Wer hat den Zauber ausgesprochen?« fragte Thezmar soeben. »Höre, Valpo, ich schlage dich so lange, bis du mir die Wahrheit sagst, und wenn du in Fetzen an diesem Balken hängst. Also?« Wieder pfiff der Haselstecken, diesmal zweimal kurz hintereinander.

Der Diener heulte auf und benäßte mit spritzendem Strahl seine Hose, gab aber keine Antwort.

»Auch gut«, sagte Thezmar ruhig. »Du wirst antworten, das weiß ich.«

Er schlug gleichmäßig und unbarmherzig zu. Valpo sprang und tanzte und stieß bei jedem Schlag pfeifende hohe Schreie aus. Dann erlahmte sein Widerstand plötzlich. »Die Gnädige«, stieß er atemlos hervor, »die Gnädige wollte es so …«

»Wem solltest du die Haare und Fingernägel bringen?«

»Dem … dem …« Ein neuerlicher Hieb half ihm auf die Sprünge. »Aa-iii! Dem Druiden … Väterchen Durn in den Nordwalser Wäldern …«

»So, wir kommen also schon weiter.« Thezmar ließ die Gerte sinken, hielt sie aber griffbereit in der Hand. »Die Baronin hat dir das befohlen? Wie kann sie das tun, da sie doch tot ist?«

»Sie kam nachts … nachts an mein Fenster und flüsterte mir zu … sie war wunderschön, wie sie einst im Leben war. Sie bezwang mich, die Haare und Fingernägel des jungen Herrn zu Väterchen Durn zu bringen …«

Thezmar versetzte ihm einen gewaltigen Hieb. »Schwein! Wie konntest du deinen Herrn so verraten? Er wird dich hängen lassen.« Dann wandte er sich an die Norbarden. »Bindet ihn los und sperrt ihn ein. Der Baron wird später sein Urteil sprechen.«

Mikail, der immer noch oben am Fenster stand, ballte die Faust. O Thezmar, dachte er, das war ein voreiliges Wort!

Als sein Freund das Zimmer betrat, ging er ihm mit raschen Schritten entgegen. »Wie konntest du das sagen?« empfing er ihn. »Was soll ich jetzt anders tun, als ihn hängen zu lassen?«

Thezmar zuckte die Achseln. »Du könntest ohnehin nichts anderes tun. Begreifst du nicht? Er ist ein Sklave der Baronin. Er wird dir schaden, wo er kann. Und du hast schon genug Schaden erlitten.« Er berührte liebevoll Mikails Gesicht. »Hab keine Furcht! Ich werde immer dein Freund sein, wie du auch aussehen magst.«

Daraufhin traten Thimorn und Thyrza herbei. Thyrza schlang die muskulösen Arme um Mikail. »Auch wir werden immer deine Freunde sein, nicht wahr, mein Vater? Aber noch haben wir Hoffnung, das Hexenwerk zu beenden und dir deine ursprüngliche Gestalt wiederzugeben.«

»Ich hoffe es«, murmelte Mikail. »Sie sagte zu mir: ›Nun wirst du auch als ein Gefangener deines Zimmers sterben, und die Menschen werden dir feind sein.‹«

»Sie will dich zwingen, Mikail, ihr zu Willen zu sein. Sie will dich zu ihrem Sklaven machen, damit du dasselbe elende Schattendasein führen mußt wie sie. Aber du hast ein kluges und gutes Herz; mit dir wird es ihr nicht gelingen.«

Mikail wurde warm ums Herz, als er sich mit dem vertraulichen Du angeredet hörte. Er antwortete leise: »Ich danke dir.«

Thezmar fiel ein: »Dann müßten wir jetzt nur noch diesen Druiden ausfindig machen.«

Thimorn lachte trocken. »Er ist nicht schwer zu finden, aber schwer zu überwältigen. Seine Macht ist größer als unsere und wohl auch größer als deine, Thezmar. Ich weiß selbst nicht, wie wir ihn überwältigen sollen.«

»Du hast doch deine Norbarden! Sind das nicht furchtlose Männer?« rief Mikail heftig aus. »Sende sie aus und sag ihnen, sie sollen den Druiden herbringen. Wir wollen sehen, ob er ganz und gar übermenschlich ist.« Dann wandte er sich an Thimorn: »Was soll ich jetzt anderes tun, als diesen Burschen hängen zu lassen?«

»Die Entscheidung liegt bei dir«, erwiderte Thimorn. »Aber ich finde, Thezmar hat recht. Valpo ist der Baronin verfallen und wird alles tun, das Böse zu fördern, das sie vorhat. Selbst wenn wir ihn wegjagen, könnte er uns noch vernichtend gefährlich werden.«

Mikail seufzte. »Dann laß ihn hängen, aber hab Verständnis dafür, daß ich nicht dabei anwesend sein kann. Ich wage es nicht, jemand anderem als euch unter die Augen zu kommen.«

»Das verstehe ich«, erwiderte Thimorn, »aber laß dich nicht dazu treiben, daß du dich selbst in deinem Zimmer einmauerst. Du würdest damit nur Libussas Wunsch und Willen erfüllen. Soll ich Zidonje zu dir schicken? Sie hat dich bereits gesehen; sie wird nicht mehr erschrecken.«

Mikail nickte matt.

Er zog eine Kapuze über den Kopf und trat an eines der Fenster im Korridor. Von dort aus konnte er, ohne selbst gesehen zu werden, die Hinrichtung beobachten. Sein Herz hämmerte, als er zusah, wie die Norbarden Valpo – der sich trotz der auf dem Rücken gefesselten Hände bei jedem Schritt erbittert sträubte – auf eine mächtige alte Eiche zu schleppten, die unmittelbar an der Burgmauer wuchs. Die Dienerschaft war zusammengelaufen, um zuzuschauen, wie Valpo gehängt wurde. Mikail beobachtete, wie die Norbaden dem Diener die Schlinge um den Hals legten, den Strick über einen Ast warfen und zu zweit aus Leibeskräften anzogen. Valpo war ein dürrer alter Mann, und die beiden kräftigen Norbarden hatten keine Mühe damit, ihn hochzuziehen.

Es sah beinahe komisch aus, wie der Mann so plötzlich von den Füßen gelüpft wurde wie die Puppe eines Marionettenspielers. Er fuhr senkrecht einen Schritt in die Höhe und blieb dann in der leeren Luft hängen. Seine Beine schlugen wild nach allen Richtungen aus.

Mikail fühlte, wie ihm das Herz dumpf in der Brust pochte. Er hatte nie gedacht, daß es einmal zu seinen Pflichten als Baron gehören würde, ein Todesurteil zu fällen, und es schnürte ihm selbst die Kehle zu, als er sah, wie Valpo sich krampfhaft zuckend im Kreis drehte und mit den Beinen strampelte. Dann erschlafften die zappelnden Beine plötzlich, und Mikail fühlte, wie sein eigenes Herz einen Schlag lang stockte. Unwillkürlich fuhr er sich mit der Hand an den Hals. Er sah, wie die Norbarden das lose Ende des Stricks an einen Ast banden, um den Gerichteten noch eine Weile hängen zu lassen. Die Diener traten mit ängstlicher Neugier näher und gafften den soeben Verschiedenen an.

Mikail atmete tief durch. Mit einem Ruck wandte er sich vom Fenster ab und begab sich zurück in sein Zimmer.

Thimorn hatte ihm gehorcht und den Norbarden aufgetragen, den Druiden auf die Burg zu holen. Die Männer nahmen den Auftrag nur widerwillig an, sie murrten und murmelten in ihrer Sprache und ließen sich Zeit mit dem Aufbruch.

»Sie haben Angst«, berichtete Thimorn dem Schloßherrn. »Und ich fürchte, sie haben zu Recht Angst. Wenn es mir nicht um dich ginge, Mikail, so hätte ich sie nie ausgesandt. Ich sage dir, Durn ist ein tückischer und gefährlicher Zauberer. Ich hoffe sehr, daß alle meine Männer wohlbehalten wiederkommen.«

»Ist seine Macht denn wirklich so groß?« fragte Mikail betroffen.

»Nun, groß genug, um dich und mich das Fürchten zu lehren. Er kann Menschen Krankheiten anhexen, kann sich selbst in einen Nebelstreif verwandeln und davonfliegen, wenn man ihn zu haschen sucht ... Wenn er dir ein Bröckchen Erde nachwirft, so verwandelt es sich in einen gewaltigen Erdrutsch, oder ein Zweiglein, so wird es zu einer fliegenden Dornenhecke. Meine Männer haben sich bis zu den Ohren mit Amuletten behängt, vielleicht hilft es ein wenig ...«

Mikail stand auf und wandte sich zum Fenster. »Thimorn, wer hilft mir, wenn wir diesen Unhold nicht zwingen können, seinen Beherrschungszauber zurückzunehmen?«

»Das weiß ich auch nicht«, gab Thimorn offen zu. »Geh jetzt hinunter und sprich zu den Männern. Sie sollen wissen, warum sie ihre Haut zu Markte tragen. Sie werden es bereitwilliger tun, wenn sie sehen, daß du in großer Not bist.«

Mikail hätte es lieber nicht getan, aber er wußte, wie weit Thimorn ihm entgegengekommen war, und nun mußte er wenigstens die Norbarden beruhigen. Mit schwerem Schritt stieg er die Treppe hinunter und trat in den Burghof hinaus – eine groteske Erscheinung in seinen prachtvollen neuen Kleidern und dem schwarzen Schal, den er über Kopf und Gesicht geschlagen hatte.

Die Männer grüßten höflich, aber von Begeisterung war nichts zu spüren.

»Norbarden«, sagte Mikail, »ihr seid meine letzte Hoffnung.« Er schlug mit einem Ruck das Tuch zurück. »Dieser Druide, den man Väterchen Durn nennt, hat mir meine Gestalt geraubt. Nur ihr könnt sie mir wiedergeben, indem ihr den Druiden zwingt, mit euch auf diese Burg zu kommen. Im Guten oder Bösen – ihr müßt ihn dazu bewegen, daß er mitkommt.«

Die Männer starrten ihn an, dann wandte einer nach dem anderen den Kopf ab. Schließlich hob einer seine Axt und rief laut aus: »Raschob, duglili!«

»Er sagt«, übersetzte Thimorn, »›Für Euch, Herr!‹ Du hast ihr Herz bewegt, aber du solltest ihnen noch eine Belohnung in Aussicht stellen.«

»Was kann ich ihnen anbieten? Was wünschen sie?« fragte Mikail hastig.

Thimorn grinste breit. »Sie sind wild auf alle Süßspeisen. Versprich ihnen, daß du ihnen nach ihrer Rückkehr mehr in Honig Gebackenes vorsetzen läßt, als sie je aufessen können.«

Das tat Mikail, und nun war die gute Laune der Männer zurückgekehrt, sie lachten und stießen dröhnende Freudenrufe aus. Winkend und jauchzend gaben sie ihren ruppigen Pferden die Sporen und ritten den Burghügel hinunter.

Mikail kehrte langsam ins Innere des Hauses zurück. Er spürte die neugierigen Blicke der Bediensteten, die ihm über den Weg liefen, längst hatte es sich herumgesprochen, daß Väterchen Durn den jungen Schloßherrn in eine Mißgestalt verwandelt hatte. Jeder Blick brannte auf ihm wie ein Gertenhieb. Er war froh, als er in die Geborgenheit seines Zimmers zurückgekehrt war.

Zidonje betrat mit leisem Schritt das Herrschaftsgemach. Sie knickste, blickte Mikail voll an und fragte: »Was kann ich für Euch tun, gnädiger Herr?«

Mikail saß zusammengekauert da und spielte mit dem hölzernen Karussell, das er immer wieder mit der Hand anstieß. Die Pferdchen drehten sich unter mißtönendem Geklimper im Kreis. »Hast du keine Angst vor mir?« fragte er, ohne den Blick zu heben.

»Angst?« erwiderte sie. »Nein, jetzt habe ich keine Angst mehr vor Euch, auch wenn Ihr im Augenblick recht häßlich ausseht. Ich weiß, daß Ihr ein gutes Herz und eine schöne Stimme habt. Oh, wie Eure Stimme sang! Ich gäbe viel dafür, sie noch einmal so zu hören.« Dann legte sie die Hand auf den Mund. »Doch ich bin sehr schwatzhaft. Was befehlt Ihr, Herr?«

»Setz dich auf den Schemel da.« Er fühlte, wie ein warmer Strom ihn durchrieselte. Da war also noch ein Mensch, der ihn nicht fürchtete, der seine Mißgestalt ertrug. Es tat gut zu sehen, wie sie ihn mit ihren großen Augen ruhig und stetig betrachtete und keinerlei Abscheu zeigte.

Zidonje gehorchte. Sie setzte sich, legte die Hände im Schoß ineinander und wartete aufmerksam. Als er lange kein Wort sprach, bemerkte sie vorsichtig: »Verzeiht die Eigenmächtigkeit, gnädiger Herr, aber habt Ihr schon von der weisen Jaminka gehört? Vielleicht könnte sie Euch helfen.«

»Hm? Jaminka? Wer ist das?« fragte Mikail, den die Bemerkung aus seinen düsteren Träumen gerissen hatte.

»Eine Frau in Brandthusen, gnädiger Herr. Sie versteht sich auf vielerlei ... Vielleicht findet sie ein Mittel gegen das Ungemach, das Euch betroffen hat. Sie weiß in allen Dingen Rat.«

Mikail zuckte mürrisch die Achseln. Es verlangte ihn nicht danach, daß ein altes Kräuterweiblein an ihm herumpfuschte. Vielleicht wollte sie ihn beschwatzen, Krötenfett und Salamanderherzen zu essen oder irgendeinen grauenhaften selbstgebrauten Trank zu trinken!

»Ich weiß, Ihr habt einen gelehrten Herrn dabei«, fuhr Zidonje eifrig fort, »aber Jaminka weiß gewiß mehr, als man an einer Schule lernen kann – der Herr möge mir verzeihen.«

Mikail grinste unfreundlich. »Wenn Thezmar das hört, wird er dich schlagen.« Dann hielt er das klimpernde Karussell an und blickte sie an. »Nein, er wird dich nicht schlagen. Ich werde es nicht erlauben. Du gehörst mir, und ich lasse nicht zu, daß dir jemand weh tut. Wo, sagtest du, wohnt diese Jaminka?«

»In Brandthusen, Herr, in einem kleinen Haus, in dem sie ganz allein lebt. Man sagt, sie sei eine Nivesin oder habe jedenfalls Nivesenblut in sich, denn ihr Haar ist so rot wie Eures, und sie hat große Mandelaugen wie Euer Freund, Herr.«

»Wahrscheinlich ist sie alt und bucklig, eh?« fragte Mikail verdrießlich.

»O nein, gnädiger Herr. Sie wird nicht älter. Die alten Leute am Ort sagen, sie habe immer schon gleich ausgesehen, schon zu der Zeit, als sie selbst Kinder waren.«

Allmählich erweckte die seltsame Frau Mikails Aufmerksamkeit. Was konnte es schaden, wenn er sie um Rat fragte? Jedenfalls würde er bei der Gelegenheit eine seiner ungewöhnlichen Untertanen kennenlernen. »Gut«, sagte er. »Dann lauf zu Jaminka und sag ihr, daß ich sie morgen vormittag hier sehen möchte. Vielleicht hast du recht, und sie kann mir helfen. Wenn sie aber nur Unsinn schwatzt, werfe ich sie die Treppe hinunter.«

Kurz darauf trat Thimorn von neuem in sein Gemach. »Die Männer haben Valpos Leiche vom Galgen abgenommen und sind eben dabei, sie hinter dem Burghügel zu begraben. Der Boronpriester ist aus dem Dorf gekommen, um der Seele den rechten Weg zu weisen.«

Mikail nickte nur und fragte: »Thimorn, du kennst doch eine Frau namens Jaminka.«

»Gewiß.«

»Was ist sie? Eine Hexe, eine Närrin, eine alte Vettel, die ihre Nachbarn zum Narren hält?«

»Nichts dergleichen«, antwortete Thimorn gelassen, während er sich auf einem freien Stuhl niederließ. »Ich habe selbst noch nicht herausgefunden, was sie eigentlich ist. Am ehesten würde ich sagen, sie ist eine weise Frau. Sie hat Nivesenblut in den Adern und kennt viele Dinge, die uns unbekannt sind.«

»Zidonje hat mir geraten, mich um Hilfe an sie zu wenden.«

Thimorn zögerte. »Ich weiß nicht, ob sie zauberische Beherrschungen brechen kann … Aber es lohnt sich auf jeden Fall, sie kennenzulernen. Vielleicht kann sie dir zwar nicht unmittelbar helfen, dir aber doch einen guten Rat geben.«

Mikail nickte und wechselte das Thema. »Mir ist ein Gedanke gekommen, Thimorn … was deinen Tempel angeht. Es wird lange dauern und viel Mühe kosten, wenn du jetzt zu bauen anfängst. Aber wozu überhaupt, nachdem wir so viel Gemäuer hier haben? Ich möchte gern, daß du den Ostturm als Borontempel einrichtest. Libussas Gemach soll der Heilige Raum werden, und das Gemach darunter kann zwei Boroni beherbergen, die dort Dienst tun. Du sagtest selbst, der einzige Boroni, der hier im Dorf wirkt, sei altersschwach und gebrechlich; wir werden bald neue Leute brauchen.«

Thimorn starrte ihn voll Verwunderung an, dann überzog ein jähes Aufleuchten sein Gesicht. »Das wäre wunderbar!« rief er aus. »Du willst uns wirklich den Turm zur Verfügung stellen?«

»Ich denke, aus diesem Raum können wir nichts Besseres machen als ist eine Stätte des Vergessens. Libussa und ihre Untaten sollen vergessen sein. Darum möchte ich, daß dort ein Heiliger Raum eingerichtet wird.«

Thimorn zögerte noch einen Augenblick lang, trat auf Mikail zu und umarmte ihn, ohne sich um dessen entstelltes Gesicht zu kümmern. »Ich danke dir von Herzen«, sagte er. »Das bedeutet mir viel.«

An diesem Abend fuhr ein Bauer mit seinem Ochsengespann von Fedoran nach Brandthusen. Er hatte hölzerne Gerätschaften in Fedoran eingekauft, wo man die besten herstellte, und sich dabei länger als vorgesehen aufgehalten. Jetzt sah er sich alle paar Schritt ängstlich um. Die Praiosscheibe war im Westen versunken, graue Nebel webten zwischen den Bäumen und zogen manchmal in Schwaden über die Straße. Der Bauer gab seinen Ochsen die Gerte, aber er wußte wohl, daß es nicht viel Sinn hatte, die trägen Tiere anzutreiben – sie machten ein paar schnellere Schritte, dann fielen sie wieder in ihren altgewohnten Trott.

Als das Fuhrwerk sich der Stelle näherte, wo die Straße dem Burghügel nahe kam, sah der Bauer zu seinem Erstaunen den Diener Valpo am Straßenrand stehen. Er hatte den ganzen Tag in Fedoran verbracht und wußte nichts von den neuesten Ereignissen, deshalb rief er ihm ein wenig erstaunt zu: »He, Valpo! So spät noch unterwegs? Willst du ins Dorf? Soll ich dich aufsitzen lassen?«

Der Mann nickte nur stumm. Er hatte seine Halsbinde sehr hoch gebunden, und als der Bauer ihn ansah, meinte er, er müsse krank sein, so bleigrau war sein Gesicht; aber seine Augen glühten in einem seltsamen Feuer. Sie fuhren weiter, aber bald wurde dem Bauern unheimlich zumute. Valpo sprach kein Wort und beantwortete keine Frage, er starrte nur immerzu mit diesen irrlichternden Augen vor sich hin.

Und dann drehte er sich plötzlich um und fiel den Bauern an.

Der Mann stürzte vor Überraschung vom Kutschbock, als der Vampir ihn packte und ihm die Zähne in den Hals zu schlagen versuchte. Ineinander verschlungen wälzten sie sich am Boden herum. Jetzt war dem Bauern klar, daß er es nicht mit einem menschlichen Feind zu tun hatte, und er rief alle Götter und Heiligen an, ihn zu beschützen. Valpo fauchte und spuckte wie eine Katze, als er die heiligen Namen zu hören bekam, aber seine klauenartigen Hände hielten den Mann fest, und schließlich biß er ihn so tief in den Hals, daß der Bauer vor Schreck und Schmerz in Ohnmacht sank.

Der Blutsäufer trank sich satt, richtete sich auf und huschte quer über die Straße davon.

Im Kloster auf dem Rabenpaß lag der Geweihte Jagotin in schweren Träumen. Wahnwitzige Bilder bedrängten ihn. Doch dann war es plötzlich, als öffne sich in dem dunklen Wirbel ein Tor, das bald zu einem dämmrigen Tunnel wurde. Jagotin hörte fern vom anderen Ende des Tunnels die Worte herschallen: »Geh und strafe ihn, den ich dir bezeichne, mit dem Fluch des Vergessens. Dein Stab soll dein Schwert sein.« Plötzlich sah er vor sich, flach wie auf Papier gemalt, das Abbild eines Mannes. Dann verschwanden Tunnel und Abbild, er sah sich auf dem Paß oben stehen und ins Tal blicken, in dem dunkle Wolken wirbelten. Sie öffneten sich wieder zu einem Tunnel. Ein kleines Dorf, ein Wald traschbärtiger Tannen und Rotholzföhren und der Eingang zu einer Höhle, vor der seltsame Gerätschaften an Schnüren hingen, zeigten sich seinem Blick. In seinem Traum schien es Jagotin, daß er ein anderer geworden war; an den Füßen fühlte er Flügel, und zwei mächtige schwarze Schwingen breiteten sich auf seinen Schultern aus. Sein einfacher Stab hatte sich in den Stab des Vergessens verwandelt, die Spitze flammte in einem düsteren unirdischen Feuer. Sturm brauste ihm um die Ohren und fuhr ihm unter die Schwingen, die sich wie von selbst in gewaltigen Flügelschlägen bewegten. So flog er, ein schwarzer Rächer, auf das Land unten im Tal zu ...

Jagotin erwachte mit einem Ruck aus seinem beunruhigten Schlaf. Noch meinte er den Sturm um sich rauschen zu hören, fühlte die rasche, gnadenlose Bewegung seines Vorwärtsschreitens. Er wußte, daß er Vernichtung über den Mann brachte, dessen Abbild er im Traum gesehen hatte.

Erregt sprang er auf, warf sich die Kutte über und lief barfuß zu den Räumen des Vorstehers. Er wußte, daß ein Geweihter, der einen bedeutsamen Traum gehabt hatte, zu jeder Tages- und Nachtzeit dort vorsprechen durfte. Er zog die Klingel und wartete.

Nach kurzer Zeit erschien Ilko Dagoneff, der sich ebenfalls nur hastig angekleidet hatte. »Bringst du mir einen Traum, Bruder?« fragte er. Jagotins aufgelöstes Benehmen und seine wild leuchtenden Augen verrieten ihm, daß der Geweihte von der Kraft Borons ergriffen worden war. »Komm herein und setz dich«, fuhr er rasch fort, denn Jagotin drohte vor Erregung in Ohnmacht zu sinken.

Gleich darauf erhellte eine Kerze den mit Teppichen verkleideten Raum. Jagotin saß auf einem Kissen am Boden, den Blick wild und starr auf den Tempelvorsteher gerichtet. »Boron hat mich berufen, sein Rächer zu sein«, flüsterte er.

»Erzähl mir den Traum, Bruder«, bat Dagoneff sanft. Es kam nicht eben selten vor, daß einer seiner Geweihten in mystische Verzückung verfiel. Dann mußte man ihn sanft und vorsichtig behandeln wie einen Nachtwandler.

Jagotin erzählte. Seine Stimme bebte, seine Brust hob sich in schweren Atemzügen. Schweiß stand ihm auf der Stirn.

Dagoneff lauschte aufmerksam. Seine Aufgabe war es, zu unterscheiden, ob diese Träume eine echte Berufung in sich bargen oder ob ein Geweihter seinen eigenen Phantasien verfallen war. Jagotins Traum schien ihm durchaus zu den echten Träumen zu zählen.

Er legte ihm beruhigend die Hand auf den Arm.

»Fasse dich, Bruder Jagotin. Der Schreiber wird deinen Traum in das Große Buch der Träume eintragen, und ich werde dir meinen Segen zu deiner Aufgabe mitgeben. Jetzt kehr in deine Zelle zurück und leg dich nieder, um wieder zur Ruhe zu kommen.«

# 10. Kapitel

Am Morgen war ganz Brandthusen in heller Aufregung, als man den halbtoten Bauern neben seinem Fuhrwerk liegend fand. Man schaffte ihn nach Hause und ins Bett, und sofort rannten ein paar Bauern zur Burg hinauf, um Meldung zu machen. Thimorn hörte sich ihre Geschichte an und sagte dann: »Wartet im Vorzimmer. Ich werde mit dem Baron darüber sprechen.«

Er schritt zu Mikails Gemach hinüber und klopfte, bis der junge Mann ihn einließ.

Thimorn sagte ohne lange Vorreden: »Valpo, der gestern gehenkt wurde, ist ein Vampir geworden ... Wir müssen ihn sofort ausgraben und vernichten.«

Mikail stimmte ihm zu, bemerkte aber: »Hoffentlich findet ihr ihn noch an der Stelle, wo ihr ihn eingescharrt habt.«

Er sollte recht behalten: Auch Valpo hatte sich einen neuen Schlafplatz gesucht. Als die Männer mit Spaten das seichte Grab aufwühlten, in dem man ihn ohne Sarg beigesetzt hatte, fanden sie darin nichts mehr.

Der Tag war klar, ein wenig kühl, aber strahlend sonnig. In Brandthusen blühten die letzten Blumen des Jahres in den kleinen Bauerngärten. Thezmar war zu einem seiner gewohnten Besuche im Dorf unterwegs. In den letzten Stunden waren vier Menschen von der Vampirin angefallen worden. Wie jedesmal bei seinem Kommen rannten die Bauern zusammen, um ihm ihre kranken Angehörigen ans Herz zu legen, aber sie kamen ihm nicht mehr allzu nahe. Wenn man ihn gar zu sehr bedrängte, schaffte Thezmar sich mit der Gerte Raum, die er im Stiefelschaft trug. Die Bauern hatten auch die Erfahrung gemacht, daß er unbarmherzig zuschlug, wenn seine Vorschriften nicht aufs genaueste befolgt wurden. Er hatte schon mehr als einem saumseligen Angehörigen befohlen, sich gebückt vor ihn hinzustellen und sich zu entblößen, und ihm dann grausam den Hintern gesalzen. Aber die Kranken behandelte er zart und einfühlsam, und viele sahen in ihm ihren Retter vor einem schrecklichen Schicksal.

Eben saß er wieder im Dorf Brandthusen am Bett eines Kindes, das von der Vampirin angefallen worden war. Die Kleine lag mit verfilzten Locken und schweißbedecktem Gesicht auf ihrem Lager. Die Vampirbisse zeichneten sich schwellendrot und unrein auf der zarten Haut ab. Immer wieder wand sie sich wie in schaurig-schönen Träumen, und ihr kleines Gesicht nahm einen seltsam erwachsenen, wollüstigen Ausdruck an, dann wieder schrie und jammerte sie und streckte hilfesuchend die Hände aus. Thezmar legte ihr die flache Hand auf die Augen, bis sie die Lider schloß. »Seid still!« befahl er den Angehörigen, die sich hinter ihm drängten. Augenblicklich senkte sich tiefe Stille über den Raum.

Das Mädchen atmete ruhiger, als tue ihm die Berührung wohl. Es entspannte sich ein wenig, die verkrampften Fäuste öffneten sich.

Thezmar legte ihm die Fingerspitzen auf die Augen und murmelte die Formel: *Ruhe, Körper, Ruhe, Geist … Schlaf dir neue Kraft verheißt.* Kaum hatte er den Spruch beendet, seufzte das Kind tief auf und fiel in ruhigen Schlaf.

Thezmar stand auf. »Sie wird jetzt lange schlafen«,

sagte er mit gedämpfter Stimme. »Weckt sie nicht; der Schlaf wird ihr ihre Lebenskraft wiedergeben.«

Die Bauern küßten ihm demütig den Ärmelsaum und verabschiedeten ihn mit vielen Dankesworten. Er nickte ihnen zu und stieg auf sein Pferd, um den nächsten Leidenden zu besuchen.

Das war der Bauer, den Valpo angefallen hatte. Auch hier drängte sich die ganze Familie aufgeregt um das Bett des Kranken, der einen bejammernswerten Anblick bot. Er lag keuchend auf seinem Strohsack, ein kurzbeiniger dicker Mann mit einem Stiernacken und großen fleischigen Händen. Sein sonst gesund gerötetes Gesicht war blaugrau angelaufen. Seine Augen waren wild wie die eines scheuenden Rosses.

»Er hat mich gebissen, Herr«, ächzte er. »Mit seinen fauligen Zahnstummeln hat er mich gebissen, dieser Höllenbalg ...«

Thezmar nickte nur und entfernte die blutbefleckte Binde, die man dem Mann um den Hals gewickelt hatte. Eine häßliche zackige Wunde kam darunter zum Vorschein. Der Magier legte dem Kranken die Hand aufs Herz und murmelte den Entgiftungsspruch: *... frei von Gift sei alles Blut.*

»Du wirst dich wieder erholen. Ich werde dir einen Spruch sagen, der dich lang und tief schlafen läßt ...«

Als er das Haus verließ, verspürte er Müdigkeit. Er fuhr sich mit dem Handrücken über die Augen und bestieg mit einer schwerfälligen Bewegung sein Pferd. Wie lange sollte das noch so weitergehen? Wenn es nicht bald gelang, den Vampiren Einhalt zu gebieten, würden sie die drei Dörfer entvölkern.

Er fuhr aus seinen Gedanken auf, als sich ein Schatten vor die Praiosscheibe schob. Plötzlich war es unangenehm kalt.

Nun, sie haben hier einen wechselhaften Herbst, dachte Thezmar. Aber dann zügelte er sein Pferd und starrte kopfschüttelnd nach Norden. Auch einige Dörfler blieben stehen, beschirmten die Augen mit der Hand und blickten ungläubig die schwarze Wolkenmasse an, die dort auftauchte.

Noch nie hatte Thezmar (oder sonst jemand) so schnell einen Sturm aufziehen gesehen. Die schwarzen Wolken stoben wie Zauberpferde über den Himmel und brachten Dunkelheit und eisige Kälte mit sich. Ein heulender Wind raste auf das Dorf zu, und sobald er Brandthusen erreicht hatte, verwandelte er sich in einen Schneesturm. Aus dem Sturm klangen wilde Rufe und Hufgetrappel, die Glöckchen klingelten schrill und mißtönend am Zaumzeug der Pferde.

Thezmar stand wie verdonnert mitten in dem so unerwartet losgebrochenen Sturm und meinte, die Wilde Jagd einherbrausen zu hören, aber es waren nur die Norbarden, die in panischer Flucht dahinjagten. Der Wind pfiff ihnen um die Ohren, Schneeflocken füllten ihnen bei jedem Atemzug Mund und Nase. Einen Lidschlag lang sah Thezmar sie vorüberstieben, dann waren sie in der flockendurchwirbelten Dunkelheit schon wieder verschwunden. Eisige Kälte ergriff ihn. Schon spürte er, wie die Schneeflocken sich ihm auf das Gesicht und die Kleider setzten.

Aber da klarte es auch schon wieder auf. Die schwarzen Schneewolken wandelten sich mit verblüffender Geschwindigkeit in dünne graue Wolkenbänke, die über einen klaren und sonnigen Himmel trieben. Noch lag auf dem Boden eine spannentiefe Schicht frischen Schnees, da sangen schon wieder die Vögel. Mensch und Tier standen wie gebannt da und wischten sich den Schnee aus den Augen und vom Leib.

Thezmar stieg auf sein Pferd und ritt, noch gründlich durchgeschüttelt von dem Erlebnis, zur Burg zurück. Am Burgtor lag knöcheltief der Schnee.

Er fand Mikail in einem schlimmen Zustand vor. Dem Anführer der Norbarden war nichts anderes übriggeblieben, als ihr Scheitern einzugestehen. Der Druide hatte sie, kaum daß sie sich seiner Höhle genähert hatten, mit einem zauberischen Schneesturm empfangen, der ihnen das Weiterkommen völlig unmöglich machte. Voll Angst, der Zauberer könne noch schlimmere Pfeile im Köcher haben, hatten sie sich zur Flucht gewandt, und der unheimliche Sturm war ihnen den ganzen Weg von der Druidenhöhle im Wald bis zum Burgtor von Brandthusen gefolgt. Dort hatte er so plötzlich geendet, wie er begonnen hatte.

Mikail lag voll angekleidet quer über seinem Bett und schrie vor Zorn wie ein Kind. Seine kräftigen Fäuste droschen wütend auf die Decken ein. »Ich lasse diese Feiglinge hängen!« kreischte er in besinnungsloser Wut. »Warum sind sie geflohen? Sie hätten ihn fassen und hierherbringen sollen. Ich lasse sie hängen ...«

Thezmar setzte sich neben ihn und legte ihm die Hand auf den bebenden Rücken. »Nur gemach, Mikail. Du läßt niemanden hängen. Du kannst nichts Menschenunmögliches von den Leuten verlangen. Wenn du meinst, Durn sei so leicht zu überwältigen, warum reitest du dann nicht selbst hinaus und legst ihn in Fesseln?«

Mikail wütete noch ein wenig weiter, aber mit der Zeit gewann sein gesunder Menschenverstand die Oberhand wieder, und er setzte sich auf. Seine sonderbaren gelben Augen starrten Thezmar an. »Ich weiß, das war unsinnig«, sagte er. »Es tut mir leid. Die Erfahrung, daß er uns so weit überlegen ist, war nur so bitter. Jetzt habe ich gar keine Hoffnung mehr.«

»Sag das nicht. Vielleicht findet sich noch etwas«, versuchte ihn Thezmar zu trösten, aber große Hoffnungen hatte er nicht. »Ruf die Männer zu dir«, riet er seinem Freund, »und danke ihnen, daß sie soviel für dich gewagt haben. Es sind gute Männer, und du wirst sie noch brauchen.«

Mikail, der sich jetzt für seinen Wutausbruch schämte, nickte zerknirscht. »Das werde ich tun.«

In den folgenden Nächten kam die Plage der beiden Vampire über Brandthusen, Bonna und Fedoran – und die Burg selbst. Jeden Abend bei Sonnenuntergang wurden angstvoll Tür und Tor geschlossen, scharfriechende Kräuter auf dem Herd verbrannt und die Götter mit Gebeten bestürmt. Und dennoch fand sich fast jeden Morgen ein Opfer. Manche waren leichtsinnig zu lange auf der Straße geblieben, aber andere waren offensichtlich durch Zaubertrug dazu bewogen worden, die Fenster zu öffnen oder gar jemanden ins Haus zu bitten. Waren die Vampire einmal in ein Haus eingedrungen, so hausten sie gnadenlos darin, und es gab kein Mitglied der Familie, das ihren Bissen entging.

Die Bauern bedrängten Thezmar, Zaubersprüche gegen die Vampire zu schicken, aber er mußte ihnen erklären, daß er keine kannte. Er konnte sich nur um jene Opfer kümmern, die noch Hoffnung hatten, den Biß der Untoten zu überleben. Ein Viertel der Bevölkerung von Brandthusen und viele in Bonna und Fedoran lagen siechend darnieder, ihres Lebenssaftes beraubt, und kämpften blaß und matt um ihr Leben. Auch in der Burg gab es Kranke – zwei Mägde und ein junger Knecht lagen zu Bett, bleich und fiebrig, die verräterischen Spuren des Vampirs am Hals.

Im Heiligtum auf dem Rabenpaß stand der Geweihte Jagotin vor seinem Tempelvorsteher Ilko Dagoneff. Er trug seinen Reisemantel, einen Knappsack unter dem Arm und seinen Stab in der Hand. Dagoneff streckte die Hand aus, berührte ihn zwischen den Augen und segnete ihn. »Geh, Bruder«, sagte er, »und erfüll die

Aufgabe, zu der Boron dich erwählt hat. Möge der Rabe dich geleiten.«

Die übrigen Geweihten, die in der Halle versammelt waren, wiederholten murmelnd den Segensspruch. Jagotin verneigte sich und schritt auf die Tür zu.

Im Herbst bot der Rabenpaß ein beeindruckendes Bild. Die Luft war kristallklar, so daß das Fernste noch nahe erschien. Von allen Seiten leuchteten schneebedeckte Gipfel herüber. Zu Füßen lag das bunte Meer der fernen Laubwälder. Jagotin schritt rüstig aus, passierte die beiden hohen Obelisken mit dem bronzenen Zeichen des Raben an der höchsten Spitze, die noch vom alten Heiligtum stammten, und wandte sich dann in südöstlicher Richtung. Der steinige Pfad war gut ausgetreten, und Jagotins lammfellgefütterte Stiefel fanden mit sicherem Tritt Halt. Er genoß die Bewegung in der klaren, kalten Luft und Praios' leuchtende Morgenstrahlen, aber gleichzeitig waren seine Gedanken bei seinem Traum, und er fragte sich, welches Übel er vorfinden würde, wenn er dort in die tiefen Täler hinabstieg. Der Mann, dessen Abbild er im Traum gesehen hatte, war ihm völlig unbekannt, aber er kannte die Geschichte von Brandthusen, auch vom Tod der Baronin hatte er gehört. Er war überzeugt, daß die blutige Libussa nicht in Borons Hallen eingehen würde; Menschen, die so viele Verbrechen begangen hatten, blieben nach dem Tod an die Erde gefesselt, wurden zu Vampiren oder Nachtalben. Vielleicht, so dachte sich Jagotin, hatte sein Traum ihn dazu bestimmt, einen Verbündeten der Baronin zu strafen. Es mußte irgend jemand sein, der ein boronlästerliches Werk getan hatte. Er wußte auch, daß der Gott ihn im entscheidenden Augenblick mit dem nötigen Wissen erfüllen würde, wie eine Schale, die man füllt und wieder leert. Jagotin war nichts – er war ein Werkzeug, ein Schwert in der Hand Borons.

Mikail saß am Fenster seines Zimmers und blickte hinaus. Es war, als blicke er in eine Laterna magica; das Land draußen war ihm fremd und unwirklich. Kleine Szenen zogen vorbei, Schweine, die über den Vorplatz der Burg rannten; Bauern und Diener, die ihren Geschäften nachgingen, ein Trupp norbardischer Händler mit tuchbespannten Wagen. Er nahm sie kaum wahr. Immer wieder streckte er die Hand aus und zog das hölzerne Karussell auf, das klimpernd ablief. Sein Blick hing an den bunten Pferdchen, die im Kreise sprangen.

Manchmal schien es während dieser langen einsamen Stunden dunkel um ihn zu werden, und er fühlte eine böse Gegenwart, die ihm über die Schulter blickte. Anrühren konnte sie ihn nicht, denn die Medaille trug er immer noch, aber sie redete mit ihm.

»Du bist verloren, Sohn«, flüsterte sie. »Was bleibt dir anderes übrig, als dich hier in deinem Schlafgemach zu verstecken? Draußen tuscheln sie über dich, sei froh, daß du noch Zuflucht in den Schatten findest.«

»Du hast mir das angetan!« fuhr er wütend auf, ohne sich um Thimorns Rat zu kümmern.

Die Stimme lachte, ein dünnes perlendes Lachen. »Du bist schwach, Sohn, ich bin stark. Ich habe einen Pakt mit Belkelel geschlossen, die mir im Leben wie im Tod die höchsten Genüsse gewährt. Willst du in Schwäche sterben? Für die Welt bist du verloren, mein Sohn. Komm zu mir, die Schatten werden dein Gesicht verbergen.«

Manchmal sprang er auf, um nach ihr zu schlagen, aber seine Hand traf nur ein glitzerndes dünnes Gespinst, das sich mit einer schnellen Bewegung zurückzog. Dann sank er wieder in seinem ledergepolsterten Sessel zusammen, streckte die Hand nach der Kurbel des Karussells aus und zog es von neuem auf.

»Der Herr wird wahnsinnig«, flüsterte eine Magd namens Potinka einer anderen mit Namen Soscha zu. Die beiden standen im hinteren Burghof am Waschfaß und schrubbten eifrig Mikails Hemden. »Er spricht mit niemandem mehr. Den ganzen Tag hört man nur diese alberne Musik aus seinem Zimmer ... pimperlin, pinpin, pinpin ... Die Köchin sagt, er hat den Wahnsinn seiner Mutter geerbt.«

»Ich bin bloß froh, daß er friedlich ist«, sagte Soscha, ein plattfüßiges derbes Mädchen mit einem dicken Haarzopf. »Ich weiß noch, welche Angst ich ausstand, als er hier ankam. Ist es dir nicht auch so ergangen?«

»Gewiß«, nickte Potinka, eine rosenwangige kleine Person. »Meine Mutter wollte, daß ich sofort den Dienst hier aufgebe und nach Fedoran zurückkehre, aber was hätte mir das genützt? Wenn er vom selben Schlag wie seine Mutter wäre, hätte er mich dort auch erwischt. Aber als er dann zu uns sprach, da wußte ich, daß er ein guter Herr ist.«

»Ja, mir erging's genauso«, bestätigte Soscha. »Welch schöne Stimme er hat, nicht wahr? Ich hätte ihm stundenlang zuhören können.«

»Hast du schon einmal mit diesem Magier zu tun gehabt, den er mitgebracht hat?« fragte Potinka. »Du, das ist ein böses Stück! Weißt du, daß er mir letzthin mit der Gerte über die Beine gefahren ist, bloß weil ich am Küchenfenster ein wenig schwatzte? Aber er sieht gut aus. Seine langen Locken nähme ich gern einmal in die Hand.«

»Ich wüßte noch was anderes, das ich gern in die Hand nähme.« Soscha prustete los, und beide beugten sich mit hochroten Köpfen über den Waschzuber.

Es dauerte eine Weile, bis sie sich beruhigt hatten, dann ergriff Potinka von neuem das Wort. »Die Köchin sagt, Väterchen Durn habe den jungen Herrn in einen

Basilisken verwandelt, und wer ihn zu sehen bekommt, erstarrt zu Stein.«

»Unsinn«, widersprach Soscha. »Die Norbarden haben ihn gesehen, und sie erzählten dem Stallmeister, er sei häßlich wie ein stinkender Stiefel, aber das seien andere auch. Und Zidonje? Ist die etwa zu Stein erstarrt?«

»Das mag sein, wie es will«, erwiderte Potinka, die sich ärgerte, weil sie im Unrecht war. »Aber er wird gewiß wahnsinnig, und dann wird man ihn in seinem Zimmer einsperren müssen.«

Wenn Thezmar abends heimkehrte, war er müde von den vielen Krankenbesuchen. Sie kosteten ihn nicht nur körperliche Kraft, jeder Heilungszauber, den er an einem Krankenbett aussprach, zehrte auch an seiner astralen Kraft. Er trat mit schwerem Schritt in Mikails Zimmer und setzte sich zu ihm. »Ein Viertel deiner Leute ist krank, und es werden immer mehr«, sagte er. »Diese Vampire vermehren sich. Die Leute werden von Verstorbenen angefallen, die sie kannten … Von jetzt ab müssen alle, die sterben, mit dem Kopf zwischen den Beinen begraben werden. Ich weiß, das klingt grausam, aber nur so können wir verhindern, daß die Pest sich weiter ausbreitet.«

Mikail nickte nur. Er hatte die letzten Tage zurückgezogen auf seinem Zimmer verlebt, und als Thezmar ihm jetzt von der Krankheit im Dorf erzählte, hörte es sich an, als sei die Rede von einem weit entlegenen Ort. »Du machst es schon richtig«, sagte er müde.

Thezmar gab ihm gereizt Antwort. »Das wohl, aber du machst es nicht richtig. Du hockst in deinem Zimmer und tust keinen Schritt vor die Tür, aus lauter Angst, gesehen zu werden.«

»Möchtest du gern mit diesem Gesicht gesehen werden?« fragte Mikail müde.

»Nein, das nicht, aber ich dachte immer, du hättest die Kraft, auch einem solchen Druidenzauber zu trotzen. Väterchen Durn konnte dir nur ein häßliches Gesicht geben; dein Hirn und dein Herz sind unberührt geblieben. Mikail, wenn du so weitermachst, wird Libussa über dich triumphieren.«

»Das mag sein«, erwiderte Mikail. »Ich kann es nicht ändern. Ich danke euch allen für eure Freundschaft, aber ich kann mich so einfach nicht blicken lassen. Nicht einmal von dir, Thezmar, möchte ich so gesehen werden.«

»Ach was, ich bin nicht so zimperlich. Komm, auf mit dir! Du kannst nicht hier sitzen und dich verkriechen, während dein Land in Gefahr ist. Einerlei, wie du gerade aussiehst, du mußt ihnen helfen.«

»Wie soll ich ihnen helfen?« jammerte Mikail. »Ich kann mir selbst nicht helfen und weiß nicht, was ich gegen diese Ungeheuer tun soll. Sie sind stärker als ich.«

»Das wohl, aber sie sind nicht stärker als die Götter und Heiligen. Hör zu, ich habe dir einen Vorschlag zu machen.« Er setzte sich dicht neben Mikail und legte ihm den Arm um die Schultern. »Thyrza erzählte mir, daß du ihnen den Ostturm geschenkt hast, um einen Tempel des Boron daraus zu machen. Nun, da du schon dabei bist, dich mit den Schwarzkutten einzulassen, schick doch einen Boten zum Rabenpaß hinauf. Dort gibt es genug heilige und erfahrene Männer. Bitte einen von ihnen zu kommen. Boron haßt die Untoten, die sich seinen Hallen entziehen; seine Priester verfolgen sie grimmig. Da werden sie uns doch gewiß helfen. Ich werde im Dorf gebraucht, und Thimorn ist mit der Verwaltung beschäftigt, aber du könntest Thyrza zu deiner Abgesandten machen.«

Mikail seufzte. »Meinst du wirklich, daß die Boroni das zustande bringen?«

»Es wäre einen Versuch wert. Und du mußt ohnehin wegen des Tempels mit ihnen reden.«

»Gut, ich werde Thyrza fragen. Bitte sie, zu mir zu kommen.«

»Warum gehst du nicht zu ihr hinüber? Du mußt nur den Flur überqueren.«

Mikail schüttelte den Kopf. »Ich will nicht. Niemand soll sehen, wie ich geschlagen bin.«

Thyrza war sehr angetan von dem Auftrag, zum Paß hinaufzureiten und die Boroni um Hilfe zu bitten, aber auch sie machte Mikail Vorwürfe. »Seit Tagen verkriechst du dich in deinem Zimmer und sprichst mit niemandem ... Die Hexe Jaminka war da, und du hast sie wieder weggeschickt. Die Bauern munkeln und tuscheln, was wohl mit dir sei. Warum sagst du es ihnen nicht frei heraus? Niemand ist davor gefeit, von einem Zauberbann getroffen zu werden, und alle wissen, wozu Väterchen Durn fähig ist. Alle haben den Schneesturm miterlebt und gesehen, wie die Norbarden fliehen mußten.« Sie setzte sich dicht neben Mikail und legte ihm die Hand auf den Arm. »Mikail«, sagte sie ernst, »ein Lehensherr sein heißt nicht nur, daß die Leute dir gehören. Du gehörst auch den Leuten. Du bist ihnen verpflichtet, wie ein Vater seinen Kindern verpflichtet ist. Sie arbeiten für dich, und du darfst mit ihnen tun, was du willst, aber über dir sind noch Höhere, die dich beobachten. Du bist ein Hesindegläubiger – meinst du nicht, daß die erhabene Magistra mit Mißfallen auf deine Untätigkeit blickt?«

Mikail rückte unbehaglich hin und her, gab aber keine Antwort. Er schlug nur beide Hände vor das entstellte Gesicht.

Thyrza zog sie mit sanfter Gewalt weg. »Wir ertragen deinen Anblick«, sagte sie, »und andere werden ihn auch ertragen lernen. Wenn der Zauber nicht gebrochen werden kann, was willst du dann tun? Willst du den Rest deines Lebens im Schlafgemach sitzen und die Wände anstarren? Schande über dich!« Sie hatte sich in Eifer geredet, ihre grünen Augen blitzten zornig. »Welch eine Memme bist du doch! Hast du keinen Mut?«

Mikail ballte die Fäuste. »Du beleidigst mich!« stieß er drohend hervor.

»Das mag sein«, gab sie prompt zurück, »aber du, Mikail, beleidigst die Götter mit deiner Schwäche und Feigheit. Ich werde jetzt aufbrechen und die Boroni bitten, einen Abgesandten zu schicken, aber ich sage dir jetzt schon: Wenn er dich so vorfindet, werde ich mich für dich schämen.«

Damit verließ sie zornigen Schrittes das Gemach.

Mikail saß da wie vom Donner gerührt. So zornig hatte er Thyrza noch nie erlebt. Alle machten ihm Vorwürfe – Thimorn, Thezmar, Thyrza. Selbst Zidonje sah ihn mit einem halb bekümmerten, halb vorwurfsvollen Blick an. War er wirklich ein Versager? Hatte Libussa schon so weit Macht über ihn gewonnen, daß er wie gebannt in seinem Sessel hockte und keine Zehenspitze vor die Tür setzte?

Die Erinnerung an den zugemauerten Raum im Ostturm überkam ihn, und ein schwerer Atemzug entrang sich seiner Brust. Thyrza hatte recht, er durfte nicht einfach hier sitzenbleiben und warten. Er mußte etwas unternehmen, um sich und den anderen zu helfen.

Von plötzlichem Mut erfüllt, stand er auf und klingelte nach Zidonje. Als sie kam, sagte er knapp: »Ich möchte die Hexe Jaminka aufsuchen. Morgen früh führst du mich zu ihr.«

# 11. Kapitel

Am nächsten Morgen ritt Mikail ins Dorf. Zidonje saß vor ihm im Sattel. Er trug seine prächtigen Kleider und hatte ein schwarzes Tuch über Kopf und Gesicht gewickelt, so daß nur die Augen herausblickten. Aber auch diesen Augen sahen die Bauern an, daß etwas mit ihm nicht stimmte. Die Leute grüßten scheu und zogen sich eilig in die Häuser zurück, wenn sie ihn kommen sahen; doch kaum war er vorbei, steckten sie die Nasen wieder hervor und starrten ihm nach.

Zidonje lenkte ihn zu einem hübschen, säuberlich instand gehaltenen Häuschen am Dorfrand. Wilder Wein kletterte, schon in seinen prunkvollen Herbstfarben, an der hölzernen Außenwand hoch. Der Giebel war mit blauen Ornamenten bemalt. Auf der Türschwelle lag ein riesiger rotgetigerter Kater mit grünen Augen. Als das Pferd anhielt, warf er den beiden Besuchern einen langen Blick zu, stand gravitätisch auf, streckte sich und stolzierte gelassenen Schrittes ins Haus.

Offenbar hatte er Jaminka gemeldet, daß Besucher da waren, denn sie kam gleich darauf aus dem Haus. Mikail sah eine breitschultrige kleine Frau mit dem kupferrotem Haarschopf und den Mandelaugen der Nivesen vor sich. Ihr Alter war unmöglich zu schätzen – ihr Gesicht war von feinen Runzeln gezeichnet, aber gleichzeitig so jugendlich und leuchtend im Ausdruck wie das eines jungen Mädchens. Sie trug einen reich mit Holzperlen verzierten Jagdanzug aus Samtleder und um die Mitte einen Gürtel, an dem sie – wie die Elfen es gern tun – allerlei Schnickschnack befestigt hatte: Spiegelchen, durchbohrte Münzen, bunte Federn und anderen Kleinkram.

»Willkommen«, sagte sie mit tiefer, rauhkehliger Stimme. »Mein Zurumbeel hat euch schon angekündigt. Tretet ein.«

Sie folgten ihr, Zidonje in ängstlicher Ehrfurcht, Mikail voll Staunen über das saubere Haus und seine heitere Inneneinrichtung. Jaminka hatte eine Vorliebe für Teppiche und Decken, mit denen der ganze Raum dekoriert war. Ihre Besucher wurden gebeten, sich auf dunkelbunten Kissen, so groß wie ein Wagenrad, auf dem Boden niederzulassen. Sie schenkte ihnen Tee ein – auch hier dampfte den ganzen Tag lang ein silberner Teekessel – und entzündete süßes Räucherwerk in einer Schale. Der Kater Zurumbeel machte es sich auf einer Truhe bequem und gähnte die Besucher an.

»Nehmt das Tuch nur ab, junger Herr«, sagte Jaminka ruhig. »Meine Augen sehen Euch durch das Tuch. Einen bösen Streich hat Euch Väterchen Durn da gespielt.«

Mikail wickelte widerstrebend das Tuch ab. Die Frau betrachtete ihn nachdenklich und nickte mehrmals. »Ja, es sind harte Prüfungen, die über Euch kommen. Eine, zwei, drei … wollen sehen, ob Ihr sie besteht. Bis jetzt sieht es nicht gut aus für Euch, junger Herr, gar nicht gut. Hat Eure Mutter solche Macht über Euch?«

»Was redest du da?« fragte Mikail mürrisch. »Wieso sieht es nicht gut aus für mich?«

»Oh, weil Ihr ein Feigling seid, junger Herr, und das wißt Ihr selbst ganz genau. Eure Mutter hat Euch in die Ecke gejagt wie einen jungen Hund, und nun hockt Ihr da und jault unter den Schlägen.«

Mikail wollte auffahren, als sie so respektlos mit ihm redete, aber irgendwie gelang es ihm nicht. War es das süße Räucherwerk, das ihn bezaubert hatte, oder die

Macht ihrer Stimme? Er saß still und stumm da und hörte ihr zu, als sie weiterredete.

»Libussa hat Euch eine Leimrute gelegt, und sie hat Euch gefangen«, fuhr die weise Frau fort. »Wenn Ihr so weitermacht wie bisher, wird Euer Geist in der Einsamkeit immer trüber und dunkler werden, immer ähnlicher dem Geist der Vampire, bis Ihr dasselbe tun werdet wie Eure Mutter: mit den Gehörnten paktieren und Euch in die Abgründe des Rausches stürzen.«

Mikail fragte mit schwerer Zunge: »Was soll ich tun? Die Leute werden mit Fingern auf mich zeigen, wenn ich mich so blicken lasse ... oh, ihr Götter, ich wünschte, ich wäre in Donnerbach bei meinem Meister geblieben!«

»Ihr seid aber im Bornland bei Euren Bauern«, erwiderte die Frau kurz angebunden. »Ihr habt Schuld auf Euch geladen, Mikail. Das arme Volk stöhnt unter der Plage der Vampire, und Ihr tut nichts, ihm zu helfen, Ihr verkriecht Euch in Euer dunkles Schlafgemach und spielt mit Kinderspielzeug ...«

Mikail errötete, als er merkte, daß sie mehr über ihn wußte, als er ahnte. »Was soll ich tun?« fragte er barsch. »Sagt es mir, und ich will es ausführen.«

Ein koboldhafter Ausdruck zuckte über das Gesicht der Frau. »Ei ja? Das wollt Ihr? Nun, wir werden sehen. Ich weiß Euch einen guten Rat, wie Ihr Eure Schuld abschütteln und wieder ein aufrechter Mann werden könnt, aber kommt her ... ich will es Euch leise ins Ohr sagen, was Ihr tun müßt.« Sie näherte die gelblichen Lippen seinem Ohr und flüsterte eine Weile hinein.

Mikail saß wie erstarrt da. »Nein!« stieß er dann entschieden hervor. »Nein, das ... das ist unmöglich. Das könnt Ihr nicht von mir verlangen. Es wäre mein Untergang.«

»Schnickschnack«, erwiderte Jaminka. »Es erfordert

Mut, aber den braucht Ihr sowieso, wenn Ihr hier im Bornland Baron sein wollt.«

»Ich kann mich doch nicht …«, fing Mikail in hellem Entsetzen wieder an, aber sie bedeutete ihm scharf zu schweigen.

»Was ich Euch gesagt habe, war nur für Euer Ohr bestimmt, und jetzt sage ich dem Mädchen etwas, das nur für sein Ohr bestimmt ist. Wagt nicht, sie zu fragen, was ich ihr gesagt habe!« Sie winkte Zidonje an sich heran, neigte den Mund zu ihrem Ohr und flüsterte. Zidonje lief scharlachrot an, und ihre Brust hob und senkte sich schwer.

Mikail hätte ums Leben gern gewußt, was die Frau ihr erzählt hatte, aber er wagte nicht zu fragen. Schlimm genug, was sie zu ihm gesagt hatte! Nein, sie konnte das nicht ernst meinen! Und gleichzeitig war ihm bewußt, daß sie es sehr wohl ernst meinte und daß er seinen Seelenfrieden nur wiederfinden würde, wenn er die Prüfung bestand. Ein kalter Schauer lief ihm den Rücken hinab, Angst umkrampfte sein Herz. Nie im Leben würde er das wagen!

Er merkte, daß sie ihn ansah. »Ihr müßt einen bitteren Trank trinken«, sagte sie, »aber danach wird er Euch süß sein. Es tut mir leid für Euch, Mikail, daß diese Prüfungen über Euch kommen, denn sie sind hart und schwer, aber Ihr seid nun einmal Eurer Mutter Sohn, und Ihr müßt die letzten Schlucke aus ihrem Becher trinken. An Euch liegt es, das Haus Ouvenske aus den Klauen der Dämonen zu befreien. Wißt Ihr, daß Eure Mutter einen Pakt mit der Meisterin der schwarzfaulen Lust geschlossen hat?«

»Ja«, murmelte Mikail heiser, »ja … ich habe … davon gehört. Aber wieso weißt du darüber Bescheid?«

Jaminka winkte ab. »Ich erfahre viel, junger Herr, das anderen verwehrt ist. Es war eine Hexe, die alte

Darvulia, die Eurer Mutter half, diesen Pakt zu schließen, und ich höre viel von den Hexen … Die Herrin der Blutigen Ekstase und der Schwarzfaulen Lust bot ihr, was sie zu bieten hat: selbstsüchtige Liebe, tödliche Ekstase, blutigste Abartigkeiten. Die Dämonin konnte nicht verhindern, daß Eure Mutter eingekerkert wurde, denn Praios' Bannstrahl bezwang sie, aber nun, da Libussa ein Vampir geworden ist, schenkt sie ihr wieder ihre Gaben.«

»Kannst du nichts gegen die Vampire tun?« fragte Mikail.

Jaminka schüttelte den Kopf. »Ich kann nichts gegen Eure Mutter tun. Sie steht in der Gunst ihrer Herrin, und ehe diese nicht den Vertrag zurückgibt und den Pakt für aufgelöst erklärt, wird Libussa ihr schreckliches Treiben fortsetzen. Und warum sollte die Erzdämonin den Pakt brechen? Es heißt, sie lebt von den Sinnenlüsten und Sinnenqualen derer, die ihr verfallen sind … Was die anderen Vampire angeht, so könnten wir wohl mit ihnen fertig werden, wenn es uns gelingt, sie zu finden und die alten Mittel gegen sie anzuwenden: enthaupten und verbrennen.« Sie trank einen Schluck von ihrem Tee, dann warf sie Mikail einen fast verschwörerischen Blick zu. »Aber hört, junger edler Herr, es wird Euch nichts gelingen, ehe Ihr nicht getan habt, was ich Euch zuflüsterte. Das ist der erste Schritt, den Ihr tun müßt, und alle anderen liegen bei den Göttern.«

Mikail sprang gereizt auf. »Ich sagte dir schon, ich denke nicht daran, so etwas zu tun«, fuhr er sie an. »Und ich will mir auch nicht länger dein Altweibergeschwätz anhören. Steh auf, Zidonje! Wir gehen.«

Jaminka winkte ihnen nach, als sie draußen das Pferd bestiegen. »Lebt wohl, junger Herr«, sagte sie freundlich, »und kommt wieder, sobald Ihr Eure Prüfung bestanden habt …«

»Ein unausstehliches Weib! Wofür hält sie mich? Für einen Narren?« Mikail, der sich das schwarze Tuch wieder um den Kopf gewickelt hatte, schimpfte in einem fort vor sich hin, aber seine Worte drangen nur gedämpft durch den Schal. Er wußte selbst, daß er schimpfte, um sich Mut zu machen, wie man im dunklen Wald pfeift. Jaminkas Ansinnen lag ihm schwer wie ein Stein auf der Seele.

In der Burg angekommen, zog er sich sofort in sein Zimmer zurück, schloß die Läden der hohen Fenster und warf sich der Länge nach aufs Bett. Das Zwielicht im Raum tat ihm gut. Er sehnte sich nach der klimpernden Melodie des Karussells, die schon so oft seine trüben Gedanken begleitet hatte, aber er wagte nicht mehr, es anzurühren; es schien ihm, als könne Jaminka in ihrem Haus am Dorfrand die dünne Melodie hören. Wieder durchschauerte ihn heißer Zorn. Wie sie mit ihm geredet hatte! Und diese Prüfung ... gewiß hatte sie sich die nur ausgedacht, um ihn vor allen Leuten zum Narren zu machen. Solch verderbliche Bosheit sah den Töchtern Satuarias ähnlich ...

Aber sie hatte recht (gestand er sich widerwillig ein): Er war ein Feigling. Im Herzen wußte er es. Und es war keine Entschuldigung, daß er im Grunde nichts weiter war als ein einfacher Scholar, der sich plötzlich im Kampf mit Mächten fand, die weit über seine Kräfte gingen. Auch wenn er nichts bewirkt hätte, er hätte etwas tun müssen.

Aber er fürchtete die Blicke der anderen.

Den ganzen Tag verbrachte er in schwarze Gedanken versunken, einmal wütend, einmal betrübt vor sich hinbrütend, bis er bei Einbruch der Dämmerung völlig in Melancholie verfiel und nur noch vor sich hinstarrend auf dem Bett lag. Die Praiosscheibe sank, die Sterne gingen auf. Bei geschlossenen Fensterläden sah er nichts davon. Er lag reglos da, merkte nicht einmal, daß er Hunger hatte, und in seinem Kopf brummten die Gedanken herum wie ein schwarzes Hornissennest.

Er schreckte zusammen, als sachte an der Tür gepocht wurde und Zidonje eintrat. Sie knickste und warf ihm einen besorgten Blick zu. »Gnädiger Herr, die Köchin läßt fragen, ob Ihr nicht zu Abend essen wollt.«

»Nein«, murmelte Mikail und bedeutete ihr zu gehen. Aber sein Magen nahm dieses Nein nicht ohne Widerspruch hin, er knurrte und krachte so laut, daß Mikail jäh bewußt wurde, wie hungrig er eigentlich war. »Oder doch, ja«, verbesserte er sich hastig. »Sie soll mir Fleisch und Brot und irgend etwas Süßes heraufschicken. Und, Zidonje ... sag der Köchin, daß mir ihr Essen immer sehr gut schmeckt.«

»Ich werde es ausrichten, gnädiger Herr.« Auf leisen Sohlen huschte Zidonje hinaus.

Mikail kroch schwerfällig vom Bett und setzte sich mit einer brennenden Kerze an den Tisch am Fenster. Jetzt fiel ihm auch auf, wie schwer und stickig die Luft in seinem Schlafgemach war, und er öffnete die Fensterläden wieder. Der Himmel draußen war noch blau, aber um Bäume und Büsche hingen dick die Schatten, und in den kleinen Häusern von Brandthusen und Bonna leuchteten mit mattem Schein die Lampenlichter. Mikail lehnte sich zurück. Wieder erschien ihm die Welt draußen wie ein Bild in einem Rahmen. Nichts Wirkliches war daran.

Zidonje kam und brachte Schweinerippchen, schwarzes Brot und eine schaumige Eiercreme, dazu einen Humpen Tee. Sie stellte das Tablett auf den Tisch am Fenster, dann fragte sie plötzlich: »Darf ich Euch Gesellschaft leisten, solange Ihr eßt?«

Mikail sah erstaunt auf. »Wenn du willst ... bitte. Setz dich.«

Sie setzte sich still auf einen Schemel und sah ihm

beim Essen zu. Er kaute stumm und mürrisch herum und sprach kein Wort, bis sie von neuem fragte: »Herr, wenn Ihr gegessen habt, dürfte ich Euch noch das Haar bürsten?«

Mikail war überrascht über das Angebot, aber wenn er ehrlich war, freute es ihn, und so sagte er huldvoll: »Meinetwegen.«

Er setzte sich in seinen ledergepolsterten Armsessel, und Zidonje trat hinter ihn und begann ihn zu bürsten. Es tat gut, das mußte er zugeben. Sie fuhr mit gleichmäßigen Strichen durch sein glattes rotblondes Haar, ohne zu zerren und zu zupfen, und ihre Finger folgten mit einer sanft liebkosenden Gebärde dem Strich der Bürste. Eine Weile schwieg Zidonje, dann sagte sie mit derselben demütigen Stimme: »Ich bin froh, daß ich Euch immerhin ein wenig Gutes tun kann, wenn Ihr mich schon verschmäht.«

Mikail fuhr aus seiner wohligen Versunkenheit auf. »Wie? Wer sagt, daß ich dich verschmähe?«

Die Bürste kurvte über sein Ohr und glättete eine lange Haarsträhne. »Nun, Herr, ich sehe doch, daß Ihr nur Verlangen nach dem Herrn Thezmar habt. Das tut mir weh, aber ich muß es wohl hinnehmen. So versuche ich eben, Euch anderweitig zu erfreuen.«

Mikail war plötzlich viel wacher als zuvor. »Hättest du mich denn gern … erfreut?«

»O ja, Herr«, sagte Zidonje in einem so eindringlich schmelzenden Ton, daß Mikail ganz wunderlich zumute wurde. »Ich hatte mir kleine feine Dinge ausgedacht, nur für Euch, die Euch besonders glücklich machen sollten. Ich selber habe noch keine Erfahrung, aber ich fragte die anderen Mädchen, und sie erklärten mir alles genau. Ich stelle es mir sehr schön vor. Nicht mit jedem natürlich, aber … da Ihr es seid …«

Mikail fühlte, wie eine prickelnde Wärme durch die Innenseiten seiner Schenkel strömte. »Nun«, sagte er mürrisch, »das mag einmal gewesen sein, und es ist lieb von dir. Aber jetzt bin ich wohl kaum noch eine Versuchung.«

Die Bürstenstriche hörten plötzlich auf. Zidonje legte beide Hände auf seine Schultern und sagte sanft und klar: »Doch, lieber Herr.«

Voll Staunen und Verwirrung drehte er sich um. »Treib keinen Scherz mit mir ... Nein, ich sehe schon, du scherzt nicht. Deine Augen sind aufrichtig. Aber bist du denn von Sinnen, Mädchen?« Vor Erregung packte er ihren Arm und erschrak, als er sah, wie seine langen Raubtierkrallen über das zarte Fleisch fuhren. »So sieh doch her! Ich bin kein Mann, ich bin ein Ungeheuer. Gingest du denn mit einem Monster ins Bett?«

Zidonje legte die Bürste weg und setzte sich auf die Armlehne seines Sessels. Er sog den guten Duft ein, der von ihr ausströmte, und sein Atem ging schneller.

»Für mich seid Ihr kein Monster«, sagte die Magd ernsthaft. »Ich weiß, daß Ihr ein gutes Herz und eine schöne Stimme habt, und Euer häßliches Gesicht stört mich nicht. Ich weiß, daß es nur Zauberwerk und Sinnentrug ist und Ihr in Wirklichkeit ein schöner Mann seid.« Sie ergriff seine Krallenhand und küßte sie demütig und hingebungsvoll. Mit sanftem Nachdruck fragte sie: »Ist Euch vielleicht danach zumute, Herr?«

»Ich weiß nicht«, stotterte Mikail und ärgerte sich im nächsten Augenblick über die tölpelhafte Antwort. Er fühlte sich plötzlich so tief in der Klemme, daß er alle seine anderen Sorgen vergaß. Er war nicht nur ein Ungeheuer, er war obendrein ein unerfahrenes Ungeheuer. Im Grunde hatte er keine Ahnung von Frauen, und nun saß dieses liebe und schöne Geschöpf da und forderte ihn auf ... machte ihm einen Antrag! Wie sollte er bloß mit alledem fertigwerden? Da war die Angst, daß sie jeden Augenblick der Abscheu vor ihm überwältigen könnte, und die beinahe noch größere Angst, keine Ahnung zu haben, was er eigentlich tun und lassen sollte. Thezmar hatte ihm zwar reichlich Aufklärung angedeihen lassen, was er mit den Mädchen machte, und es hatte sich alles recht einfach und leicht angehört, aber das war eben Thezmar …

Zidonje hielt immer noch seine Hand. »Wollt ihr Euch ein wenig niederlegen, Herr?«

Mikail ließ sich stumm und dumm zum Bett ziehen und streckte sich auf der Vielzahl buntgestickter Decken aus. Zidonje saß auf dem Bettrand, hielt seine Linke fest und liebkoste mit der freien Hand seinen Hals. Mikail spürte, wie die Finger zwischen die Knöpfe seines Rocks schlüpften und mit der Unterwäsche spielten. Die Berührung machte ihn so lüstern, daß er fürchtete, an Ort und Stelle zum Höhepunkt zu kommen, bevor noch irgend etwas geschehen war.

Schöne Zidonje … liebenswerte Zidonje … Hatte sie sich wirklich in den Kopf gesetzt, mit ihm zu schlafen?

Sie stand auf, trat zwei Schritt vom Bett zurück und ließ mit einer graziösen Bewegung ihr Kleid fallen. Im Schein des Kerzenlichts sah er die hübschen Füße, die aus den Falten stiegen, sah das dunkle Schamhaar zwischen wohlgeformten langen Beinen. Ihr Busen war klein, aber apfelrund. Das lange dunkle Haar glitt spielerisch darüber, als sie eine Strähne nach vorn zog.

»Du bist sehr schön«, sagte er mit schwerer Stimme.

Sie trat auf ihn zu. »Kommt, laßt Euch ebenfalls auskleiden, lieber Herr.« Ihre flinken Finger wanderten über seine Gewandung, lösten Verschlüsse, zogen Bänder auf. Ein Stoffteil nach dem anderen fiel zu Boden. Sein Körper war von dem Fluch nur soweit betroffen worden, daß er eine rauhe bläuliche Haut angenommen hatte. Als Zidonje sein steif aufgerichtetes Gemächt sah, sagte sie beglückt: »Oh, es freut Euch doch ein wenig, Herr.«

Mikail war zumute, als stünde er am ganzen Körper in Flammen. Überall juckte und prickelte es ihn. Er vergaß sein monströses Aussehen, vergaß seine Ängste. Mit einer schnellen Bewegung nahm er Zidonje in seine Arme, zog sie mit sich aufs Bett und versuchte in sie einzudringen. Nach ein paar täppischen Versuchen gelang es ihm. Seine Krallen gruben sich in ihre Arme. Er schrie vor Erregung. Zu gierig, um sie zu liebkosen, drückte und knetete er ihren Körper nur. Dann war die Sache auch schon vorbei, er stieß einen kurzen rauhen Schrei aus und ergoß sich in ihren Schoß. Schwer und benommen zog er sich zurück und fiel auf das Bett nieder.

Im selben Augenblick schon überkam ihn die Scham. Ich habe mich benommen wie ein Tier, dachte er. Was hatte Thezmar ihm nicht alles erzählt, wie man eine Frau glücklich machen konnte! Er hatte nichts davon getan, hatte sich einfach auf sie gestürzt. Er hatte sich genauso benommen wie die Adligen, die in ihren Mägden nur ein Stück Fleisch sahen. Sicher verachtete Zidonje ihn jetzt.

Aber die Magd sagte nur mit freundlicher Stimme: »Ihr seid sehr stark und ungestüm, mein Herr.«

Mikail lag schweratmend auf dem Bett. Sein Blick folgte dem zuckenden Lichtschein der Kerze. Wie konnte er nur wiedergutmachen, was er verpatzt hatte? Er hätte ihr gern gezeigt, daß er zart und liebevoll sein konnte, aber jetzt hatte er keine Kraft mehr. Erschrocken sah er, daß seine spitzen Krallen blutige Spuren auf ihren Armen hinterlassen hatten.

Zidonje schien es nicht zu kümmern. Sie schmiegte sich an ihn, schob einen Arm unter seinen Nacken und liebkoste zart seine unbehaarte Brust. »Wie fühlt Ihr Euch?«

»Müde.« Mikail starrte unglücklich ins Halbdunkel. »Zidonje … ich war ein wenig zu erregt heute. Ich konnte nicht warten.«

»Das wird sich rasch geben, Herr. Beim zweiten Mal geht es schon etwas langsamer vonstatten. Dann können wir alle die kleinen feinen Dinge tun.«

Beim zweiten Mal? dachte Mikail erschrocken. Sie erwartete doch nicht etwa, daß er es ein zweites Mal schaffte?

Aber die Magd behielt recht. Zehn Minuten lang lag Mikail nur erschöpft da, während sie ihn streichelte und liebkoste, dann begannen die warmen Ströme von neuem durch seine Nerven und Muskeln zu fließen. Er konnte es selbst kaum glauben, aber es dauerte tatsächlich nicht lange, bis er wieder steif war. Eine Woge der Beglückung durchströmte ihn. Es war wunderbar, sich wieder stark zu fühlen. Und diesmal spürte er, daß er sich mehr Zeit lassen konnte; es drängte ihn nicht mehr so.

Zidonje fühlte seine Hände mit den langen Raubtierkrallen, die ihren Körper zart und neugierig berührten. Sie öffnete die Augen und sah im Halbdunkel sein Gesicht über sich. Die gelben Augen darin leuchteten wie Katzenaugen. Er küßte ihre Brust, und sie starrte gebannt das seltsam verwandelte Gesicht an. Es erschien ihr überhaupt nicht mehr häßlich, sondern auf eine geheimnisvolle Weise zauberhaft, als hätte ein Wesen aus anderen Sphären sich ihrer bemächtigt. Sie hob die Arme, schlang sie um seinen Nacken und zog ihn an sich. Sein schwerer, massiger Körper lastete auf ihr. Ihre Finger glitten über die rauhe, vernarbte Haut seiner Wange, fuhren durch sein glattes rotblondes Haar.

Diesmal stürzte er sich nicht auf sie wie ein brünstiges Tier. Er nahm sich Zeit, sie rundherum zu betrachten und auf Bauch und Rücken zu küssen. Einmal senkte er das Gesicht auf ihr Hinterteil, drückte die Lippen auf die kleinen weißen Backen und biß zaghaft zu. Sie fühlte, wie ein winziger prickelnder Schmerz sie durchrieselte, und stöhnte leise auf. Mikail schob sich über ihren Rücken hinauf, faßte ihr Ohrläppchen mit den Zähnen und begann vorsichtig darauf herumzubeißen. Sie lachte und drückte sich eng an ihn. »Es macht mir viel Freude mit Euch, gnädiger Herr«, flüsterte sie.

»Sieh mich an«, flüsterte Mikail zurück, »dann siehst du, daß es mir auch Freude macht.«

# 12. Kapitel

Als Mikail am Morgen erwachte, war Zidonje von seiner Seite verschwunden. Er lag still da und berührte die Stelle im Kissen, wo ihr Kopf gelegen hatte. Dann wandte er den Blick zum Fenster. Das morgendliche Licht der Praiosscheibe fiel hell in den Raum. Ein Vogel hüpfte auf dem Fensterbrett hin und her und lugte neugierig ins Zimmer, ehe er wieder davonflog.

Mikail führte sich auf seltsame Weise erfrischt und gekräftigt. Plötzlich war ihm klar, daß er die Prüfung bestehen würde, die Jaminka ihm auferlegt hatte. Die Angst war zwar nicht verschwunden, aber sein Wille war stark geworden.

Er kleidete sich an und rief Thimorn zu sich. »Ruf meine Leute in der Großen Halle zusammen«, sagte er. »Alle, bis zum letzten Mann, zur letzten Frau. Ich habe ihnen etwas zu sagen.«

Thimorn schaute verwundert drein, nickte aber nur und machte sich daran, den Auftrag auszuführen.

Wenig später war die Große Halle mit Menschen gefüllt, die sich flüsternd und tuschelnd aneinanderdrängten. Thezmar, Thimorn und Thyrza waren gekommen und saßen auf hohen geschnitzten Stühlen, während die Diener sich an der Wand entlang aufstellten.

Mikail trat durch die Spielmannspforte auf die Galerie hinaus, die sich rund um die Halle zog. Sein Kopf war mit einem Tuch verhüllt, er trug einen langen Kapuzenmantel. An dem kniehohen Geländer blieb er stehen und blickte seine Untertanen an. Das Tuscheln verstummte schlagartig. Dutzende Augenpaare hoben sich, von Angst und Neugier erfüllt, ihm entgegen. Einen Augenblick lang stand er am ganzen Leib zitternd da und ließ den Blick durch die düstere Halle schweifen, über die verblichenen Teppiche und Tapisserien, die bedrückende schwere Balkendecke. Dann faßte er Mut.

»Ihr habt mich gefragt, was mit mir geschehen ist«, begann er ohne Vorrede. Jähe Freude durchfuhr ihn, als er spürte, daß seine Stimme wieder ihren Zauberklang angenommen hatte. Die Leute unten regten sich nicht, alle Blicke hingen gebannt an ihm.

»Ihr solltet es nicht erfahren«, fuhr er fort, »weil ich mich schämte. Deshalb habe ich mich in mein Zimmer zurückgezogen und mit niemandem gesprochen. Aber ich sehe jetzt ein, daß ich einen Fehler gemacht habe. Ich muß meine Arbeit tun und meine Pflicht erfüllen, ganz gleich, wie ich aussehe.«

Einen Augenblick horchte er in das vollkommene Schweigen hinein, dann sagte er: »Der Druide, den ihr alle als Väterchen Durn kennt, hat einen Zauber auf mich gelegt. Ich weiß, daß viel darüber geredet wird, was mir eigentlich zugestoßen sei. Nun, gleich werdet Ihr es erfahren.«

Er zog sich das Tuch vom Kopf, und mit fast derselben Bewegung ließ er den Kapuzenmantel von den Schultern gleiten. Splitternackt stand er in den dünnen Strahlen der Sonne, die sich durch die bunten Butzenfenster stahlen.

»Das bin ich«, sagte er. »Meine Häßlichkeit soll kein Geheimnis mehr sein. Aber ihr sollt auch wissen, daß Durn nur mein Gesicht verzaubern konnte, mein Herz und mein Verstand gehören weiterhin mir.«

Ein Wispern brach die Totenstille in der Halle, ein Tuscheln wurde laut, dann ein plötzlicher Ausruf. Er kam von einem der Norbarden, die im Hintergrund der Halle um Thimorn geschart standen. »*Roschab duglili!*« rief er mit dröhnender Stimme, und seine Kameraden fielen einer nach dem anderen ein. Jetzt erhoben sich auch andere Stimmen. »Wir stehen zu Euch, Herr!« rief der Stallmeister. Andere schlossen sich ihm an, und plötzlich war die Halle voll von Menschen, die riefen und winkten und ihn ihrer Treue versicherten.

Mikail fühlte, wie ihm die Tränen in die Augen stiegen. »Ich danke euch«, sagte er, wandte sich um und schritt, nackt wie er war, über die Galerie davon und zur Spielmannspforte hinaus.

Er hatte kaum Zeit genug, sich wieder anzuziehen, als auch schon Thezmar in sein Zimmer gestürzt kam. Die Augen des Magiers leuchteten. »Du bist verrückt, mein Freund«, rief er, »aber du bist großartig. Ich nehme es zurück, daß ich dich einen Feigling genannt habe. Im übrigen habe ich eine Nachricht für dich ... Thyrza ist soeben zurückgekehrt, zusammen mit einem Boroni. Wie sie mir berichtete, war er auf dem Weg zu uns. Du solltest ihn augenblicklich empfangen, ein Geweihter ist aller Ehren wert.«

Mikail nickte. »Sag der Köchin, sie soll eine Karaffe Bornländer Met heraufschicken und ein paar süße Kuchen dazu, und Thimorn soll dem Gast ein Zimmer richten lassen.«

Thezmar grinste. »Das brauchst du Thimorn nicht erst zu sagen, er überschlägt sich bereits vor Anstrengung, es dem Priester behaglich zu machen. Er und Thyrza sind ganz aus dem Häuschen, daß sie einen der heiligen Männer vom Rabenpaß beherbergen dürfen.«

»Gut ... am besten, du selbst führst ihn herauf, das macht Eindruck. Und dann bleib bei mir, ganz geheuer sind mir die Schwarzkutten nicht.«

Mikail setzte sich in seinem ledergepolsterten Armsessel in Positur und versuchte, möglichst adlig und vornehm dreinzuschauen. Er hatte einen bequemen Sessel für den Gast bereitgestellt, und auf einem Tischchen standen Met und Kuchen.

Dann öffnete Thezmar die Tür und ließ den Geweihten Jagotin eintreten.

Mikail sah sich einem noch jungen Mann in schwarzer Kutte gegenüber. Schädel und Gesicht waren glattrasiert. Er trug einen schwarzen Stab in der Hand. Sein Gesicht war vornehm und ansprechend, die Augen waren groß und dunkel und an den Winkeln ein wenig hochgezogen. Er grüßte mit einer knappen Verneigung. »Meinen Gruß, Euer Hochgeboren.«

»Willkommen in meinem Haus, Euer Gnaden«, erwiderte Mikail höflich. Er sah, wie der Blick des Mannes über sein Gesicht und seine Hände glitt. »Stoßt Euch nicht an meinem Aussehen ... ein böser Zauberer hat mein Gesicht verwunschen, aber mein Herz und mein Verstand sind frei. Setzt Euch und nehmt eine kleine Stärkung zu Euch, ein Mittagessen wird man Euch später auf Eurem Zimmer servieren, wenn Ihr so wollt, oder Ihr speist mit mir.«

Hinter dem Rücken des Geweihten schnitt Thezmar ihm ein Gesicht, das besagte: ›Sehr schön machst du das, ganz wie ein richtiger Baron.‹

Jagotin dankte kurz, dann fragte er: »Wer hat Euch verwunschen?«

»Ein Druide namens Durn, der hier in den Nordwalser Wäldern lebt.«

»Ist er ein großer Mann mit tiefliegenden Augen und einem schütteren langen Bart?«

»Das weiß ich nicht ... Ich habe ihn nie gesehen. Thezmar, bätest du wohl Thimorn zu uns? Er kann die Frage des hochwürdigen Herrn beantworten.«

Thimorn kam – in Thyrzas Begleitung – und nickte augenblicklich, als ihm die Frage gestellt wurde. »Ja ...

er hat langes struppiges Haar und einen langen Bart. Seine Augen liegen tief in den Höhlen, und er hat eine gewaltig große Nase. Warum fragt Ihr, hochwürdiger Herr?«

Nun war Jagotin mit dem Erklären an der Reihe. »Ich sah das Bild dieses Mannes in einem Traum«, sagte er, »und wurde von Boron berufen, ihn zu bestrafen. Jetzt sehe ich auch, für welche Untat er solche Strafe verdient hat.« Er sah sich im Kreis um. »Aber es gibt gewiß noch vieles, das ich nicht weiß ... Erklärt mir, was hier vorgeht.«

Innerhalb der nächsten Stunde erzählte man ihm alles, von Baronin Libussas Tod angefangen bis zum Auftreten der Vampirplage und dem Fluch, den Durn in Libussas Auftrag über ihren Sohn ausgesprochen hatte. Der Geweihte lauschte schweigend und nickte zuweilen. Schließlich sagte er: »Ihr müßt mich zu diesem Mann führen. Habt keine Angst vor seiner Zaubermacht, sein Ende ist eine beschlossene Sache, und er kann es nicht verhindern.«

»Werdet Ihr ihn töten?« fragte Mikail.

»Ich werde ihn mit meinem Stab berühren. Was dann geschieht, weiß ich selbst nicht; ich bin nur das Werkzeug des Gottes. Vielleicht wird er sterben, vielleicht wird auch etwas anderes mit ihm geschehen. Und laßt uns eilen, Boron wird ungehalten, wenn ich meinen Auftrag verzögere.«

Thimorn sprang diensteifrig auf. »Ich werde augenblicklich die Pferde satteln lassen.«

Eine halbe Stunde später brach ein kleiner Trupp Menschen nach Fedoran auf: der Boroni, Mikail, Thimorn und Thyrza (die keinen Augenblick von der Seite ihres geweihten Kirchenbruders wichen) und Thezmar. Sie hatten niemandem gesagt, wohin sie gingen.

Der Tag war frisch und sonnig, die Wälder leuchteten in den ersten Herbstfarben. Der dreistündige Ritt verging im Nu, bald hatten sie Fedoran erreicht, und nun ging es weiter in die finsteren Nordwalser Wälder. Thyrza wies ihnen den Weg. Sie ritt voran, erst den fast völlig überwucherten Weg nach Bjaldorn entlang, auf dem sie nach Brandthusen gekommen waren, dann einen ausgetretenen Pfad, der geradewegs ins Herz des Waldes führte. Hier war es halbdunkel, und das Licht der Praiosscheibe streifte gerade die obersten Wipfel der himmelhoch aufragenden schwarzen Tannen. Ein dumpfer Geruch nach Traschbart und trockenen Nadeln umfing sie. Bei jedem Schritt mußten sie die rauhen trockenen Flechten wegwischen, die von den Bäumen herabhingen und die Gesichter und Schultern streiften. Manchmal raschelte etwas Unsichtbares im dürren Unterholz.

Nach einer Stunde langsamen Rittes erreichten sie eine Lichtung. Hier befand sich in einer Erdwand die Höhle des Druiden: ein dunkel gähnender Eingang, über dem allerlei Gerätschaften an Schnüren herabhingen. Ein kleines Feuer brannte im glänzenden Schein der Praiosscheibe. Die Reiter hatten kaum angehalten, da trat der Zauberer aus dem Dunkel seiner Höhle hervor. Kein Zweifel, er hatte sie erwartet.

Er war ein großer Mann, in einen zerlumpten Kittel und Pelzschuhe gekleidet, mit einem derben, häßlichen Gesicht, in dem wilde Augen glühten. Sein Haar war verfilzt, sein Bart hing in zottigen Strähnen auf die Brust hinab. Als er die Reiter sah, lachte er böse. »He! Holla ho! Mikail! Mein Junge! Wie schön du bist! Kommst du, um dich bewundern zu lassen?«

Mikail gab keine Antwort, obwohl es ihm heiß in die Wangen stieg. Ein seltsames Gefühl hatte ihn übermannt. Er empfand keine Furcht mehr vor den Sprüchen des Zauberers, aber eine andere Furcht hatte ihn erfaßt. Ihm wurde bewußt, daß er unmittelbar davorstand, ein Wunder Borons zu erleben. Sein Blick hing an dem Geweihten, der sein Pferd jetzt ein paar Schritte vorwärtstrieb und sich aus dem Sattel schwang. Den ebenhölzernen Stab in der Hand, trat er auf den Zauberer zu.

»Du bist ein Kind des Todes«, sagte er ruhig. »Boron, mein Herr, schickt mich, dir ein Ende zu bereiten. Du hast deine Kraft gebraucht, um den Untoten zu helfen, die mein Herr verabscheut; daher hat er mich gesandt, dich zu strafen.«

Der Druide starrte ihn an, dann lachte er. »Holla, Schwarzrock! Du willst mich strafen? Nur zu, und wähle gleich aus, welche Strafe ich dir dafür verabreichen soll. Gefiele dir ein Schneesturm? Den Herrschaften hier hat es schon kalt um die Ohren gepfiffen. Ich bin ...«

»Du bist in Borons Hand«, sagte der Boroni, und die Spitze seines Stabes berührte das Herz des Druiden.

Augenblicklich fuhr es wie ein unsichtbarer Blitz über die Lichtung, die Luft prickelte, und ein leicht beißender Geruch machte sich bemerkbar. Einen Lidschlag lang erschien es Mikail, daß er die Bäume in fremden Farben sah, gelb, purpurn, leuchtend weiß. Der Druide torkelte zurück und fuhr sich an die Stirn, seine Augen rollten wild im Kopfe, sein Unterkiefer hing herab. »Nei-ein«, gurgelte er. Er drehte sich mit ausgestreckten Händen tastend im Kreis, als versuche er, jemanden zu fangen, dann fiel er auf die Knie. »Nein!« heulte er auf, als er begriff, was mit ihm geschah. Wie wild schlug er mit der Stirn und den Fäusten auf den Boden. Dann veränderte sich seine Sprache. Er wollte etwas ausrufen, aber aus seinem Mund kam nur ein holperndes *Tagadda ... duii ...* wie das Stammeln eines kleinen Kindes. Statt sich wieder aufzurichten, kroch er auf allen vieren auf dem Boden herum.

»Die Strafe ist vollstreckt«, sagte der Boroni ruhig. »Mein Herr hat ihn mit Vergessen gestraft ... alles, was er bislang im Leben lernte und wußte, hat er vergessen. Kommt jetzt, laßt uns zurückkehren, ehe es Abend wird.«

Mikail starrte noch immer wie betäubt den Druiden an, der vor sich hinstammelnd durchs Gras taumelte. Er mußte daran denken, wie schrecklich es für ihn gewesen war, nichts über sich zu wissen. Welch eine grausame Strafe, alles zu vergessen, was man je gelernt hatte!

Da schrie Thyrza plötzlich auf: »Mikail ... dein Gesicht ... dein Gesicht!«

»Was ist damit?« rief er aufgeschreckt und fuhr sich mit der Hand an die Wange.

»Du hast dein Gesicht wieder!« rief Thyrza jubelnd. »Als der Druide alles vergaß, vergaß er auch den Zauber, mit dem er dich verwunschen hatte!«

Mikail durchfuhr es, als hätte er die Hand in eine Flamme gestreckt. »Ist es wahr?« rief er angstvoll und hoffnungsvoll zugleich. Er drehte sich um, als wären die Gesichter der anderen Spiegel.

»Ja, du bist es wieder«, sagte Thezmar lächelnd.

Auch Thimorn lächelte. »Es tut gut, dein vertrautes Gesicht wiederzusehen«, sagte er.

Mikail legte beide Hände an sein Gesicht und tastete über Wangen und Stirn. Sie waren glatt. Er hob eine Hand und blickte sie an ... die Haut war weich und jugendlich, die Krallennägel waren verschwunden. »Oh, ihr Götter«, flüsterte er. Dann wandte er sich an den Boroni. »Da Euer Gott mich von meiner Mißgestalt befreit hat«, sagte er, »will ich ihm künftig meinen Dank erweisen ... Wie Thimorn Euch gewiß schon sagte, wird der Ostturm meines Schlosses zu einem Tempel des Boron geweiht; den Unterhalt dieses Tempels und seiner Diener will ich auf mich nehmen, solange ich lebe. Und jedes Jahr an diesem Tag soll dem Herrn des Vergessens gedankt werden, daß er den Zauber von mir genommen hat.«

»Das ist ein gutes Wort«, sagte der Boroni ernst. Er verzog keine Miene, aber alle spürten, daß er sich freute.

Sie ritten den Pfad entlang zurück, und Mikail genoß sein neugeschenktes Gesicht. Er dachte an Zidonje. Sie hatte ihn geliebt, als er ein Ungeheuer gewesen war, jetzt konnte sie ihn als Mann lieben. Ein warmes Gefühl der Erregung durchschauerte ihn. Wie schön würde es sein, wohlgestalt vor sie hinzutreten und sie in die Arme zu schließen!

So träumte er vor sich hin, und erst nach einer Weile wurde ihm bewußt, daß sich die Gegend rundum verändert hatte. Wie Rauchfahnen quollen dünne Nebelschleier zwischen den Bäumen hervor, wurden rasch dichter und verlegten den Blick auf den Pfad. Die anderen merkten es auch. Erschrocken hielten sie ihre Pferde an. »Ist das eine Falle, die Durn noch gestellt hat, oder eine Bosheit des Waldes?« rief Thyrza laut aus, aber ihre Stimme klang dumpf in den Nebelschwaden.

Es dauerte nicht lange, da war der Nebel um sie so dicht, daß sie absteigen und die Pferde am Zügel führen mußten, während sie Schritt für Schritt den verwachsenen Weg entlangtasteten. So kamen sie nur sehr langsam vorwärts. Mikail bebte vor Ungeduld, in seine Burg zurückzukehren und sich Zidonje zu zeigen.

Endlich – nachdem sie sich stundenlang durch den Wald gekämpft hatten – lichtete der Nebel sich wieder, und der Pfad trat deutlich erkennbar hervor. Mikail atmete vor Erleichterung tief durch.

Da riß ihn plötzlich Thezmars Stimme aus seinen Gedanken. »Seht doch! Seht!« rief der Magier. »Die Praiosscheibe steht schon tief im Westen!« Er deutete mit der Hand auf den rotgoldenen Glanz, der zwischen den Stämmen hervorschimmerte. »Die Höhle des Druiden liegt viel tiefer im Wald, als wir dachten. Jetzt kommen wir in die Nacht hinein!«

Erschrocken hielten alle ihre Pferde an. Sie blickten sich um, wie weit es noch bis zum Waldrand sein mochte, aber sie sahen nur mächtige borkige Stämme und dürres Unterholz.

»Er hat uns in seinem Wald gefangen«, sagte Thimorn leise. »Wir kommen vor Einbruch der Dunkelheit nicht mehr hinaus. Das heißt, wir sind schutzlos gegen die Vampire.«

»Nicht gänzlich schutzlos«, warf Thezmar ein. »Wir sind zu fünft, wir haben genügend Feuerholz, und notfalls fällt mir schon die eine oder andere List ein. Und an den hochwürdigen Herrn werden sie sich nicht so einfach heranwagen. Kommt, laßt uns weiterreiten, solange es möglich ist! Vielleicht finden wir einen günstigen Platz für ein Lager.«

»Als wir zur Höhle des Druiden ritten«, sagte Thyrza, »überquerten wir einen Hügel mit einer Lichtung darauf. Laßt uns dorthinreiten, dort können sie uns wenigstens nicht aus den Schatten heraus anfallen.«

Die anderen gehorchten. Eine Weile ritten sie im Gänsemarsch den schmalen Pfad entlang. Langsam wurde der Pfad steiler, und es dauerte nicht lange, da befanden sie sich auf einer Lichtung auf der Hügelkuppe. Es war kein heimeliger Ort: Die Tannen umringten dicht an dicht die kreisförmige kleine Öffnung, auf der Brombeerbüsche, Lolchbeeren und hohes Gras wuchsen. Schwarze Schatten hingen zwischen den flechtenüberwachsenen mächtigen Stämmen. Der Himmel war noch hell, aber der Nordstern funkelte bereits deutlich sichtbar am Firmament, und andere Sterne begannen ebenfalls zu leuchten.

Thezmar sprang vom Pferd. »Laßt uns Holz sammeln, soviel wir können«, sagte er. »Von einem hellen Feuer kann unser Leben abhängen.«

Sie banden die Pferde an den Stumpf eines vom Blitz gefällten Baumes und machten sich alle auf die Suche nach Holz. Auch der Boroni beteiligte sich. Die Ärmel seiner schwarzen Kutte bis über die Ellbogen aufgerollt, stapfte er im Wald hin und her und schleppte Feuerholz herbei. Zu ihrem Glück gab es im Wald genug abgefallene Äste und verdorrtes Unterholz, das sich leicht brechen ließ, so daß sie in kurzer Zeit einen ansehnlichen Stapel Holz gesammelt hatten. Thimorn zündete es an, und sie ließen sich im Kreis darum nieder.

Als alle ihren Platz gefunden hatten, stand Thezmar auf und holte etwas Glänzendes aus seinem Knappsack – eine Kristallkugel. »Sie wird unser Helfer sein«, sagte er. Dann zog er mit seinem Stab einen Kreis von vier Schritt Durchmesser um sie herum. »Keiner von euch darf diesen Kreis verlassen«, sagte er. »Er kann zwar keine großen Wunder wirken, aber immerhin verhindern, daß die Nachtgeschöpfe uns unversehens ins Genick springen. Ich hoffe, ihr sitzt alle bequem«, fügte er sarkastisch hinzu, »denn zum Schlafen werdet ihr in dieser Nacht nicht viel kommen.«

Wie zur Antwort hallte ein Eulenruf durch den finsteren Wald.

Mikail saß still an seinem Platz und kämpfte darum, sich seine Angst nicht anmerken zu lassen. Wenn ihm nun seine Mutter auf dieser vom Feuerschein erhellten Lichtung gegenübertrat? Es hieß, daß Vampire warmes Blut über große Strecken hinweg witterten; mit Sicherheit würde der eine oder andere aus der finsteren Schar ihnen heute noch unter die Augen treten.

Und so geschah es auch. Etwa zwei Stunden hatten sie beisammengesessen, manchmal schweigend, manchmal in leise Gespräche vertieft, als der Boroni – der noch kaum ein Wort gesprochen hatte – den Blick hob und auf eine Stelle am Waldrand deutete. »Dort sind sie«, sagte er. »Ihr könnt sie noch nicht sehen, aber ich fühle sie. Seid wachsam.«

Mikail starrte zu der angegebenen Stelle hinüber, sah aber nichts weiter als einen Klumpen Dunkelheit, der schwärzer wirkte als der dahinterliegende Wald. Einmal schien es ihm, daß er rote Augen auffunkeln sah, aber es mochten auch Tieraugen gewesen sein. Dann bewegte sich eine der dunklen Formen und kam quer über die Lichtung auf sie zu. Ein gespenstisches schwaches Schimmern umgab die Gestalt, wie Wetterleuchten hinter einer dunklen Wolke hervorblitzt.

Dann trat das Wesen ins Licht des Feuers, und alle erkannten den Diener Valpo wieder. Wie er an seinem letzten Lebenstag gewesen war, so stand er vor ihnen, in schwarzen Kleidern und weißen Strümpfen. Aber die Halsbinde war verschwunden, und die tiefe rotblaue Furche an seinem Hals zeichnete sich mit gräßlicher Deutlichkeit im Flammenschein ab. Sein langschößiger Rock glomm in allen Knopflöchern, als sei ein grünliches Feuer darunter verborgen. Seine Hosen standen offen, und eine bleigrau verfärbte, riesig angeschwollene Männlichkeit ragte hervor. Bleigrau war auch sein Gesicht, in dem rotgeränderte Augen glühten.

»Gnädiger Herr!« zischte er voll Hohn. »Welche Freude, Euch hier in der Wildnis wiederzufinden! Wo sind nur heute Eure tapferen Norbarden, die mich gehängt haben?«

Mikail wurde von Zorn und Ekel erfaßt, und er rief dem Vampir zu: »Weiche, Scheusal … Kehr in das Grab zurück, in das du gehörst!«

Valpo wieherte wie ein Pferd. »Mitnichten, gnädiger Herr«, zischte er, und giftige Speicheltropfen trieften, wie Glühwürmchen glimmend, aus seinem Mund. »Wir werden heute ein Fest feiern, mit Eurem warmen Blut, junger schöner Herr, und dem Blut Eurer Gefährten. Wir werden Euch töten, wie die Wiesel ein Huhn töten, und sobald Ihr tot seid, sollt Ihr werden wie wir … aber die Geringsten unter uns. Und dann werde ich Euch heimzahlen, was Ihr mir angetan habt.«

Mikail wollte antworten, aber da stand der Boroni auf. »Fort mit dir!« rief er mit seiner klaren, wohltönenden Stimme. »Du stehst einem Diener Borons gegenüber. Fürchte die Rache meines Herrn! Sein Zorn gilt allen Untoten. Weiche, ehe mein Stab dich berührt und in Erde verwandelt!«

Valpo wich gekrümmt und fauchend zurück, hielt aber nach wenigen Schritten schon wieder inne. Er spuckte wütend aus, dann lief er zu den anderen zurück.

Eine Weile herrschte Ruhe. Dann jedoch kehrte Valpo wieder, und diesmal begleiteten ihn noch andere. Thimorn fuhr sich mit der Hand über die Augen, als er sie sah. »Ich kenne sie!« stieß er hervor. »Da ist Daanje und dort drüben die alte Rowinja … Suschin aus Bonna, und da ist Pitjow, der Sohn des Schmieds in Fedoran …«

Die ehemals ehrbaren Männer und Frauen hatten sich in Ungeheuer verwandelt. Rotes Licht glühte in ihren Augenhöhlen, Speichel troff ihnen zwischen den langen Fangzähnen hervor. Sie wirkten alle schwer und aufgedunsen wie Maden, aber sie bewegten sich mit raubtierartiger Leichtigkeit. Die Bauern und die Bäuerin trugen ihre langen leinenen Totenhemden, mit Erde beschmutzt und starrend von dem Blut ihrer Opfer. Sie umringten den Kreis wie Hunde, die eine Beute wittern, eilten unruhig hin und her und zischten vor Ärger, als es ihnen nicht gelang, den Zauberkreis zu durchbrechen.

Valpo riß den Mund auf und heulte wie ein Wolf, als er begriff, daß Mikail sich außerhalb seiner Reichweite befand. Auf ihn hatte er es besonders abgesehen, und der junge Mann schauderte, als er den Haß in den Augen des Dieners sah. Die roten Lichter zogen seinen Blick an, bannten ihn auf die Stelle. Ein abwegiger Drang überkam ihn, tiefer in diese Augen zu schauen; er wollte sich erheben …

Zwei Hände legten sich von hinten über seine Augen. »Schau ihnen nicht in die Augen, Mikail«, mahnte Thezmars Stimme. »Sie können dich damit bannen.«

Mikail schüttelte den Bann ab. Den Blick zu Boden gesenkt, fragte er: »Was können wir gegen sie tun?«

»Sitzenbleiben und warten, daß die Praiosscheibe aufgeht«, sagte der Magus. »Wir dürfen den Kreis nicht verlassen, und sie können nicht herein.«

»Das hoffe ich sehr«, murmelte Mikail. Es machte ihm angst, wenn er sah, wie die Untoten an der unsichtbaren Wand schnüffelten wie Bluthunde. Kein Zweifel, daß sie ihn augenblicklich gepackt und ausgesaugt hätten, hätte es nur eine Ritze in dieser Wand gegeben! Aber so krochen sie nur wütend herum und versuchten den Blick ihrer Opfer zu erhaschen, in der Absicht, eines von ihnen zu bannen.

Eine Stunde etwa war vergangen, da schwebte etwas in der Luft herbei, ein glitzerndes Gespinst, und ein paar Lidschläge später hatte es sich in die Baronin Libussa verwandelt. Nackt und goldenhaarig wie ihre eiserne Figur tauchte sie aus den Schatten auf und lachte hellauf, als sie die Gruppe im Zauberkreis sitzen sah. »Mikail, mein Sohn«, rief sie, »warum versteckst du dich hinter dem Zauberspuk? Bist du so häßlich, daß du dich nicht blicken läßt?« Dann blickte Mikail sie an und eine dunkle Wolke zog über ihr Gesicht, als sie sah, daß er wieder seine wohlgestalten Züge besaß.

»Wer hat das getan?« zischte sie, unfähig, ihren Zorn zu bezähmen. »Wer wagte es, Durn entgegenzutreten?«

Da sprang Jagotin auf. »Ich wagte es«, sagte er, »und ich wage es auch gegen dich, Verworfene.« Wie der Blitz holte er aus und warf seinen geweihten Stab nach der schönen Frau. Er traf sie an der Brust. Sie stieß einen rasenden Schrei aus, und im nächsten Augenblick begann sie zu welken: Die prallen Brüste wurden schlaff, der Körper blähte sich auf, tausend Fältchen durchzogen das liebliche Gesicht. Das Haar wurde weiß und spinnwebdünn. Vor ihnen stand eine aufgedunsene häßliche Alte mit hängendem Bauch und Glotzaugen. Einen Augenblick nur, dann hatte sie wieder sich in das silbrige Gespinst verwandelt, das wie von einem unsichtbaren Sturm getrieben davonflog.

Die anderen starrten ihr nach, dann rannten sie davon, dem Gespinst hinterher.

Thezmar lachte. »Ihr habt sie hart getroffen, Euer Gnaden«, sagte er. »Das war wohl das Schlimmste, das ihr widerfahren konnte – in ihrer wahren Gestalt erscheinen zu müssen!«

Von da ab wurden sie nicht mehr belästigt, aber sie verbrachten die Nacht dösend in ihrem Zauberkreis und verließen ihn erst, als Praios' Scheibe über den Horizont stieg.

»Jedenfalls«, sagte Thezmar, »weiß ich, was ich als erstes tun werde, sobald wir das Dorf erreicht haben.« Die anderen nickten zustimmend.

Der Boronanger von Fedoran war ein umzäuntes Stückchen Wiese mit vielen neuen Hügeln. Pitjows Grab war bereits ein wenig eingesunken, und frisches Gras wuchs auf der Wölbung.

»Hier, grabt auf!« befahl Mikail den beiden Bauern, die mit Schaufeln bereitstanden.

Ganz Fedoran drängte sich vor dem Zaun des Angers und gaffte angespannt das Grab an. Auf einer Wiese daneben war ein Scheiterhaufen aus trockenem Holz errichtet worden. Mikail spürte den Geruch des Waldes in der Nase und die frische Luft auf den Schultern, als die beiden Männer sich an ihr schauriges Werk machten. Er konnte kaum glauben, was er in der Nacht erlebt hatte. Der Tag war so unschuldig hell, die Praiosscheibe leuchtete so golden. Vögel zwitscherten in den Büschen, die den Boronanger umgaben.

Schaufel um Schaufel flog die Erde aus dem Grab, und es dauerte nicht lange, da tauchten in der Tiefe die Falten eines Tuches auf, schmutzig und blutbefleckt. Eine Hand kam zum Vorschein, weiß und aufgedunsen. Dann lag Pitjows Leiche vor ihnen.

Die Bauern stiegen hinab und hoben den Toten aus dem Grab, legten ihn auf dem frischen Erdhügel nieder. Erdbrocken hingen in seinem Haar, die Zipfel des grauweißen Leichenhemdes flatterten im Wind. Keine Spuren von Verwesung waren zu sehen, er sah aus, als hätte man ihn eben erst beigesetzt. Erregtes Gemurmel lief durch die Reihen der Bauern. Jeder sah, daß Pitjow ein Vampir war. Sein Leib war zweimal so fett, wie er im Leben gewesen war, seine Lippen waren rot und voll, die Wangen kräftig rot gefärbt. Im Mundwinkel klebte getrocknetes Blut.

Plötzlich drängten die Bauern herbei. Dutzende bereitwilliger Hände halfen mit, den Untoten aus dem Boronanger zu tragen und auf dem Scheiterhaufen niederzulegen. Thyrza trat mit dem blanken Schwert in der Hand herzu und schlug ihm den Kopf ab. Frisches hellrotes Blut quoll aus der Wunde und rann über die Holzscheite, als sie den Kopf am Haar faßte und ihn zwischen die Knie legte.

Flammen prasselten hoch.

Der Boroni trat neben den Holzstoß und murmelte

die Totengebete. Mikail sah, wie der Leib in den Flammen alterte: Das Licht der Praiosscheibe hatte ihn getroffen, und die verzögerte Verwesung setzte ein. Es dauerte nicht lange, da brannte ein mit fauligem Fleisch überzogenes Gerippe auf dem Scheiterhaufen. Bald waren nur noch schwarzverkohlte Knochen und der Schädel übrig, der grinsend zwischen den Knien lag.

Die Bauern zerrten die Überreste aus den erlöschenden Flammen und zertrümmerten sie mit ihren Hacken zu kleinen Splittern.

Thezmar seufzte befriedigt. »Auf jetzt ... Wir haben noch viel zu tun, ehe es heute dunkel wird.«

Sie mußten sich beeilen, um Brandthusen und Bonna zu erreichen und dort die Vampire zu vernichten, aber als es dämmerte hatten sie ihr Werk vollendet: Die Untoten, die sie in der Nacht zuvor gesehen hatten – und die sich in ihren Gräbern zur Ruhe gelegt hatten –, waren enthauptet und verbrannt worden. Von Valpo und der Baronin jedoch hatten sie keine Spur gefunden.

# 13. Kapitel

Soscha und Potinka hatten ein neues Spiel ausgeheckt, das den beiden albernen Mägden das größte Vergnügen bereitete: Sie lauerten hinter dem Burgtor, den Blick starr nach Westen gerichtet, und versuchten zu erkennen, wann genau der glühende Rand der Praiosscheibe hinter dem Horizont versank. In dem Moment, in dem das letzte Licht erlosch, stürzten sie schreiend und kreischend ins Haus zurück. »Der Vampir kommt! Der Vampir kommt!« quietschten sie und versteckten sich in der Gesindestube.

Diesmal standen sie wieder auf Ausguck, aber ihre Aufmerksamkeit galt nicht den Vampiren, sondern der Reitergesellschaft, die den Burghügel herauf ritt. Gebannt starrten sie den vordersten Mann an.

»Der gnädige Herr! Er ist nicht mehr verwunschen ... Sein Gesicht sieht wieder aus wie zuvor ...« Staunend betrachteten sie ihn und erinnerten sich gerade noch rechtzeitig daran, einen tiefen Knicks zu machen. Als die Reiter das Burgtor passiert hatten, begannen die beiden Mädchen augenblicklich miteinander zu tuscheln.

»Wie hübsch er jetzt wieder aussieht«, seufzte Potinka. »Und wie groß und kräftig er ist ... oh, ich beneide Zidonje, daß sie ihn bedienen darf! Was hat die dumme Kuh, das ich nicht habe?«

»Er muß ein starker Mann sein«, sagte Soscha. »Ich habe ihn mir genau angesehen, als er von der Spielmannsgalerie zu uns sprach. Ach, wenn ich ihm nur einen Kuß geben könnte! Ich wünschte, der Vogt hätte mich zu seiner Magd gemacht!«

»Ja, wir beide hätten ihn besser bedient als Zidonje«, stimmte Potinka zu. »Aber hör zu, ich glaube, die anderen wissen noch gar nicht, daß er wieder zurückverwandelt ist. Da haben wir eine Neuigkeit!«

Als die Reiter in die Burg zurückkehrten, wurde Mikail ausgerichtet, daß die Hexe Jaminka auf ihn warte. Er gab Befehl, sie zu ihm zu führen, und bald darauf trat die weise Frau in das Gemach, in dem er mit Thezmar zusammensaß. Sie trug ein dickes schwarzes Buch unter dem Arm.

»Schön, Euch wiederzusehen, Herr Baron«, begrüßte sie ihn, »und Euch auch, gelehrter Herr … Wie ich sehe, habt Ihr Euer Gesicht wiederbekommen, Mikail. Das freut mich. Und die Prüfung habt Ihr auch bestanden, höre ich … Deshalb bin ich hier, um Euch weiter zu helfen, so gut ich kann.« Sie legte das schwarze Buch auf den Tisch. »Das ist eine Teilabschrift aus den *Wegen ohne Namen*, und da Ihr so tapfer wart, habt Ihr verdient, daß ich sie nutze.«

»Was hast du vor?« fragte Thezmar mißtrauisch, während er den Folianten betrachtete. »Das Buch ist verboten. Wenn ein Meister des Bannstrahls dich damit sieht, wanderst du in den Kerker.«

»Oh, verboten ist gar mancherlei, schöner junger Herr«, gab die Hexe zurück. »Und Meister des Bannstrahls gibt es viele, aber sie sind nicht immer in der Nähe. Dieses Buch wird uns ein Stück Weges weiterhelfen.« Sie setzte sich, ohne um Erlaubnis zu fragen, und keiner der beiden Männer machte eine Bemerkung dazu. »Wir alle wissen, daß wir Libussa nicht fassen können, solange ihr Pakt mit der Erzdämonin besteht. Ihr habt ein Stück Haut verbrannt, Thezmar …«

»Woher weißt du das?« rief der Magier verblüfft. »Können deine Augen durch Wände sehen?«

»Nicht ganz. Aber wenn jemand meine Aufmerksamkeit erregt hat, dann höre und sehe ich viel. Nun, Ihr habt zweifellos die Erfahrung gemacht, daß das Verbrennen der Haut allein nichts nützt. Aber was könnte uns nützen? Da dachte ich daran, Darvulia zu fragen, die alte Zauberin.«

»Ich habe nie von ihr gehört«, sagte Mikail. »Wohnt sie denn hier auf meinem Gut?«

»Sie ist schon seit zwanzig Götterläufen tot«, erwiderte Jaminka. »Als damals die Meister des Bannstrahls des Praios aufs Schloß kamen, vergiftete sie sich selbst, aus Angst, ihnen in die Hände zu fallen. Sie starb hier im Hause. Dieses Buch« – sie legte die flache Hand auf den Folianten – »wird uns helfen, sie zu befragen.«

»Du willst sie beschwören?« fragte Thezmar.

»Ja. Sie brachte seinerzeit den Pakt zustande, sie weiß gewiß auch, wie man ihn wieder auflösen kann. Seid Ihr einverstanden? Dann gebt Bescheid, daß man uns eine gute Stunde lang keinesfalls stört.«

Als das getan war, zog sie aus ihrem Tragbeutel eine dicke schwarze Kerze, die mit magischen Symbolen verziert war. »Eine gewöhnliche Kerze täte es auch«, sagte sie, »aber diese hat mehr Kraft.« Sie zündete die Kerze an und stellte sie zwischen ihnen auf den Boden; dann befahl sie: »Haltet euch an den Händen, und gebt mir jeder eine Hand. Schweigt jetzt. Wenn der Geist Darvulias erscheint, werde ich ihn befragen.«

Mikail saß reglos. Er fühlte Thezmars wohlgeformte kühle Hand in der Linken und die seltsam lederartige Hand der Hexe in der Rechten. Draußen war es dunkel geworden, aber kein Stern war zu sehen; dichte aschfarbene Wolken bedeckten den Himmel, und ferner Donner rumpelte über den Berghöhen. Ein heftiger

Wind wehte und brachte die Fensterläden zum Knarren.

Die Kerze brannte mit stark rauchender gelber Flamme. Ein dünner Faden stieg von ihr auf, drehte sich in Schlingen und Schleifen und löste sich schließlich auf. Es war totenstill im Zimmer. Die Hitze des Tages war noch deutlich zu spüren; staubige schwüle Luft schwebte in den schattenverhangenen Ecken.

Der Rauch wurde dichter, immer dichter. Bald stieg er wie eine armlange schwarze Säule von der brennenden Kerze auf. Dann teilte sich die Säule nach allen Richtungen, wand und verschlang sich, wurde höher und dünner und nahm allmählich die Gestalt eines Menschen an. Über der Flamme schwebend, war deutlich die Form einer böse aussehenden alten Frau mit Wolfsaugen und gekrümmten Klauenhänden zu erkennen. Sie trug reich mit Perlen bestickte schwarze Kleider und eine große schwarze Haube auf dem Kopf. Ihr Gesicht war auf schreckliche Weise blau und schwarz gefleckt – wohl die Folge des Gifttranks, mit dem sie sich getötet hatte.

Mikail sah, wie die stechendgrünen Augen ihn anblickten und der zahnlose Mund sich zu einem hämischen Grinsen verzog, aber sooft er genauer hinblickte, sah er nur wabernden grauen Rauch.

»Darvulia«, sprach Jaminka den Geisterschatten an, »willst du mir eine Frage beantworten?«

»Was willst du wissen?« Die Stimme klang rauh und spröde.

»Wie kann Libussas Pakt mit der Meisterin der schwarzfaulen Lust wieder gelöst werden?«

»Auf keine Weise, solange beide daran festhalten wollen. Und das wollen sie.« Ein leises höhnisches Gelächter wurde hörbar. »Du hast keine Hoffnung, Jaminka.«

Jaminka lächelte. »Du lügst mich an, Darvulia. Ich

wollte dich nur prüfen. Ich weiß, wie man den Pakt lösen kann. Ich bin klüger als du, alte Gifthexe.«

Darvulia zischte aufgebracht, und zwischen ihren faltigen Lippen fuhr es heraus: »Ach ja? Tatsächlich? Und du meinst, Rahja täte dir den Gefallen? Woher weißt du überhaupt, wie man das Auge der Stute auf die Erde herabruft?« Dann schwieg sie ganz plötzlich. Offenbar dämmerte ihr, daß sie sich verplappert hatte.

»Ich wußte gar nichts«, sagte Jaminka freundlich. »Du selbst hast es mir verraten. Ich danke dir, Darvulia. Aber du sollst nicht unbelohnt bleiben für deine Auskunft: Was soll ich für dich tun?«

Aber Darvulia war so wütend, daß sie nur mit zahnlosem Mund einen Fluch murmelte und sich zurückzog. Ihre Gestalt verblaßte, und schließlich stieg nur der fette Rauch der Kerze auf.

Jaminka löschte die Kerze und löste ihre Hände aus denen der Männer. »Nun, wir sind ein ganzes Stück weitergekommen, nicht wahr?« bemerkte sie fröhlich. »Darvulia war nie die Schlauste. Nun wissen wir also, wie wir vorgehen müssen.« Sie zündete den dreiarmigen Leuchter an und stellte ihn auf die Truhe. Flackerndes Licht erfüllte den Raum.

»Ich verstehe nicht ganz, was sie meinte ... mit Sulvo«, gestand Mikail ein wenig schüchtern ein. »Ich weiß nur, daß das der große rote Stern im Auge der Stute ist. Aber die Stute verläßt den Himmel im Efferd, wie sollten wir da den Stern erreichen?«

»Sulvo«, erklärte ihm Jaminka, »ist nicht nur ein Stern, sie ist auch eine Alveraniar Rahjas. Und Rahja ist die göttliche Gegenspielerin Belkelels – ihre Liebe ist Geben und Nehmen, Zärtlichkeit und Vertrauen. Sie allein hat die Kraft, die Erzdämonin zu bezwingen und dazu zu bringen, daß sie den Vertrag auflöst. Aber die Götter erscheinen nicht selbst, wie Ihr sicherlich wißt, sie senden ihre himmlischen Boten, und in diesem Fall ist das Sulvo, die Wahre Freude.«

»Aber«, warf Therzmar ein, »wie sollen wir Gehör bei Sulvo finden? An diesem Ort gibt es keinen Rahjatempel, ja es gibt nicht einmal eine Rahjageweihte … Ohne sie werden unsere Gebete ungehört bleiben.«

»Dann laßt nach Rodenbrandt schicken«, wies ihn Jaminka an. »Dort gibt es einen Tempel der Rahja, und wenn Ihr Eure Bitte höflich vortragt, wird man Euch sicherlich zu Gefallen sein. Und nun bitte ich Euch, daß Ihr mir ein Nachtlager im Schloß richten laßt, denn nicht einmal ich möchte nachts unterwegs sein, solange die Baronin noch ihr Unwesen treibt.«

Nachdem Thezmar sich verabschiedet und Jaminka ihr Gästezimmer aufgesucht hatte, zog Mikail die Klingelschnur. Er konnte es kaum erwarten, seine Freude mit Zidonje zu teilen. Sie kam, und bei seinem Anblick schlug sie vor Freude die Hände ineinander. »So ist es wahr!« rief sie entzückt. »Ich hörte die Nachricht schon, aber ich wagte es kaum zu glauben … Oh, wie seid Ihr schön, Herr! Man sagt, der Boroni habe den Zauber gebrochen, der auf Euch lag, ist das wahr? Ich kann es nicht glauben, wie wohlgestalt Ihr wieder seid!«

Mikail lächelte, als sie so vor Begeisterung sprudelte, und zog sie in seine Arme. »Wollen wir jetzt die kleinen feinen Dinge tun?«

Zidonje hielt in neckischer Schüchternheit einen Arm vors Gesicht. »Wenn Ihr es so wollt, gnädiger Herr …«

Mikail ließ sich, ohne sie aus seinen Armen zu entlassen, in seinem Armsessel nieder und drückte das Gesicht an ihren Bauch. Er zog ihr Kleid hoch und preßte Mund und Nase in das säuerlich duftende Pelzchen auf ihrem Hügelchen. Tief einatmend sog er den

Duft ein. Dann glitt seine Zunge vor, berührte die rosigen Ränder ihrer Muschel, leckte sie ab.

»Oh, lieber Herr, das tut gut«, flüsterte Zidonje und schob die Hüften vor, um ihm näher zu sein. Mikail grub die Hände in ihre Hinterbacken und küßte sie mehrmals zärtlich auf das lockige Schamhaar, ehe er wieder zu lecken begann. Der Duft der Frau berauschte ihn. Er seufzte und schmiegte die Wange liebkosend an ihren Bauch.

»Komm«, flüsterte er. »Es gibt noch viel schönere Dinge zu tun.«

Sie liebten sich, während draußen die Blitze aus dem bewölkten Himmel fuhren und bald darauf ein kräftiger Gewitterregen niederging. Die Luft im Herrschaftsgemach wurde reiner, es roch nach Regen. Mikail hielt den schönen Körper seiner Geliebten in den Armen, und Freude durchströmte sie beide – Sulvos Geschenk: wahre Freude.

Für Thezmar verlief die Nacht weniger angenehm. Er träumte, daß zwei Nachtgespenster sich in seinem Zimmer aufhielten. Die eine war die schöne Libussa, prächtig gekleidet und mit einem Übermaß von Juwelen behängt, die andere die böse Alte Darvulia, deren schattenhaftes Abbild er am Abend im Kerzenrauch gesehen hatte. Die beiden traten an sein Bett, murmelten, schnieften und hoben schließlich die Decken an, um ihn zu betrachten. Die Alte mit der schwarzen Haube holte ein blauglasiertes Töpfchen aus ihren Kleidern hervor, fuhr mit den Fingern hinein und bestrich Thezmars Bauch und Brust, Stirn und Gemächt, Hände und Füße mit dem scharf und ranzig riechenden Inhalt. Dann zwangen sie ihn, aus dem Bett zu steigen, und nahmen ihn im Nachthemd mit sich fort. Sie liefen mit ihm lange dunkle Flure entlang, und es schien ihm, daß sie zuweilen durch die Wände gingen, denn eben befand er sich noch in einem Zimmer und dann plötzlich in einem anderen. Schwarze Möbelschatten tauchten aus der Finsternis auf. Verblaßte und verwahrloste Zimmer zogen an ihm vorbei, das Bankettzimmer im ersten Stock, in dem das bleiche Madalicht den Staub auf dem Boden beleuchtete, dann lange Flure mit ihren Hirschhäuptern und den altersschwarz nachgedunkelten Bildern. Schließlich gelangten sie in den Raum, in dem die Eisenfigur stand – aber wie anders sah er jetzt aus!

Die schweren goldgepreßten Ledertapeten an den Wänden erstrahlten in ihrem ursprünglichen Glanz. In dem einst schönen, aber von der Zeit arg zugerichteten Drachenkamin brannte ein helles Feuer. Mehrere samtbezogene und vergoldete Stühle standen im Raum herum. Thezmar fand sich auf einem davon wieder – und sah, daß er sich in einer Folterkammer befand.

Nicht nur die grausige Figur war da, an den Wänden hingen auch, säuberlich geordnet, Peitschen und Stöcke, Stichel und Messer – kalte, blitzende Klingen. Überall in dem weitläufigen Gemach standen Folterinstrumente. Das Schlimmste war ein Käfig, etwa einmal ein Schritt im Quadrat und zwei in der Höhe, in den von allen Seiten scharfe Stahlzacken hineinragten. Der Boden war mit eisernen Dornen bestückt. Libussa lächelte, als sie seinen Blick sah, trat hin und drehte an einem Mechanismus. Plötzlich glitten die Wände näher zusammen, der Raum dazwischen wurde immer schmaler und enger. Jeder Körper, der sich in diesem Käfig befand, wäre unausweichlich von den scharfen Metallspießen durchbohrt und zerschnitten worden.

Jetzt sah Thezmar auch die beiden mit Gittertüren verschlossenen Nischen an einer Seite des Raumes, und es schien ihm, daß sich etwas Lebendiges darin bewegte. Aber alles war wie von feinem Rauch oder

Nebel überzogen, und manchmal wogte das Bild wie eine Spiegelung im Wasser, so daß er nichts Genaues erkennen konnte, sosehr er sich auch bemühte.

Darvulia kniete vor ihm nieder, schob sein Hemd hoch und lachte, als sie seine Erregung sah. »Gut so, junger Herr«, zischelte sie mit speichelndem Mund, »sehr gut so. Nun wollen wir sehen, was wir Euch zu Gefallen tun können.« Sie stand auf und zog mit einer Hand ein silbernes Wägelchen heran, auf dem köstliche kleine Brötchen und Kuchen aufgedeckt waren, dazu einige Krüge mit rotem und weißem Wein. »Bedient Euch«, sagte sie.

Thezmar schauderte. Eine fliegende Hitze hatte ihn überkommen, seine Glieder waren bleischwer, und sein Atem ging in unruhigen Stößen. Er schenkte sich ein Glas Wein ein und griff nach einem der Kuchen, aber als er ein zweites Mal hinsah, gingen ihm die Augen auf. Er sah, daß er den Kadaver einer plattgefahrenen und in der Sonnenhitze getrockneten Blauen Unke in der Hand hielt und der Wein sich in Pferdepisse verwandelt hatte. Angewidert fuhr er zurück, aber schon hatte der Traum ihn wieder in sein buntes Spinnennetz eingefangen.

Zahlreiche Kerzen glänzten im Raum. Es war heiß, und Blutgeruch lag in der Luft … Blutgeruch und, noch schlimmer, der süßliche Geruch von verbranntem menschlichen Fleisch.

Der Raum verschwamm ihm immer wieder vor Augen, aber dazwischen wurde das Bild klarer. Er sah den von Dutzenden Wunden zerfleischten Leib eines jungen Mädchens auf dem Dielenboden liegen, der schlüpfrig von Blut war; sah, wie sich Darvulia mit einem rotglühenden Haken in der Hand dem Käfig näherte; hörte wie aus der Ferne qualvolle, gepeinigte Schreie. Sein Herz schlug heftig. Das Blutzimmer widerte ihn so heftig an, daß er Brechreiz empfand, aber zugleich fühlte er, wie die Lust in seinen Lenden pochte.

Die grausigen Szenen zogen weiter an ihm vorbei, und die Harpyie mit der schwarzen Haube begann ihn mit obszönen Aufmerksamkeiten zu bedenken. Ihre runzligen Krallenhände strichen ihm durchs Haar, langten unbekümmert zu und faßten seine Levthansäpfel, wisperten ihm Worte ins Ohr, die sich anhörten wie das Zischen von kochendem Pech. Thezmar fühlte, wie eine kranke, fiebrige Lust in ihm aufstieg. Der Blutdunst machte ihn betrunken. Er keuchte schwer.

Da trat Libussa in all ihrer Schönheit an ihn heran, einen silbernen Pokal voll roten Weines in der Hand. »Trink mit uns!«

Er kostete vom Wein und schmeckte Blut.

Mit einem Aufschrei schleuderte er den Pokal von sich, und der Raum um ihn begann sich zu drehen. Er wachte in seinem Zimmer auf, halb aus dem Bette hängend, und erbrach sich in wütender Übelkeit.

Immer noch benommen und von fliegenden Hitzen heimgesucht, riß er sich das schweißgetränkte Nachthemd vom Leib, wusch sich kalt ab und schlüpfte in seine Kleider. Mit merkwürdig hölzernen Schritten trat er auf seinen Apothekenkoffer zu, hob eines der Fächer an und entnahm ihm eine Geißel mit mehrfach geknoteten Strängen. Er steckte sie ein und verließ sein Zimmer.

Kurz darauf klopfte er an Jagotins Zimmertür.

Thezmar mußte nicht lang warten, bis der Geweihte aus seinem leichten Schlaf erwacht war und ihm öffnete. Er hatte seine Kutte angezogen und hielt seinen Stab in der Hand. Die Boroni waren es gewöhnt, nachts geweckt zu werden, wenn ein Mitbruder von bedeutsamen Träumen heimgesucht wurde; also wunderte er sich auch jetzt nicht. Er beugte sich vor, leuchtete seinen nächtlichen Besucher mit der Kerze an und fragte: »Was quält Euch?«

»Ich brauche Eure Hilfe, Euer Gnaden.« Thezmar fühlte, wie ihn von neuem ein heißkalter Schauder überlief.

Jagotin betrachtete ihn eindringlich. »Ihr habt Fieber, junger Herr.«

»Das mag sein, aber das ist es nicht. Ich brauche Eure Hilfe. Bitte.« Thezmar drängte sich förmlich ins Zimmer.

Der Boroni ließ ihn eintreten. »Setzt Euch«, wies er ihn kurz an. »Nun erzählt mir, was Euch bedrückt.«

Thezmar erzählte ihm, stammelnd vor Abscheu und Scham, den Traum, der ihn heimgesucht hatte. Als er zu Ende gekommen war, glitt er aus dem Sessel und fiel auf die Knie. Den Kopf tief gebeugt, küßte er den Saum der schwarzen Kutte. »Euer Gnaden, ich habe den Dämonen Einlaß in meine Seele gewährt, sonst hätten sie mir keinen solchen Traum schicken können. Ich bitte Euch, reinigt mich.« Damit griff er in sein Gewand und zog die Geißel hervor. »Hier.«

Der Boroni ergriff das Instrument und wog es in der Hand. Sein Blick glitt über die zahlreichen steinharten Knoten, die in die Stränge geknüpft waren. »Verwendet Ihr sie oft?«

»Sooft ich schwer gesündigt habe, Euer Gnaden. Ich bitte Euch.« Er griff nach seiner Bluse, öffnete die hastig geschlossenen Köpfe und beugte den bloßen Rücken vor dem heiligen Mann. »Bewahrt mich vor der Macht der Dämonen.«

»Wieviel werdet Ihr brauchen?« fragte der Geweihte. Im Kerzenlicht schimmerten seine glatten, unbewegten Züge wie altes Elfenbein. Lichtfünkchen tanzten in seinen Augen.

»Hundert, Euer Gnaden.«

»Dann kniet vor dem Bett nieder, damit ich Euch

leicht erreichen kann. Legt mir Eure Beichte ab, während ich Euch schlage … Bekennt alles Böse, das den Dämonen Macht über Euch geben könnte.«

Thezmar nickte erleichtert. »Ja, Euer Gnaden.«

Dann fiel der erste Schlag auf seine Schulter.

Der Magier kniete auf dem Boden, den Oberkörper über das Bett gestreckt, die Arme zu beiden Seiten weit ausgebreitet. Sein langes Haar floß über die Decke. Während sein Körper unter den harten Schlägen der Geißel bebte, bekannte er mit leiser, heiserer Stimme seine Sünden. Immer wieder flehte er den Boroni an, ihn härter zu schlagen, obwohl jetzt schon jeder Hieb feine Blutströpfchen aus der Haut trieb. Sein Rücken brannte rot von gekreuzten Striemen, dunkle Flecken zeichneten sich ab, wo die Knoten der Peitsche auftrafen.

»Ihr habt den Fehler begangen«, sagte Jagotin, während er gleichmäßig wie ein Uhrwerk zuschlug, einmal links, einmal rechts, »Euch zu kühn mit dämonischen Dingen einzulassen. Den Dämonenpakt zu verbrennen, das war eine tapfere Tat, aber eine Tat, die über Eure Kraft ging. Ihr seid hier viel Bösem begegnet, und Ihr seid ein junger und unerfahrener Magier. Hütet Euch in Zukunft, solche Dinge anzurühren.«

Thezmar flüsterte demütig: »Ich habe mich vermessen, Euer Gnaden, ich bin von meinem Stolz irregeführt worden. Ich bitte Euch, schlagt härter zu, schont mich nicht.«

»Ihr blutet bereits«, erwiderte der Boroni mit leisem Verweis. Tatsächlich sickerte Blut aus den Striemen und befleckte die Stränge der Geißel.

»Ich brauche die Schläge. Ich kann nicht wieder heil werden, wenn Ihr mich nicht züchtigt.« Thezmar schrie beinahe. Er zitterte am ganzen Körper, sein Gesicht war fahl wie Mauertünche. »Ich bitte Euch, schlagt weiter zu …«

Jagotin verabreichte ihm die ausgemachten hundert Hiebe, und beim letzten Schlag veränderte sich Thezmar. Er drehte sich um, ein schönes Lächeln auf dem bleichen Gesicht, beugte sich nieder und küßte wiederum den Kuttensaum des Geweihten. Dann zog er seine Bluse an. Das weiße Linnen sog sich auf dem Rücken augenblicklich voll Blut. Thezmar kümmerte es nicht, er spürte den brennenden Schmerz auf Schultern und Rücken kaum. »Wollt Ihr mir eine Buße aufgeben?« fragte er mit ruhiger, wohlklingender Stimme.

Der Geweihte überlegte kurz, dann sagte er: »Ihr seid ein reicher junger Mann, steuert Euren Anteil zur Ausstattung des Borontempels bei. Nun geht, verbringt noch eine Weile in stillem Gebet und dankt Boron für die Reinigung, die Euch zuteil wurde. Ich wünsche Euch eine gute Nacht.«

Am Morgen fing Thimorn seinen jungen Herrn ab. »Es ist etwas geschehen, Mikail«, sagte er. »Etwas Seltsames … Aber du wirst selbst sehen. Eine Dame bittet dich, sie zu empfangen.«

»Wer ist sie?«

»Du wirst selbst sehen. Sie kam eben zum Burgtor und bat um Audienz.«

»Du machst mich neugierig«, sagte Mikail. »Gut, bring sie her, ich will selbst sehen, was Wunderbares an ihr ist.«

Der Vogt verließ den Raum und kam gleich darauf mit einer jungen Frau wieder. Sie war in durchscheinende leuchtendrote Gewänder gekleidet, ihr schwarzes Haar fiel in langen Wellen um ein ovales Gesicht mit schräggestellten schwarzen Augen. Es war kein schönes, aber ein ungemein anziehendes Gesicht.

»Eine Rahjageweihte!« rief Mikail und sprang vor Erstaunen auf. »Das ist ein Omen, fürwahr, Thimorn!« Er mußte tief durchatmen, um sich so weit zu fassen, daß er die Frau fragen konnte: »Was treibt Euch hierher, in diese abgelegene Gegend?«

Die Frau verneigte sich kurz. »Erlaubt, daß ich mich vorstelle«, sagte sie lächelnd. »Ich bin Lydda Burkherdall, Geweihte der Rahja zu Rodebrannt. Ich reite über Land, um den Glauben an die Göttin zu verbreiten. Vor zwei Tagen hatte ich einen Traum, der mich anwies, nicht nach Notmark zu ziehen, wie ich es vorhatte, sondern hierher. Und da bin ich nun.« Sie trat einen Schritt auf Mikail zu. »Erlaubt, daß ich Euch nach den Regeln meiner Göttin begrüße.«

Sie schlang sanft die Arme um ihn und küßte ihn mit einem süßen, sinnliche Ekstase verheißenden Kuß, dann ließ sie ihn wieder los. »Ich sehe, meine Ankunft bewegt Euch; wollt Ihr mir sagen, was geschehen ist?«

»Gewiß«, stotterte Mikail, der sich von dem Kuß noch nicht ganz ernüchtert hatte. »Aber setzt Euch. Ich lasse Euch Wein und einen Imbiß bringen.«

Die Frau setzte sich mit einer anmutigen Bewegung, bei der die roten Gewänder sie umwirbelten. Während sie in kleinen Schlucken vom Wein trank und zierliche Bissen von den Kuchen nahm, erzählte Mikail ihr von der Vampirplage, die das Lehen überfallen hatte. »So bleibt uns nichts übrig«, schloß Mikail, »als uns an Rahja zu wenden; sie allein kann die Dämonenfürstin zwingen, den Pakt zurückzugeben.«

Lydda nickte. »Es scheint mir, die Göttin hat Euch ein Zeichen des Wohlgefallens gegeben, als sie mich hierher sandte«, sagte sie nachdenklich. »Ich nehme es als gutes Omen, daß Euer Vorhaben gelingen wird. Frischauf denn! Laßt uns ein Fest zu Rahjas Ehren feiern!«

»Ein Fest?«

»Gewiß doch. Welchen besseren Weg gibt es, der Göttin zu gefallen? Wir wollen köstlichen Wein trinken und uns lieben, dann wird vielleicht auch Sulvo vom Himmel herabsteigen.«

Mikail lächelte unsicher. »Ich glaube, ich überlasse Euch die Planung«, sagte er. »Ihr versteht mehr davon, was der Göttin gefällig ist. Mittlerweile soll Euch ein Gastzimmer gerichtet werden, und es würde mich freuen, wenn Ihr mit mir und meinen Vögten Thimorn und Thyrza speisen wolltet.«

Lydda stürzte sich augenblicklich in die Vorbereitungen. Auf der ganzen Baronie wurde verkündet, daß binnen drei Tagen ein großes Fest zu Ehren Rahjas stattfinden solle. Jedermann wurde angehalten, sich zu waschen, zu kämmen und die besten Kleider anzulegen. Die Häuser sollten mit Blumen geschmückt und die Betten allerorten frisch bezogen werden. Die drei Dorfältesten wurden auf die Burg bestellt und bekamen den Auftrag, auf jedem Dorfanger Tische und Bänke aufzustellen und auf Kosten des Lehensherrn aufzutischen, damit niemand hungrig zum Fest gehen müsse. Dann kamen Wagen angefahren, die alten Wein aus den Kellern der Burg in die Dörfer brachten. Mikail hatte drei Tage lang alle Hände voll zu tun, die Anordnungen der Geweihten zu befolgen. Schließlich fragte sie ihn: »Wer sind Euch die liebsten Menschen hier, Euer Hochgeboren?«

Mikail zögerte keinen Augenblick. »Mein Freund Thezmar … und meine Geliebte Zidonje.«

»Wenn sie Euch beide gleich lieb sind«, sagte Lydda, »so solltet Ihr mit beiden zum Fest gehen.« Dann wechselte sie das Thema. »Sulvo genießt hohe Verehrung in allen Rahjatempeln. Sulvo ist Freude, und echte Freude ist das einzige, das Rahjas erzdämonische Widersacherin bei all ihren dunklen Wonnen nicht zu schenken vermag. Laßt uns also die Himmlische bitten, uns zur Seite zu stehen.«

Mikail nickte. Im geheimen dachte er jedoch: Das hört sich alles so einfach an, aber was geschähe, wenn

Sulvo leibhaftig vor mir erschiene – gar nicht zu reden von Belkelel? Sänke ich ohnmächtig zu Boden, oder verfiele ich dem Wahnsinn? Schließlich bedrückte die Frage ihn so, daß er sie Lydda stellte.

Die Geweihte lächelte. »Habt keine Furcht. Sulvo weiß um unsere Schwäche. Wenn sie unsere Gebete erhört, wird sie uns nicht in ihrer wahren Gestalt erscheinen, sondern in einem Zeichen. Ich weiß nicht, was es sein wird – vielleicht eine sprechende Flamme, vielleicht ein blühender Rosenstrauch. Aber sie wird eine Gestalt wählen, die unsere Augen ertragen können.«

Mikail fiel ein Stein vom Herzen.

# 14. Kapitel

Dann war es soweit. Die Dorfältesten hatten die Anweisungen ihres Lehensherrn aufs genaueste befolgt. In jedem Dorf waren Tische und Bänke aufgestellt worden, die Leute buken und brieten und erhielten klingende Münze für ihre Mühe. In Brandthusen, Bonna und Fedoran duftete es nach Braten und Kuchen. Jeder Dorfälteste hatte strenge Anweisung, darauf zu achten, daß niemand schlechte Sitten an den Tag legte – es war ein heiliges Fest.

Und Rahjas Wohlgefallen schien von Anfang an darauf zu liegen, denn der Festtag war überraschend warm, fast noch sommerlich. Strahlend stand die Praiosscheibe am Himmel. Der Duft der gedeckten Tische mischte sich mit dem Duft der frischen Zweige, die sie zierten. Ein leiser lauer Wind wehte.

Auf dem Dorfplatz von Brandthusen war unter drei alten Bäumen ein Schrein der Rahja errichtet, in Rot und Rosa bemalt und mit Herbstblumen geschmückt. Jeder im Dorf, der ein Musikinstrument spielen konnte, war dorthin berufen wurden, und alles dudelte und geigte. Rahjalieder waren in Brandthusen nicht bekannt, aber Lydda hatte den Musikanten gesagt, sie sollten einfach alle fröhlichen Lieder spielen, die ihnen einfielen. Also spielten sie angefangen von *Vor Tau und Tag bin ich schon wach* bis zu *Lauf heim, mein Schätzle, lauf* jede muntere Weise, die ihnen in den Sinn kam.

Als die Leute sich versammelt hatten – alle gewaschen und in ihren besten Kleidern –, trat Lydda vor. Die Arme ausgebreitet, rief sie die Göttin an. »O du Holde, Ewigschöne, erhöre unsere Bitten! Laß dieses Fest zu einem heiligen und göttergefälligen Fest werden. Spende uns deinen Segen! Ihr Leute von Brandthusen, feiert zu Ehren der lieblichen Göttin!«

Dann gab sie ein Zeichen, und hinter den Bäumen kamen drei Reiter hervor. Es waren Mikail, Thezmar und Zidonje, und alle drei waren nackt. Sie stiegen von den Pferden und traten, einander an den Händen haltend, vor Lydda hin. Die Priesterin schloß den Kreis. »Laßt uns ein Lied zu Rahjas Ehren singen.«

Die Musikanten schwiegen still, und Lydda und Mikail begannen gemeinsam zu singen. Die Dörfler standen wie gebannt. Die süße Stimme der Frau und die reiche, dunkel tönende Stimme des Mannes mischten sich zu einem berauschenden Zweiklang. Einige der Zuhörer weinten, andere hielten einander seufzend umschlungen. Zärtliche Küsse wurden getauscht. Und auf wunderbare Weise waren an diesem Tag jeder und jede in den Augen der anderen schön und begehrenswert; die sonst niemand beachtete, fanden sich in leidenschaftlichen Armen wieder, in alte Traviabünde schoß neues Feuer ein.

Als das Lied geendet hatte, trat Mikail vor. Er hielt Freund und Freundin eng umschlungen. »Nun eßt und trinkt und tut rahjagefällige Werke«, sagte er. Dann beugte er sich zur Seite und küßte die beiden, die er in den Armen hielt. »Möge die Kraft der Göttin mit euch sein.«

Bald saßen alle beim Schmaus. Dann begannen sich die ersten Paare zu finden. Manche zogen sich in die Häuser zurück, andere streckten sich auf dem sonnendurchwärmten Grün des Dorfangers hin.

Mittlerweile ritten Mikail, Thezmar und Zidonje mit der Rahjageweihten nach Bonna und später nach Fedoran. Mikail, den der Anblick der innig kosenden Paare allmählich erregte, fragte: »Könnten wir nicht eine kleine Rast einlegen? Fedoran läuft uns nicht davon.«

Die Rahjageweihte schüttelte freundlich den Kopf. »Erst die getane Pflicht macht die Ekstase süß«, sagte sie. »Ihr seid der Herr hier, Ihr müßt Euch in allen Euren Dörfern blicken lassen, sonst ist es kein richtiges Fest. Aber sobald Ihr in Fedoran wart, könnt Ihr Euch ein ruhiges Zimmer suchen.«

In Fedoran herrschte bereits lebhaftes, fröhliches Treiben, als sie ankamen. Die Leute hatten gegessen und tanzten jetzt zur Musik von Balgpfeifen und Zwergenpiepern. Da und dort lagen Paare in leidenschaftlicher Umarmung im Gras.

Mikail war erleichtert, als er seine formelle Ansprache und den kurzen Rahjadienst hinter sich gebracht hatte. Er war so erregt, daß es beinahe weh tat. Als er Thezmar einen Seitenblick zuwarf, sah er, daß es ihm genauso erging – und Zidonje wohl nicht viel anders, denn ihr Gesicht war rosig gerötet, und ihre Brustwarzen zeichneten sich deutlich durch ihr Gewand ab.

Der Dorfälteste führte sie augenblicklich in sein Haus und dort in ein altmodisches Zimmer mit weinblattüberwachsenen Fenstern. Ein breites Bett, auf dem viele Decken lagen, stand an der Wand. Kaum hatte der Dorfälteste die Tür hinter ihnen geschlossen, breitete Thezmar die Arme aus und drehte sich nackt, wie er war, im Kreis. »Macht mit mir, was ihr wollt«, sagte er, »aber macht es rasch und gründlich. Ich sterbe vor Lust.« Er hielt inne, schlang die Arme um Mikail und preßte den nackten Bauch an den seinen. »Komm. Und du komm auch, Mädchen.« Er griff nach Zidonje und zog sie eng an sich. »Laßt uns auf Rosenblättern schlafen.«

Zidonje lag zusammengerollt auf dem breiten Bett und döste vor sich hin. Es war warm im Raum, der Duft frischen Grüns drang durch das vergitterte Fenster herein. Sie war so satt und befriedigt, daß sie nicht einmal die Augen öffnen wollte. Sie dachte an Thezmar, an das weiche Haar auf seiner Brust, seine langen Seidenlocken, seine wohlgeformte Männlichkeit. Sie hatte immer gedacht, Magier dürften nicht mit Frauen schlafen, wenn sie ihre Zauberkräfte nicht verlieren wollten, aber das war offenbar ein Aberglaube – Thezmar hatte unverkennbar Erfahrung. Er hatte sie geliebt, während Mikail rücklings unter ihr lag und zärtlich ihre Brüste liebkoste. Erst war sie unsicher gewesen, ob es Mikail gefiele, daß sie sich mit seinem Freund liebte, aber es hatte ihm nichts ausgemacht; es stimmte ihn froh, Thezmar und Zidonje befriedigt und glücklich zu sehen. Am liebsten war ihr aber Mikail selbst gewesen, seine bärenhafte Kraft, seine geschickten Hände, sein weicher, warmer Kuß.

Jetzt schlief er an ihrem Rücken. Alle drei hatte sie die Erschöpfung übermannt. Thezmar lag auf dem Bauch neben ihr, das Gesicht zur Seite gedreht. Ein Sonnenstrahl spielte auf den schmalen Hügeln seiner Hinterbacken. Sein langes lockiges Haar breitete sich über das Kissen aus.

Zidonje drehte sich lautlos um und schmiegte sich an Mikail. Die Augen halb geöffnet, spähte sie in sein Gesicht. Es tat gut, seine jungen hübschen Züge zu sehen ... Aber tief im Herzen wußte Zidonje, daß er sie nie mehr so begeistern würde, wie er es in jener Nacht getan hatte, als er noch unter dem Bann stand. Sie erinnerte sich an das schmerzhafte Kratzen der langen Raubtierkrallen, an die Glut der gelben Augen, die in der Dunkelheit leuchteten, an den wilden Ausdruck auf seinem entstellten Gesicht. Sie hatte die höchste Ekstase erlebt, die sie sich vorstellen konnte.

Ihre Hand streichelte zart eine der rotblonden Haarsträhnen, die auf dem Kissen lagen. Sie würde es ihm niemals verraten, aber nichts würde je seiner Liebe in dieser Nacht gleichkommen.

Schließlich erwachten sie und machten sich auf den Weg zurück nach Brandthusen. Es war inzwischen später Nachmittag geworden. Die Strahlen der Praiosscheibe fielen schräg und rotgolden durch das Geäst der alten Bäume, unter denen der Rahjaschrein stand. Ganz Brandthusen war in leidenschaftlicher Bewegung. Die Leute hatten von dem schweren alten Wein getrunken, der in den Kellern von Brandthusen gelagert hatte, und waren alle berauscht. Überall liebten sich Paare, alte und junge, während die Kinder des Dorfes unbefangen dazwischen herumliefen und einander Kränze aus Herbstblumen flochten.

Mikail trat auf Lydda zu, die vor dem Schrein saß. Sie trug einen Blumenkranz auf dem Kopf, ihre Wangen waren rosig vor Freude.

»Es ist ein gutes Fest«, sagte sie. »Rahja wird Gefallen daran finden.«

»Es wird Abend«, sagte Mikail besorgt, »und Sulvo ist noch nicht gekommen … Seid Ihr sicher, daß sie erscheinen wird?«

Lydda deutete auf ein kaum sichtbares Glitzern am nördlichen Himmel. »Sie ist bereits erschienen. Wartet ab. Die Himmlische wird zu der Zeit kommen, die sie selbst bestimmt.«

»Die Leute müssen nach Hause, sobald es dunkel wird«, widersprach Mikail. »Hier draußen sind sie in Gefahr.«

Lydda lächelte. »Heute nacht braucht Ihr keine Angst vor dem untoten Volk zu haben. Rahja breitet ihre Schwingen über uns. Laßt helle Feuer in der Nacht anzünden, das genügt, um sie für heute fernzuhalten.«

Mikail nickte und gab den Knechten den Befehl, Holzstöße anzuzünden. Dann zog er sich mit Thezmar und Lydda auf die Burg zurück, und alle drei kleideten sich an. Sie legten zu Rahjas Ehren ihre schönsten Kleider an, ehe sie wieder zum Schrein hinunterritten. Dort flocht Lydda jedem von ihnen ein Kranz aus frischen Zweigen und den letzten Rosenblüten des Jahres.

Es dunkelte, und Lydda sagte: »Laßt uns Sulvo ein Lied singen. Es ist das Lied, das unsere Priester ihr in den sternklaren Frühsommernächten singen. Ich will es singen, und du, Mikail, begleitest mich beim Refrain.« Dann legte sie die Handflächen zusammen, hob sie vors Gesicht und begann mit klarer Stimme zu singen. Mikail fiel mit ein, als sie zum Refrain kam.

Die Leute, die ums Feuer saßen, horchten auf, neigten den Kopf und lauschten. Wie ein Springquell stiegen die beiden kraftvollen, reinen Stimmen zum Sternenhimmel auf. Das Lied hatte viele Strophen, und je länger sie sangen, desto mehr Menschen verfielen in süße Verzückung. Sie lagen lang hingestreckt auf dem Rücken, in den Anblick des Sternenhimmels versunken, oder drehten sich mit weit ausgebreiteten Armen in sich selbst versunken im Kreis. Und während die beiden noch sangen, lösten sich winzige Blitze von den Sternen und regneten zur Erde. Einzelne erst, dann immer mehr; bald flogen die Sternschnuppen am Himmel kreuz und quer wie ein weißleuchtendes Feuerwerk. Das Lied verklang. Die Rondrageweihte breitete die Arme aus. »Sie ist gekommen, Mikail! Sie ist gekommen!«

Keiner von ihnen sah etwas, aber alle fühlten es. In jedem Herzen glomm Freude auf. Die Menschen umarmten sich, manche weinten leise, manche starrten nur mit weit offenen Augen in den wunderbaren Himmel hinauf.

Die Sterne schienen der Dere näher zu sein denn je,

ihr Licht erhellte die Nacht so hell wie das Madalicht. Die Priesterin sank in die Knie und rief Sulvo leidenschaftliche Liebesworte zu. Mikail und seine beiden Gefährten knieten vor dem Schrein nieder und richteten heiße Gebete an die Göttin, ihrer Alveraniarin in dem Kampf beizustehen, der kommen mußte.

Da veränderte sich der Himmel. Ein düsterrotes Licht wie von einem großen Brand tauchte im Osten auf, schwarze Wolkenfetzen schlängelten sich um die Röte. Blitze zuckten. Es war ein grausiger Anblick, aber die Menschen, die unter Sulvos Schutz standen, erschreckte er nicht. Sie saßen mit großen Augen da, das Geschenk der Freude im Herzen, und bestaunten das Schauspiel, ohne sich davon geängstigt zu fühlen.

Wie eine rote Woge wallte es auf das Sternbild der Stute zu, und aus dem zerrissenen Nachthimmel fielen einzelne Tropfen Blut auf den Boden. Belkelels Macht war erschienen, und hoch über den Sterblichen brach der Zwist zwischen den Unsterblichen aus.

Mikail lag vor dem Rahjaschrein auf den Knien, die Stirn an das rosabemalte Holz gelehnt. Seine Gedanken waren bei den zärtlichen Stunden mit Zidonje. Er opferte jede dieser Stunden der Göttin auf und sagte ihr Dank für die Lust und Liebe, die er empfunden hatte. Über ihm tobten die Wolken, um ihn herum fielen Spritzer blutigen Regens. Thezmar und Zidonje knieten an seiner Seite und beteten ebenso leidenschaftlich. Der Wind spielte mit ihrem langen Haar, der Widerschein der Blitze malte sich weißleuchtend auf ihren Gesichtern.

Am Nachthimmel bildete sich ein Strudel, als ein leuchtendes rosenfarbenes Licht der düsterroten Glut entgegenströmte. Blutrot und Rosenrot flossen zu vielfarbig schimmernden Spiralen ineinander, drehten sich wirbelnd im Kreis, schleuderten Blitzfunken nach allen Richtungen. Der ganze dunkle Himmel bebte und zitterte wie ein Spiegelbild im Wasser. Sturm heulte, aber er heulte in großer Höhe über den Festgästen; unten rührte sich kein Blatt an den dichtbelaubten Bäumen.

Dann schoß plötzlich ein Blitz waagrecht über den Nachthimmel, als wolle er ihn in zwei Teile spalten. Das Blutrot erlosch wie ein Brand, auf den man Wasser schüttet, und vom Norden her durchschnitt die Bahn eines feurig glühenden Sterns das Firmament. Von weißglühendem Licht umrahmt, leuchtete er im Innern wie Amethyst. In einem großen Bogen senkte er sich. Sein Flammenschweif erleuchtete weithin die Nacht mit weißem Licht. Die Leute auf dem Dorfanger von Brandthusen hörten ein Rauschen, so gewaltig, daß ihnen die Ohren zufielen, und ein singendes Pfeifen. Eine Hitzewelle fegte über sie hinweg. Dann war ein gewaltiges Krachen zu hören, die Erde unter ihren Füßen bebte, hinter dem nächstgelegenen Wald schlugen Flammen hoch.

Mikail stieß einen wilden Schrei aus, sprang auf sein Pferd und ritt auf den Feuerschein zu. Thezmar jagte hinter ihm her, dann kamen Thyrza und Thimorn, die Hand in Hand am Feuer gelegen waren, und hinter ihnen stolperten und rannten die Bauern von Brandthusen. Jeder wollte der erste sein, das Wunder der Göttin mit eigenen Augen zu sehen.

Mikail war bald am Ziel angelangt. Vor ihm lag die Wiese, auf der sich das Trollgrab erhob. Neben dem Erdwall lag nun der Felsbrocken, der vom Nachthimmel gestürzt war. Er hatte einen tiefen Krater in die Erde geschlagen. Flammen sprangen an seinem Rand entlang, die Luft bebte um ihn, als hätte sein Sturz ihr Gewebe zerrissen. Es roch wie in einer Schmiedeesse. In der Mitte glühte der feurige Stein immer noch amethystfarben, obwohl er an den Rändern bereits erst dunkelrot und dann schwarz wurde.

Mikail ritt heran, so weit ihm sein Pferd gehorchen wollte, denn das Tier scheute vor der Hitze und dem Geruch heißen Metalls zurück. Die Bauern kamen angelaufen, und alles stand, schwatzte und staunte. Fackeln erhellten die Nacht. Die Kühnsten liefen um den Krater herum und sahen zu, wie der feurige Stein die Farbe änderte.

# 15. Kapitel

Schließlich kam auch Lydda angelaufen; ihre roten Gewänder flogen hinter ihr her, und ihr Blumenkranz saß schief auf dem Scheitel. Sie trat neben Mikail hin und sagte: »Dieser Stern kam vom Himmel, um uns etwas zu zeigen. Laßt uns den Hügel ansehen, neben dem er niedergestürzt ist.«

Mikail folgte ihr gehorsam, als sie auf das Trollgrab zuritten. Aus der Nähe besehen, war es ein plumper grasüberwachsener Erdhaufen mit einem röhrenförmigen Eingang. Aufgrund der Dunkelheit im Innern war nichts zu erkennen, aber als Mikail vom Pferd sprang, roch er den Dunst, der aus der uralten Grabstelle drang: einen fauligen, süßlichen Brodem wie nach verschimmelten alten Kleidern und verwesendem Fleisch.

Mikail rief einen Bauern zu sich, der eine Fackel trug, und nahm sie ihm ab. Mit dem Licht in der Hand drang er gebückt in den Eingang vor. Der Fackelschein fiel auf große Steine, die einstmals eine Türöffnung verschlossen hatten, dann auf die glatten Erdwände des Tunnels. Der Geruch wurde stärker.

Mikail kehrte um. »Irgend etwas stinkt in diesem Loch«, sagte er zu Thezmar und Thyrza, die vor der Höhle standen. »Nehmt euch eine Fackel und kommt mit. Was immer wir vorfinden – ich möchte Zeugen dabei haben.«

So zwängten sie sich zu dritt durch den Gang. Der Rauch der Fackeln schlug sich nieder, drang ihnen in die Nase und zog sich wie ein Schleier vor die

Augen. Thyrza hustete und wischte sich die tränenden Augen.

Dann machte der Gang eine Biegung, und Mikail bot sich der Anblick, den er insgeheim gefürchtet hatte. Eine große Grabkammer war zu sehen, aus der bloßen Erde gegraben, feucht und glitzernd die Erdwände. Auf dem nackten Erdboden lag, die Arme steif an den Seiten ausgestreckt, die Baronin Libussa Ouvenskaja zu Brandthusen.

Es war unverkennbar, daß Belkelels Macht gewichen war. Libussa hatte die Kraft verloren, Jugend und Schönheit vorzutäuschen. Was auf dem nackten Boden lag, war ein altes Weib mit Hängezitzen und spinnwebdünnem verfilzten Haar. Sie trug ein halb durchsichtiges, elend zerschlissenes blaßgrünes Nachthemd. An ihrem Hals und ihren Handgelenken hingen eine Unzahl kostbarer Schmuckstücke. Ihre Augen waren geschlossen.

Mikail stürzte sich mit einem Schrei auf sie. »Da, haltet meine Fackel!« rief er. »Packt zu, wir tragen sie hinaus!« Er bückte sich und faßte die Beine der Untoten, die in reglosem Schlaf lag. Thezmar drängte sich in die Kammer und faßte sie an den Schultern. So trugen sie sie hinaus. Draußen rannten die Bauern bereits herum und wollten Holz für einen Scheiterhaufen aufschichten, aber Mikail rief: »Nein! Auf diesem Stein, den uns Sulvo vom Himmel gesandt hat, wollen wir sie verbrennen. Das Sternenfeuer soll sie verzehren! Seht, wie amethystfarben er glüht! Komm, Thezmar, hinauf mit ihr!«

Sie holten kräftig Schwung, und dann flog der lebende Leichnam, mit Armen und Beinen schlenkernd wie eine Puppe, mitten ins Herz des Meteors und blieb dort auf der rosenfarbenen Glut liegen. Die Umstehenden erstarrten. Aller Augen hingen an der Gestalt, um die bereits feine Rauchfäden aufstiegen.

Da lief ein Schrei durch die Menge: Der Leichnam setzte sich mit einem Ruck aufrecht, die Augen öffneten sich in brandrotem Haßfeuer, und die gedunsene Totenhand mit den überlangen Nägeln wies geradewegs auf Mikail.

»So muß ich vergehen«, knirschte es aus den Tiefen des untoten Leibes, »aber warte, bis deine Zeit gekommen ist, Mikail! Dar'Klajid wird ihre schwarzen Flügel um dich schlingen, und du wirst mir nach in die Niederhöllen fahren und verdammt sein...« Ein gräßliches Gelächter quoll aus ihrem Mund, aber da begann auch schon das Nachthemd zu brennen. Ihr Haar fing Feuer, und in der gewaltigen Hitze des Meteorsteins blähte ihr aufgeschwemmter Leib sich auf wie der einer Made auf einer heißen Herdplatte. Arme und Beine zuckten wild und haltlos. Der Bauch wölbte sich riesig, als wolle er ein Monstrum gebären, und im nächsten Augenblick platzte er auf und entließ ein tausendfaches Gewimmel von Würmern, die auf die Glut fielen und knallend zerbarsten.

Die Leute wichen zurück, sahen aber, daß es mit der Baronin nun wirklich zu Ende war: Ihr Leib verwandelte sich in der Glut in einen Batzen schmieriges Fett, das zischend und spuckend verbrannte, und bald lagen nur noch schwarzgebrannte Knochen auf dem glühenden Stein, bis auch sie zerbarsten und zu Splittern zerfielen.

Mikail stand wie erstarrt da, die Augen wild aufgerissen, totenbleich bis in die Lippen. »Da fährt sie hin«, murmelte er, als der Schädel mit einem lauten Krachen in der Hitze zersprang und die schwarzgerösteten Gebeine auseinanderfielen.

Doch dann schreckte er heftig zusammen, denn vom Waldrand her klang ein schriller, verzweifelter Klageschrei. Alle wandten die Blicke und sahen den Diener Valpo in wilden Sätzen herbeispringen. Vor dem

Trollgrab blieb er stehen, das bleigraue Gesicht von Blut verschmiert, die langen Fangzähne in tierischer Wut entblößt. »Ihr habt sie umgebracht!« kreischte er. »Ihr Tölpel und Schelme, ihr habt es gewagt, eure Herrin …«

Da ritt Thyrza auf ihn zu, das blanke Schwert in der Hand. »Sie ist tot, und auch deine Zeit ist gekommen, Libussas Hund.« Sie schlug blitzschnell zu, und der Kopf fiel ihm von den Schultern. In seiner rasenden Wut tat der Vampir noch ein paar Schritte mit gekrümmten Klauen auf sie zu, ehe ihn die Kraft verließ. Dann fiel er wie ein umgestoßener Kegel zu Boden, und jauchige Flüssigkeit rann aus seinem Halsstumpf. Thyrza sprang vom Pferd, hob den Kopf hoch und schleuderte ihn auf den glühenden Stein.

Der Schädel zischte und brannte funkensprühend, bis er als haarlose braune Kugel auf der Glut hin und her tanzte. Dann zerplatzte er. Eine schleimiggraue Masse, halb flüssig, halb fest, rann heraus und verdampfte. Da hatten die Umstehenden auch schon den kopflosen Körper gepackt und warfen ihn auf das glühende Bett, auf dem er verbrannte wie seine Herrin Libussa.

Mikail trat tiefatmend zurück und hob den Blick zum Himmel. »Wir haben sie vernichtet«, sagte er. »Dank sei dir, wunderbare Sulvo. Wir werden dein Lied immer mit tiefer Ehrfurcht singen.« Dann schwang er sich aufs Pferd und redete seine Untertanen aus dem Sattel an. »Geht jetzt nach Hause und schlaft friedlich. Die Vampire sind vernichtet, hinfort kann jeder wieder in Ruhe durch Nacht und Dämmerung gehen. Vergeßt nicht, daß wir diesen Sieg Rahja und ihrer Alveraniarin Sulvo zu verdanken haben.« Er wandte sich an Lydda. »Dieser Schrein, den Ihr aufgebaut habt, soll hier stehenbleiben, der Göttin zu Dank und Ehren.« Dann wandte er sich leise an sie: »Bin ich würdig, Geweihte, daß Ihr mich heute nacht empfangt?«

»Du bist würdig«, sagte Lydda freundlich. »Wasch dich von allem Schmutz des Tages und kleide dich in ein reines Hemd, dann komm zu mir. Ich werde dir Ekstase gewähren.«

Die Sterne standen hoch und hell über Burg Brandthusen. Mikail schritt, einen Leuchter in der Hand, durch den dunklen Korridor, der zu den Gästezimmern führte. Er hatte sich Körper und Haare gewaschen, und wie Lydda es verlangt hatte, kam er in einem weißen Hemd. Das leichte Linnengewebe bauschte sich um seinen nackten Körper und flatterte bei jedem Schritt. Sein Haar glänzte im Kerzenschein wie Bernstein. Schatten flogen um ihn auf wie aufgestörte Vögel und sammelten sich hinter ihm in den Winkeln.

Eine tiefe Ruhe und zugleich ein Gefühl des Wachseins erfüllten ihn, als nehme er alles um sich herum mit neuen und schärferen Sinnen wahr. Eine ungeheure Last war von seinen Schultern gefallen. Libussa war tot, unwiderruflich tot. Nun konnte er endlich ein neues Leben beginnen, ohne daß die Schatten der Vergangenheit auf ihm lasteten.

Er pochte leise, und die Rahjageweihte öffnete ihm die Tür ihres Gästezimmers. Eine ganze Anzahl Kerzen brannte darin. In der Luft hing der süße Duft von Rosenöl.

Lydda lächelte und brachte ihrem Gast ein kleines Becken mit Wasser und ein frisches Tuch. Mit zeremoniellen Bewegungen wusch er sich Gesicht und Hände, Unterleib und Füße und reichte Lydda das Becken zurück. Sie trug es fort und kehrte mit einem kleinen Flakon aus Rosenquarz in der Hand wieder. Mit zwei Fingern benetzte sie Mikail, der stumm und ehrfürchtig vor ihr stand, mit köstlichem Rosenöl Stirn und

Handflächen, Gemächt und Füße. Dann zog sie ihn an sich und küßte ihn.

»Komm auf mein Bett«, bat sie freundlich. Er schlüpfte aus dem Hemd und legte sich auf das Bett, das nach Parfüm duftete. Lydda setzte sich barfuß und in ihren weiten roten Gewändern neben ihn; dann nahm sie eine Schale mit handwarmem Öl vom Nachttisch und rieb ihn am ganzen Körper damit ein.

Mikail schloß selig die Augen. Ihm war zumute, als würde er in süßduftendem warmen Wasser gebadet. Alle Spannung und Verkrampfung wichen aus seinen Gliedern, sein ganzer Leib wurde weich und geschmeidig. Lydda benetzte sein Gemächt und seine Levthansäpfel mit dem warmen Öl und massierte es mit sanften Händen ein. Mikail genoß das Lustgefühl, das sich in ihm ausbreitete, aber die Frau hieß ihn, sich auf den Bauch zu drehen, und rieb seine Rückseite ein. Erst hatte ihn die Verzögerung gestört, aber nun spürte er, wie seine Lust sich nicht mehr allein im Geschlecht sammelte, sondern in seinen ganzen Körper ausströmte. Als Lydda ihn massierte, schien es ihm, daß seine Fingerspitzen vor Lust brannten; er war überzeugt, daß er sofort zum Höhepunkt gekommen wäre, hätte sie ihm nur auf die Schulter getippt.

Er hatte das nie zuvor so empfunden, wie er es jetzt in diesem wohlriechenden, von Kerzen erhellten Raum empfand. Seine rahjanischen Empfindungen waren überall in ihm, in den Ohren, in den Zehen, in den Händen. Lyddas kunstvoll-erfahrene Hände erfüllten ihn mit einem knisternden Wohlgefühl. Sein ganzer Leib glühte in einem wohligen Feuer. Er versuchte sie zu berühren, aber sie schob seine Hand mit sanfter Geste beiseite.

Schließlich zog sie sich zurück, trat vors Bett und ließ die rosenroten Gewänder fallen. Ein schöner, ebenmäßiger Körper kam darunter zum Vorschein. Sie stieg aufs Bett, und als sie sich rittlings auf Mikail setzte, nahm sie mit einer anmutigen kleinen Bewegung der Hüften sein steif aufgerichtetes Gemächt in sich auf.

Er stieß einen langen schaudernden Seufzer aus, so heftig waren die Empfindungen, die ihn durchströmten. Seine Lenden schienen plötzlich von unerschöpflicher Kraft erfüllt. Sie pulsierte in seinen Levthansäpfeln, durchfloß mit sanfter Wärme seine Schenkel und seinen Bauch. Es war ihm, als könne er immer so verharren, in jenem vor Erregung besinnungslosen Zustand, der dem Höhepunkt vorausgeht. Sein Körper ruhte lässig hingeschmiegt in den Kissen, sein Gesicht war jung und klar vor Glückseligkeit. Und was sie auch in dieser Nacht taten, es schien immer in den Augenblicken höchsten Entzückens zu geschehen, ehe der Körper sich zusammenkrampft und seine Lust in köstlicher Erschöpfung aufgibt.

Als Lydda ihm schließlich bedeutete, daß es an der Zeit sei, sich zu verabschieden, fiel er dankbar vor ihr auf die Knie und küßte ihre bloßen rosigen Zehen. Sie fuhr ihm sanft mit gespreizten Fingern durch das lange Haar und sagte: »Geh und ruh dich aus.«

Er ging wie im Traum.

Im Dorf unten saß zur selben Stunde die Hexe Jaminka in ihrer Wohnstube und hielt den Blick starr vor sich hin gerichtet. In diesem Augenblick sah sie durch die Augen ihres Vertrauten, des Katers Zurumbeel. »So habe ich also recht gesehen …«, murmelte sie. »Sie kommen. Die letzte Prüfung für den jungen Herrn. Und für uns beide auch eine Prüfung, Zurumbeel.«

Jaminka stand auf. »Es ist Zeit, daß wir umziehen«, redete sie vor sich hin. »Nur für eine Weile … Wir wollen uns nicht von den stolzen Praiosherren erwischen lassen. Der Druide braucht seine Höhle nicht mehr, also wollen wir dorthin gehen. Dort findet uns niemand. Und wenn sich hier alles beruhigt hat, kehren wir wieder zurück. Ich hoffe sehr, wir finden dann den jungen Herrn noch vor… Ihm droht Schlimmes.« Während sie so redete, ging sie im Raum hin und her und packte das Notwendigste in ihren Tragbeutel.

Auf der Dorfstraße draußen blieb Jaminka stehen und blickte in die Richtung hinaus, in der das Totenmoor lag. »Ich höre euch kommen«, murmelte sie, »aber noch seid ihr nicht da. Noch seid ihr weit genug entfernt, daß ich mich rechtzeitig aus dem Staub machen kann. Bei Morgengrauen sind wir in Feordan, und von dort ist es nur ein Katzensprung bis in die Wälder.« Dann wandte sie den Kopf in Richtung Süden. »Beeil dich, Zurumbeel!« rief sie in den Wind. »Du findest mich in der Druidenhöhle.«

Damit wandte sie sich um und schritt in Richtung Norden davon.

# 16. Kapitel

Der Efferdmond neigte sich seinem Ende zu, und Travia zog herauf. Lydda Burkherdall war längst wieder ihres Weges geritten, und auch der Geweihte Jagotin hatte seinen Abschied genommen und war zu seinen Brüdern auf dem Gebirgspaß zurückgekehrt. Der Borontempel im Ostturm nahm Gestalt an. Schwarzes Samttuch, mit silbernen Ranken und Ornamenten bestickt, bedeckte die Wände, auf dem Boden lag ein ebenholzschwarzer Teppich. Hohe Kerzen standen auf gußeisernen Leuchtern. Die Fenster hatten neue Läden mit grünen Butzenglasscheiben bekommen, so daß ein angenehmes, beruhigendes Zwielicht im Raum herrschte. Weihrauchduft stieg aus dem bronzenen Gefäß, das auf dem Opfertischchen stand. Auf einem Sockel stand die rabenhäuptige Statue des Boron, darunter lagen die beiden polierten und bemalten Totenschädel, die Thimorn zuvor in seinem Opferschrein aufbewahrt hatte..

Auf dem Gut Brandthusen herrschten Ruhe und Frieden. Die Bauern waren damit beschäftigt, die Nüsse zu pflücken und Holz für den kommenden Winter zu sammeln. Mikail ritt viel auf seinem Gut herum, bis er sicher war, jedes Haus und jeden Leibeigenen zu kennen – Thimorn hatte ihm das als eine gute Vorbereitung auf seine Aufgaben als Baron empfohlen. Es wurde zusehends kühler, nachts mußte man schon die Fenster geschlossen halten, um im Bett nicht zu frieren, und am 3. Travia stoben die ersten winzigen, trockenen Schneeflöckchen aus dem bleigrauen Himmel.

Es war ein Tag, den Mikail nicht so rasch wieder vergessen sollte. Er war eben mit seinem Mittagessen fertig geworden und überlegte, ob er ausreiten oder ein Schläfchen halten solle, da pochte es an der Tür, und Thimorn trat mit besorgtem Gesicht ein.

»Es ist etwas Schlimmes geschehen, Mikail«, sagte er. »Ein Bauer meldete mir eben, daß ein Troß die Straße vom Totenmoor heraufkommt … Es sind Ordensleute des Bannstrahls des Praios.«

Mikail war plötzlich zumute, als hätte sich sein Mittagessen in Steine verwandelt. Er schluckte, fuhr sich mit der Zungenspitze über trockene Lippen und murmelte: »Das ist übel. Ich habe mir zwar nichts vorzuwerfen, aber …«

Thimorn zuckte mit einem bitteren Lächeln die Achseln. »Es soll auch schon Leuten schlimm ergangen sein, die sich nichts vorzuwerfen hatten. Ich mache mir Sorgen, Mikail. Aber wir können nichts tun.«

»Auf jeden Fall wollen wir höflich zu den hochwürdigen Herren sein. Laß die Gästezimmer reinigen und die Betten frisch beziehen. Die Köchin soll in der Großen Halle Erfrischungen bereitstellen. Ich werde selbst hinunterkommen und die Herren begrüßen.«

Eine Stunde später traf der Troß ein. Thimorn und Thyrza erwarteten die Besucher am Burgtor, und Mikail und Thezmar begrüßten sie in der Halle. Mikail sah sich zwei Männern in den weißen Roben der Meister des Bannstrahls gegenüber. Der eine, der sich Curtha Arsteeger nannte, war ein etwa fünfzigjähriger kleiner Mann mit einem sehr schmalen, scharfgeschnittenen Gesicht und aufmerksamen braunen Augen. Sein langes Haar, grau und braun gestreift, war aus der Stirn zurückgekämmt und wölbte sich hoch auf, ehe es in den Nacken fiel. Der zweite Meister des Bannstrahls, Savertin mit Namen, war ein alter Mann, an die siebzig schon. Beide trugen ihre Amtsgewänder, lange schneeweiße Roben, die mit dem Greifensymbol bestickt waren und von Gürteln mit dem Greifenamulett zusammengehalten wurden.

Savertin erwiderte Mikails kräftigen Handschlag mit einem kalten und leblosen Griff. Seine Augen wanderten auf eine Weise über Mikail hin, daß dem jungen Mann zumute war, als tasteten ihn unsichtbare Hände ab, aber er sagte nichts.

Man setzte sich zum Essen nieder, und Curthan Arsteeger versuchte, dem Gespräch am Tisch eine höfliche Note zu geben, indem er sich lobend über das Bornland und Gut Brandthusen äußerte. Aber niemand fühlte sich wirklich behaglich. Alle Augen, auch die der dienenden Knechte und Mägde, hingen angstvoll an den Gesichtern der Meister des Bannstrahls. Wo Praios' Glaubenskämpfer auftraten, gingen sie kaum jemals wieder, ohne daß zumindest ein Scheiterhaufen gebrannt hatte.

Mikail tat sein Bestes, ein höflicher Gastgeber zu sein. Er verbeugte sich mit einem Lächeln, als Savertin sagte: »Wir haben dann einiges mit Euch zu besprechen; ich hoffe, Ihr steht uns zur Verfügung.«

»Gewiß«, antwortete Mikail. »Und nicht nur ich, sondern auch mein Weinkeller.«

Savertin nickte und lächelte, aber der Blick seiner schwarzen Augen war kalt, und er kaute ständig auf der Unterlippe herum.

Wie Mikail erwartet hatte, begannen die beiden Männer nach wenigen Höflichkeitsfloskeln mit einer Befragung, kaum daß sie es sich in seinem Zimmer bequem gemacht hatten. Sie fragten vor allem nach Libussa, und Mikail blieb nichts anderes übrig, als ihnen die Geschichte von der Vampirplage mit allen Einzelheiten zu erzählen. Es hätte nichts genutzt, sie verschweigen zu wollen; jeder Bauer, den Curthan gefragt hätte, hätte sie ihm lang und breit erzählt.

Savertin nickte. »Es ist versäumt worden, die Leiche sofort nach dem Tod zu verbrennen, so konnte sie zum Vampir werden. Nun, so wißt Ihr also, daß Eure Mutter einen Pakt mit der vielgeschlechtlichen Versucherin, von Praios verflucht sei ihr Name, geschlossen hatte?«

»Man erzählte es mir, und die Ereignisse bestätigten es.«

»Habt Ihr diesen Pakt je gesehen?«

Mikail zögerte einen Wimpernschlag lang. Savertin bemerkte es sofort, er beugte sich vor und fragte scharf: »Nun?«

»Ich habe ihn gesehen«, gestand Mikail, obwohl er ein unbehagliches Gefühl dabei hatte. »Wir sahen ihn an, und dann verbrannte ihn Thezmar.«

»Euer Lustknabe?«

Mikail stieg es vor Ärger rot in die Wangen. »Er ist mein Freund. Wir haben uns auf der Akademie zu Donnerbach kennengelernt. Er hat mich begleitet, weil mir dieses Land fremd ist.«

»Das Land ist Euch fremd, und Euer Bett ist gewiß des Nachts kalt«, bemerkte Savertin höhnisch. »Ich habe den Stern in seiner Handfläche gesehen. Er ist also ein Magier.«

»Ein Magier der Heilkunde, ja, hochwürdiger Herr.«

»Mir stehen Magier ganz allgemein nicht zu Gesicht«, sagte Savertin. »Mit der Heilkunde beschäftigt er sich also, soso. Nicht auch ein wenig mit der Beschwörungsmagie?«

»Nicht daß ich wüßte.«

»Zog dieser Pakt seine Aufmerksamkeit nicht über alle Maßen an?«

»Gewiß, aber er warnte mich, es sei etwas Böses.

Daher verbrannten wir die Haut, auf der der Pakt geschrieben stand.«

Curthan mischte sich ein. »Ihr wart zwanzig Jahre lang in Donnerbach, da habt Ihr wohl auch die Magie erlernt.«

Mikail schüttelte den Kopf. »Nein, ich habe nicht den Funken Begabung dafür.«

»Aber«, fiel Savertin wieder ein, »Ihr seid der Sohn einer Frau, die sehr vertraulich mit den Dämonen umging.«

»Das weiß ich, und es entsetzt mich, hochwürdiger Herr.«

Curthan fragte scharf: »Wen verehrt Ihr?«

»Hesinde, die erhabene Magistra. Thezmar und ich haben von früh auf gelernt, ihr Dank und Bitte zu opfern.«

»Praios bedeutet Euch also nichts?«

Mikail war klug genug, die Falle zu bemerken. »Ich halte alle Zwölfgötter in hohen Ehren, wie es geboten ist«, sagte er, »und der verehrungswürdige Herr Praios ist der Vater und König der Götter. Aber wie Ihr wißt, haben wir alle noch unsere besonderen Götter und Göttinnen unter den Zwölfen.«

»Es würde Euch also nicht stören, wenn wir einen großen öffentlichen Gottesdienst zu Ehren Praios' feiern?«

»Keineswegs, hochwürdiger Herr. Ich bin sehr angetan davon.« Das stimmte nun wirklich nicht, aber Mikail war entschlossen, mit den Meistern des Bannstrahls nach Kräften gut auszukommen. Er nickte und lächelte zu allen ihren Vorschlägen und erhob sich dann, um die geforderten Vorbereitungen zu treffen.

Der Tag war kalt und grau, und selbst die goldene Praiosfahne wirkte stumpf in seinem Licht. Ganz

Brandthusen hatte sich auf dem Dorfanger versammelt, wo Curthan und Savertin einen öffentlichen Götterdienst abhielten. Die Dörfler waren gehorsam gekommen, weil man es ihnen befohlen hatte, aber es war offenkundig, daß sie mit der Zeremonie nichts anzufangen wußten. Für die meisten von ihnen war Praios nur ein Name. Wenn sie beteten, dann verehrten sie Peraine, die Fruchtbare, oder Travia, die Hüterin des Heims. Die goldbetreßten Ritter und die beiden Meister des Bannstrahls, die unter ihrem Zeremonialgewand den Harnisch trugen, schüchterten sie nur ein.

Dann wurde ihnen freilich langsam klar, worum es ging, als Savertin – der die Predigt hielt – von den Greueltaten sprach, die die Baronin zu Lebzeiten begangen hatte, und von ihren unheimlichen Umtrieben nach ihrem Tod. »Nun ist sie endgültig vergangen«, fuhr Savertin fort. »Aber der Schoß ist fruchtbar noch, aus dem dies kroch. Die Macht der Niederhöllen treibt noch immer ihr Spiel und nähert sich all jenen, die nicht auf ihre Seele achten. Auf nun!« rief er dann mit einer wilden Handbewegung den Leibeigenen zu. »Steht auf und betet für euren Herrn! Ich werde vorbeten, und ihr antwortet mit ›Praios befiehl!‹«

Mikail, der zu Pferde der Veranstaltung beiwohnte, wandte sich an Thezmar, der im Sattel eines Apfelschimmels neben ihm saß. »Ich hoffe, er hält nicht jeden Tag eine so endlose Zeremonie ab. Er hat …«

»Still«, unterbrach ihn Thezmar. »Hör dir sein Gebet an. Das läutet dir Schlimmes, Mikail.«

»O Praios«, schallte Savertins für einen Siebzigjährigen noch erstaunlich kräftige Stimme über den Anger, »Höchster und Unübertrefflicher, halte die Dämonen hintan, die diesen Jüngling umdrängen, bewahre ihn davor, daß er von dem Gift jener verseucht wird, die ihn getragen hat. Falls er jedoch seine Seele bereits mit dämonischem Umgang befleckt hat, so wirke wahre Reue und Buße in ihm und laß ihn bereitwillig die Gelegenheit nutzen, seine Seele zu reinigen!«

»Das heißt«, zischte Thezmar, »du sollst ihm ins offene Messer rennen.«

»O Allergöttlichster Herr«, donnerte Savertin, »wir, deine Diener, wissen, daß der verfluchte Umgang mit Dämonen schwere Folgen hat, die auch die Nachgeborenen nicht verschonen. Gift zeugt wieder Gift, und Schlangen brüten Schlangen aus ...«

Mikail saß stumm und mit zusammengebissenen Zähnen im Sattel. Der Ärger brodelte in ihm, aber er wußte, daß es unklug gewesen wäre, sich zu entrüsten.

Savertin hätte noch lange so weitergebetet, aber da plötzlich lenkte ihn etwas ab. Mitten in der Menge wurde plötzlich ein vereinzeltes Händeklatschen laut. In der plötzlichen Stille, die sich ausbreitete, als der Meister des Bannstrahls seine Predigt unterbrach, starrten alle den Klatschenden an. Jetzt sah auch Mikail, wer es war – Hurdo, der Dorfnarr von Brandthusen, ein dreißigjähriger Schwachsinniger ohne Haare und Zähne. Offenbar hatten ihm das laute Geschrei und der vielstimmige Gesang gefallen, denn er grinste und klatschte aus Leibeskräften.

»Holt diesen Schurken her!« rief Savertin in heller Wut. Der Zuruf galt den Norbarden, die sich hinter Thimorn geschart hatten, aber Thimorn stellte sich taub, und auch Mikail tat, als hätte er nichts gehört. Verärgert gab Savertin den Befehl an seine eigenen Ritter weiter. Hurdo wurde gepackt und vor die beiden Meister des Bannstrahls geschleppt.

»Was störst du meine Rede mit Klatschen und Lärmen?« fuhr Savertin ihn an. »Sind es die bösen Geister, die dir das eingegeben haben? Auf, sprich!«

Hurdo sah nur das zornverzerrte Gesicht und kroch

in sich zusammen. Er hielt die verschränkten Hände schutzsuchend über den Kopf und trippelte nervös hin und her.

»Du sollst mir antworten!«

Aber aus Hurdo war nichts herauszuholen als Gewinsel. Da winkte Savertin dem Torturmeister, der ihm auf den Fersen gefolgt war. »Nimm deine Peitsche und gib ihm ordentlich ein paar drüber«, befahl er. »Vielleicht löst ihm das die Zunge.«

Da trieb Thezmar sein Pferd plötzlich vorwärts. Vor Savertin angekommen, sagte er mit lauter, heller Stimme: »Euer Hochwürden, der Mann ist blöde. Er weiß nicht, was er tut. Manchmal lacht er, manchmal weint er, und eins so unsinnig wie das andere. Ich sage Euch das als Heilkundiger: Er hat nicht mehr Verstand als ein kleines Kind. Ich bitte Euch, straft ihn nicht.« Damit nahm er seinen Mantel von den Schultern und warf ihn mit einer geschmeidigen Geste über den Schwachsinnigen, der sich starr vor Schrecken auf der Erde zusammengekauert hatte.

Savertin sah in das Gesicht des jungen Magiers, blickte die Leute rundherum an und las in ihren Mienen, daß es nicht günstig gewesen wäre, Hurdo weiter zu quälen. Er zischte ärgerlich: »Wenn er ein Narr ist, wer hat ihm dann erlaubt, sich hier herumzutreiben? Auf, schafft den Kerl fort!«

Zwei Praiosritter zerrten Hurdo unter dem Mantel hervor und schleppten ihn, der vor Angst schnatterte und schnappte wie ein Affe, vom Dorfanger weg. Auf der Straße versetzten sie ihm einen groben Stich mit den eisernen Spießen, so daß er aufheulend davonstolperte.

Thezmar neigte den Kopf. »Ich sehe, Ihr seid gerecht, hochwürdiger Herr«, sagte er. In seinen Mundwinkeln spielte ein zynisches kleines Lächeln. Dann nahm er seinen Mantel entgegen, den die Bauern ihm reichten, wandte sein Pferd und kehrte an seinen Platz zurück.

»Jetzt haßt er dich noch mehr als zuvor«, sagte Mikail.

Thezmar zuckte die Achseln. »Ich lege auch nicht viel Wert darauf, daß er mich liebt. Der Mann wird Schlimmes über uns bringen, Mikail.«

»Das fürchte ich auch.«

Als sie zur Burg zurückkehrten, trieb Savertin sein Pferd an Mikails Seite. »Ihr habt die Schlüssel zur Burg?« fragte er ohne Vorrede.

Mikail nickte. »Ja.«

»Ihr werdet sie mir übergeben. Solange ich hier meines Amtes walte, bin ich der Herr dieser Burg.«

»Es soll geschehen, wie Ihr wünscht.« Mikail kochte innerlich, aber er wagte nicht, seinen Zorn zu zeigen.

Wie Savertin es gewünscht hatte, händigte er ihm die Schlüssel aus. Der Meister des Bannstrahls drehte sie spielerisch um den Finger, dann fragte er unvermittelt: »Was ist aus Eurer Mutter Gemach geworden, Baron? Habt Ihr es geöffnet?«

»Ja. Und wir haben daraus einen Tempel gemacht, der dem Boron geweiht ist, dem Herrn des Vergessens. Nie wieder soll dieser Frau oder ihrer Taten gedacht werden.«

»Schön.« Savertin neigte mit tückischer Freundlichkeit den Kopf. »Aber Libussa hat ein lebendes Andenken hinterlassen – Euch.«

»Ich habe sie lebend nie gesehen. Vor zwei Monaten wußte ich noch nicht einmal von ihrer Existenz.«

»Das macht nichts, Baron. Ihr seid Eurer Mutter Sohn, das zählt.«

Mikail verlor vor Zorn die Beherrschung. »Was wollt Ihr damit sagen? Weil diese Frau mich geboren hat, muß ich ihr an Schlechtigkeit gleich sein? Meint Ihr das? Warum denkt Ihr nicht an meinen Vater? Er war ein wackerer Mann, der sein Leben im Kampf gegen einen Lindwurm verlor. Warum redet Ihr nicht von ihm?«

»Es ist hier nicht die Rede von dem ererbten Gut, Baron. Als Eure Mutter sich den Niederhöllen verschrieb, warf diese Tat einen langen Schatten, der auch über Euch fällt. Ihr seid dämonisch belastet, junger Herr. Wenn Ihr nicht bereit seid, Eure Seele durch eine lange und schwere Buße zu reinigen, werden die Hunde der Siebenten Sphäre Euch einholen und in die Verdammnis schleppen.«

Mikail biß sich hart auf die Lippen. »Ich bin mir keiner Schuld bewußt. Ich weiß, im Licht der göttlichen Sonne ist jeder ein Sünder, sei er noch so tugendhaft, aber … ich wollte von Anfang an mit den Werken meiner Mutter nichts zu tun haben.«

Savertin blickte über ihn hinweg die Wand an. »Wir werden sehen, Baron«, sagte er. »Wir werden sehen.«

Beim Abendessen – das ebenfalls in der Großen Halle stattfand – gab es einen folgenschweren Zwischenfall. Zidonje schenkte den Wein ein, und als sie an Savertins Glas kam, schien sie plötzlich die Kraft zu verlassen. Ihre Knie knickten ein, sie stolperte, und der rote Wein ergoß sich über Savertins schneeweiße Robe. Mit einem zornigen Ausruf sprang er auf, und seine Wut verunsicherte das Mädchen vollends – Zidonje, die sich die ganze Zeit schon heftig vor ihm gefürchtet hatte, fiel ohnmächtig nieder.

Alles sprang auf und starrte, aber Savertin befahl zweien seiner Praiosritter, die Gestürzte aufzuheben. »Habt Ihr bemerkt«, fragte er in die Runde, »wie sie bei meinem Anblick die Kraft verließ? Dieses Mädchen ist mit den schwarzen Mächten im Bund. Führt sie fort und sperrt sie in eine Kammer, morgen werden wir sie gründlich befragen. Oh, bemüht Euch nicht, Herr Baron – wir haben alles Nötige dabei.«

Mikail sprang mit einem Satz auf. Er war so zornig, so besorgt um Zidonje, daß er seine eigene Angst vergaß. »Das dürft Ihr nicht tun!« rief er laut. »Sie ist gestürzt, weil sie furchtbare Angst vor Euch hat, und da ist sie nicht die einzige. Jeder hier krümmt sich unter Eurem Blick. Laßt sie augenblicklich los! Ihr werdet sie nicht einsperren!«

»Ihr vergeßt unser Amt«, mischte sich Curthan mit kalter Stimme ein. »Wir sind hier, um zu überprüfen, wie es mit dem Dämonenunwesen auf Brandthusen bestellt ist, und wir müssen jedem Verdacht nachgehen. Wenn Ihr Eure Hand gegen die Praiosgeweihten erhebt, Baron Ouvenske, so spreche ich den Bann über Euch aus.«

Mikail sprang mit einem Satz auf und verließ die Tafel.

Außer sich vor Wut und Entsetzen stürzte er in Thimorns Wohnung und berichtete dem Vogt, was geschehen war. »Er hat Zidonje eingesperrt, und morgen soll sie befragt werden«, stieß er hervor. »Was soll ich tun? Wenn ich mich ihm gewaltsam widersetze, so spricht er den Bann über mich, und ich verliere mein Gut und alles. Aber ich muß Zidonje helfen!«

»Sei still, sei still!« rief Thimorn. »Beruhige dich nur. Sieh, was ich hier habe.« Er kramte in einem seiner Kästchen und hielt Mikail schließlich mit ausgestreckter Hand ein klingelndes glitzerndes Ding hin. »Mein privater Schlüsselbund. Du mußt nur noch herausfinden, wo er sie eingesperrt hat. Aber, Mikail«, fuhr er fort und sein Gesicht wurde ernst, »du weißt, daß wir dann alle seine Rache zu fürchten haben.«

»Die haben wir so und so zu fürchten«, erwiderte Mikail bitter. »Meinst du, er würde sich damit zufriedengeben, Zidonje zu quälen? Er will mich – und Thezmar, weil er mein Freund ist.«

Mikail fiel es nicht schwer, von den Dienern zu erfahren, wo man Zidonje eingekerkert hatte – in dem Raum unter dem Borontempel, in dem sich einst Libussas Folterkammer befunden hatte. Kaum war Ruhe im Schloß eingekehrt, schlich er dorthin.

Zidonje stieß einen leisen Schreckensschrei aus, als er die Tür aufschloß, aber beim Klang seiner Stimme sprang sie auf und fiel ihm um den Hals. »O Mikail!« weinte sie, eng an ihn gepreßt. »Ich hatte solche Angst!«

»Komm schnell«, flüsterte er, »und sprich nicht mehr. Ich bringe dich ungesehen aus dem Schloß.« Er faßte sie an der Hand und zog sie hinter sich die Wendeltreppe hinunter. Unten schloß er ein schmales Pförtchen in der Mauer auf. Als er es aufschob, wehte die kühle Nachtluft herein.

Mikail drückte Zidonje ein Bündel mit wärmender Kleidung in die Hand. »Lauf, so schnell du kannst. Versteck dich in der verlassenen Druidenhöhle im Wald und komm nicht wieder, bevor ich dich nicht abhole. Er darf dich nicht zu fassen kriegen.«

Zidonje wollte noch etwas sagen, aber er verschloß ihr mit einem Kuß den Mund. »Lauf!« befahl er.

Und sie lief davon wie ein Reh.

Thezmar hatte schlecht geschlafen und schlimm geträumt, aber sein Erwachen war noch schlimmer. Mit einem Ruck wurde die Tür seines Zimmers aufgerissen, und noch ehe der schlaftrunkene Magier begriff, wie ihm geschah, hatten sich vier Männer auf ihn gestürzt. Drei drückten ihn mit aller Kraft auf sein Bett nieder, während ein vierter mit einem großen, klobigen, ringförmigen Stück Eisen angerannt kam. Thezmars Kopf wurde am Haar hochgerissen, und während die drei ihn niederzwangen, legte ihm der vierte den Eisenring um den Hals. Das Gewicht von fünf Stein lastete plötzlich auf seinem Nacken. Geschäftige Hände drehten die Nieten auf dem schnabelähnlichen Fortsatz fest. Dann zerrten die Männer ihn grob vom Bett, und die Hände wurden ihm mit eisernen Schellen auf den Rücken gefesselt.

Thezmar spürte sofort, wie der eiserne Kragen – den man Praioskrause nannte – auf seine arkanen Kräfte einwirkte. Jede magische Matrix, auf die er sich zu konzentrieren versuchte, verschwamm in seinem Kopf zu einem bunten, sinnlosen Durcheinander von Fäden und Strichen, als hätte eine toll gewordene Spinne ein Netz gewoben. Die Formeln fielen ihm plötzlich nur noch bruchstückhaft ein. Eine dumpfe Schwere herrschte in seinem Kopf, als die Kräfte des Eisens seine Zauberkräfte lähmten.

Verwirrt und verstört ließ er sich von den vier Geharnischten aus dem Zimmer schleppen, ohne ein Wort zu sagen. Sie führten ihn den kurzen Flur entlang und stießen ihn am anderen Ende durch die Tür von Libussas Folterkammer. In dem Raum wimmelte es von Menschen; Savertin und Curthan waren da, die Ritter, der Torturmeister – und Mikail, der ebenfalls im Nachthemd dastand, die Hände auf den Rücken gefesselt. Sein rotblondes Haar war zerrauft, seine Augen rollten wild vor Erregung. Bei jeder seiner Bewegungen kroch eine schwere Kette, die an seinen Knöcheln hing, wie eine stumpfhäutige dicke Schlange über den Boden. Libussas eiserne Maschine stand an ihrem Platz und lächelte mit vollen roten Lippen.

Savertin blickte den Magier mit kalter Wut an. »Nur herein, gelehrter Herr«, sagte er. »Euer Freund erwartet Euch schon. Ich bin überzeugt, Ihr habt keine Ahnung davon, wie die Magd Zidonje heute nacht aus der Burg entfloh?«

Thezmar, der davon tatsächlich nichts wußte, starrte ihn verdutzt an. »Davon weiß ich nichts.«

»Habt Ihr das nicht mit einem Eurer götterlästerlichen Zaubersprüche getan? Bedenkt wohl, was Ihr antwortet, wir haben die Mittel, auch einen Magier der peinlichen Frage zu unterwerfen.«

Mikail warf rasch ein: »Er hat nichts damit zu tun. Ich habe es getan. Ich hatte noch einen zweiten Bund Schlüssel, von dem Ihr nichts wußtet.«

»War das Mädchen deine Genossin bei götterverfluchtem Tun?«

»Sie war meine Geliebte«, erwiderte Mikail einfach. »Ich wollte nicht, daß sie leidet.«

»Darob werdet nun aber Ihr leiden, Baron Ouvenske. Und Ihr werdet bald Genaueres wissen, wie und was Ihr leiden werdet, denn wir bringen jetzt die Torturwerkzeuge aus dem Hof herauf.« Damit ging er mit Curthan und den Rittern davon.

Mikail ließ sich, immer noch am ganzen Leib zitternd vor Verwirrung und Schreck, an der Wand nieder. Thezmar sah, daß die Kette an den Fußknöcheln seines Freundes an einem Ring in der Mauer befestigt war. Der Magier ließ sich langsam an der Mauer entlang hinunterrutschen und kauerte sich auf dem Boden nieder. »Ich habe mir gedacht, daß es so kommen wird«, murmelte er.

»Ja, das habe ich mir wohl auch gedacht.« Mikail schauderte. Die Winterkälte machte sich in dem ungeheizten Raum bemerkbar, und beide trugen nur ihre Nachthemden. »Und ich glaube nicht, daß wir hier lebend wieder entkommen. Entweder sterben wir unter der Folter, oder wir werden hingerichtet. Bei den Göttern, Thezmar, ich wünschte, ich wäre niemals hierhergekommen.«

»Das solltest du nicht sagen, Mikail«, verwies ihn

Thezmar. »Du hast hier eine Aufgabe gehabt und sie erfüllt. Vielleicht hast du auch jetzt noch eine Aufgabe.«

Mikail seufzte. »Ich nehme an, du kannst uns nicht helfen.«

Thezmar schüttelte betrübt den Kopf. »Ich bin nicht stark genug, gegen das Eisen anzukämpfen, von dem er mir fünf Stein um den Hals gehängt hat. Ich kann mich an keine einzige Matrix erinnern.«

Mikail ließ schwer den Kopf in den Nacken sinken. »Dann bleibt uns wohl nichts anderes übrig, als Mut zu zeigen, so gut wir können.«

Es kam jedoch kein Torturmeister, sondern vier Praiosritter betraten die Folterkammer, brachten ihnen ihre Kleider und nahmen ihnen lange genug die Fesseln ab, damit sie sich anziehen konnten. Ohne ein Wort der Erklärung wurden sie hinausgeführt und angewiesen, auf einem Karren Platz zu nehmen. Der Torturmeister legte ihnen die Hand- und Fußfesseln so an, daß sie wohl ungehindert sitzen, nicht aber aufstehen konnten.

Thezmar biß sich auf die bleichen Lippen. »Die werden uns doch nicht ohne jeden Prozeß einfach hängen!«

»Ich weiß es nicht«, erwiderte Mikail. »Aber ich glaube es nicht. Savertin läßt mich so schnell nicht hängen – nicht, ehe er seinen Spaß mit mir gehabt hat. Der Mann will mich zertreten, Thezmar, und im Augenblick hat er alle Trümpfe in der Hand.«

Da trat auch schon Savertin selbst an den Karren heran. »Ich will Euch etwas zeigen, Herr Baron«, sagte er, »etwas, das Euch nachdenklich machen sollte. Wartet nur ab.« Damit bestieg er sein goldbetreßtes Pferd und ritt zum Burgtor hinaus. Curthan schloß sich ihm auf einem ebenso prächtigen Pferd an, und die Praiosritter in ihren goldgestickten weißen Mänteln folgten ihnen.

Mikail und Thezmar kauerten angespannt auf der hölzernen Bank und warfen unruhige Blicke um sich. Sie fuhren den Burghügel hinunter, dann ein kurzes Stück die Straße entlang und hielten schließlich am Dorfanger von Brandthusen. Wie am Vortag waren Dutzende Menschen versammelt, alles Dörfler, die in ihre Winterkleider gehüllt dastanden und unbehaglich von einem Fuß auf den anderen traten. Am Rande des Angers stand der Käfigwagen, der die Torturwerkzeuge transportiert hatte. Jetzt diente er als fahrbares Gefängnis: Ein Mensch kauerte darin, der schrie und schnatterte und an seinen zerlumpten Kleidern riß – Hurdo, der Schwachsinnige. Er schien nicht recht zu wissen, ob er seine Gefangenschaft als Spiel betrachten oder sich ängstigen sollte, denn einmal stieß er gellende Klagelaute aus, dann wieder setzte er sich mit ausgestreckten Beinen hin, klatschte und lachte.

Und dann sah Mikail den Scheiterhaufen.

Thezmar sah ihn auch. Sein hübsches Gesicht wurde noch eine Spur blasser, und er biß sich hart in die Unterlippe. »Savertin zeigt seine Macht«, sagte er.

Die Praiosritter hatten sich um den Scheiterhaufen herum aufgestellt und sangen aus voller Kehle eine Hymne an den obersten Herrn der Ordnung. Zwei von ihnen holten Hurdo aus dem Käfig. Der Narr schrie und strampelte, als er so grob angepackt wurde. Dann verfiel er in verdutztes Stillschweigen, als die Ritter ihn auf den Scheiterhaufen hoben und der Henker ihn mit einer langen Kette umwickelte. Die Zunge herausgestreckt, drehte er den Kopf von einer Seite zur anderen und betastete neugierig die schweren Kettenglieder.

Mikail fühlte, wie Übelkeit in ihm aufstieg. Er mußte die Zähne zusammenbeißen, um sich zu beherrschen. Sein Blick glitt über die Dörfler. Sie standen stumm und verschüchtert da und wußten nicht, was sie von dem Geschehnis halten sollten. Hurdo hatte niemandem nahegestanden, es konnte sich aber auch niemand erinnern, daß er je etwas Böses getan hätte, von kindischem Schabernack einmal abgesehen.

Mikail sah, wie seine Bauern ihn anstarrten. Sie wußten nicht recht, was sie angesichts seiner Fesseln tun sollten. Manche zogen demütig die Mütze und verneigten sich, andere gafften ihn nur mit offenem Mund an.

Savertin bestieg das Podium, das noch von der vortägigen Feier dort stand. Er streckte beide Arme weit von sich und rief aus voller Brust: »Tretet näher, Bauern von Brandthusen, seht das gerechte Urteil an einem Lästerer der Zwölfgötter und einem Bündner mit der Dämonensphäre! Gestern schon fiel mir dieser Mann als verdächtig auf, und als ich ein wenig herumfragte, erfuhr ich, daß er stets gebückt geht und unverständliche Sprüche vor sich hin murmelt… Anrufungen der Dämonen! Ihr meint, er sei ein Schwachsinniger von Geburt an, aber die Dämonen sind es, die seinen Geist gefressen und seinen Körper verdreht haben! Die Dämonen, die er beständig anruft…«

Mikail preßte die gefesselten Hände zusammen, daß die Nägel ins Fleisch drangen. Er merkte kaum, wie krampfhaft er die Zähne zusammenbiß.

Plötzlich trat der Torturmeister vor und schnallte Hurdo ein kleines Päckchen um den Hals.

»Schwarzstaub«, bemerkte Thezmar. »Nun, das wird jedenfalls seine Leiden verkürzen, aber ein erfreulicher Anblick wird es nicht sein.«

»Was wird geschehen?« fragte Mikail angespannt. Er hatte von dem alchymischen Pulver gehört, wußte aber nur, daß man es für Feuerwerke brauchte.

»Es wird ihm den Kopf abreißen«, sagte Thezmar. »Wenn es in Flammen gerät, zerreißt es alles in der

Nähe. Es wird einen ungeheuer lauten Krach tun und den armen Hurdo über das Nirgendmeer schicken. Da – sie zünden den Holzstoß an.«

Mikail hatte plötzlich einen säuerlichen Geschmack wie von Erbrochenem im Mund. Seine Muskeln verkrampften sich so, daß es schmerzte. Er warf einen Blick hin – tatsächlich, das Holz brannte. Hurdo stieß einen wilden Entsetzensschrei aus und versuchte sich zu befreien, aber schon fuhren die Flammen prasselnd ins Reisig. Der Schwachsinnige zog greinend und schreiend die schmutzigen bloßen Füße hoch, an denen die Glut leckte. Immer höher schlugen die Flammen, verhüllten beinahe die jämmerliche Gestalt, die sich in Todesangst und Schmerz in der Kette wand. Und dann gab es einen Krach wie in jener Nacht, in der der Meteorit in die Erde eingeschlagen hatte. Hurdos Kopf flog, glatt vom Leib abgesprengt, in die Luft und polterte ein paar Schritte hinter dem Holzstoß zu Boden. Einer der Ritter packte ihn am rauchenden Haar und warf ihn ins Feuer zurück. Dort lag er und schien aus den Flammen zu grinsen, als die Hitze das Fleisch zusammenzog.

Die Bauern waren in panischem Schrecken zu Boden gefallen, wo sie die Ohren mit den Händen bedeckten, oder sie waren wie wild davongelaufen und erst in sicherer Entfernung wieder stehengeblieben. Die Praiosritter hatten alle Hände voll zu tun, sie zum Anger zurückzutreiben, wo Savertin am erlöschenden Feuer eine Ansprache hielt. In unvergleichlichen Worten sprach er darüber, wie Hurdo in diesem Augenblick in die Niederhöllen stürzte, von Göttern und Menschen verstoßen, wie der finstere Brodem des Abgrunds aufwallte und den Sünder verschlag. Die Leute standen da wie angewurzelt und lauschten ihm, während der Leichnam auf dem Scheiterhaufen langsam verkohlte.

Thezmar zuckte mit einer zornigen Gebärde die

Achseln. »Hurdo war nicht einmal imstande, sich selbst den Hintern zu wischen, geschweige denn einen Dämon anzurufen«, stieß er zwischen zusammengebissenen Zähnen hervor. »Savertin ließ ihn sterben, um dir und mir eine Lektion zu erteilen. Und morgen, fürchte ich, wird er seine Lektionen an uns fortsetzen.«

»Das fürchte ich auch«, sagte Mikail leise. Ihm war noch nie so jämmerlich zumute gewesen.

Sobald die Hinrichtung vorbei war, wurden Mikail und Thezmar auf dem Karren in die Burg zurückgeführt und wieder in den Raum mit der Eisenfigur eingeschlossen. Dessen Aussehen hatte sich inzwischen unbehaglich verändert: In einer Ecke lagen und standen die Torturwerkzeuge der Meister des Bannstrahls. Mikail erkannte einen Bock mit scharfer Oberkante, ein Paar Beilunker Stiefel, einen Trichter aus schwarzem Leder, Haken und Zangen und eine Anzahl der kleinen Stichel, die zu Hexenproben verwendet werden.

Die beiden jungen Männer saßen, an Händen und Füßen gefesselt, an der Wand. Beide waren schon froh, daß man ihnen die Hände diesmal vor dem Leib zusammengekettet hatte, so daß sie sich wenigstens nicht andauernd verkrampfen mußten. Als Mikail eine Bemerkung darüber machte, lachte Thezmar höhnisch. »Man wird bescheiden, was Bequemlichkeiten angeht, nicht wahr? In ein paar Tagen werden wir uns gratulieren, wenn wir noch irgendwo ein heiles Fleckchen haben.«

»Sprich nicht davon«, bat Mikail. Er rückte nahe an den Freund heran und umarmte ihn, so gut er konnte. »Ich will durchhalten, solange ich kann«, flüsterte er. »Und du wirst es auch tun, nicht wahr?«

»Ich werde es auch tun.«

# 17. Kapitel

Die nächsten Tage waren die schrecklichsten, die Mikail und Thezmar je erlebt hatten. Jeden Tag kamen schon am frühen Vormittag die Meister des Bannstrahls, um sie zu befragen. Sie wollten wissen, wie und wann die beiden einen Pakt mit Belkelel geschlossen hatten und welche Opfer sie ihr gebracht hatten. Savertin hatte sich eine heimtückische Methode ausgedacht: Er ließ stets einen von ihnen foltern, während der andere, selbst voll Schmerzen, dabei zusehen mußte. Oft zog sich die Tortur bis in den Nachmittag hinein, und danach setzte sich Savertin noch ein oder zwei Stunden zu ihnen und drang in sie, ihre Verbrechen zu bekennen. Einmal brüllte er sie an, dann wieder wurde seine Stimme schmeichelnd weich, und er sprach von Vergeben und Entsühnung. Aber Mikail und Thezmar wußten, daß die Reinigung, von der er sprach, die Flammen des Scheiterhaufens bedeutete, und die friedliche Ruhe ein Grab in einer der Bornländer Wiesen.

Nachts konnten beide vor Schmerzen kaum schlafen, so daß sie müde und erschöpft waren, wenn die neue Qual begann. Thezmar konnte nur mit Mühe gehen, so grausam hatten die Beilunker Stiefel seine Beine gequetscht, und beide waren von oben bis unten gestriemt von der fettigen schwarzen Lederpeitsche des Torturmeisters.

Je mehr Schmerzen Savertin und Curthan ihnen jedoch zufügten, desto leichter ertrugen sie sie. War es

Hesindes Werk, die ihren Gläubigen Gnade schenkte? Mikail fühlte sich bald wie in einem dunklen Traum. Sein Kopf schwamm, seine Augen sahen Dinge, die nicht vorhanden waren. Manchmal verfiel er vor Schmerzen in eine Art rauschhafter Verzückung; dann wurden seine Augen groß und ekstastisch, und er rief mit leidenschaftlichen Worten einmal Boron, dann wieder Hesinde an. Sein Körper brannte von den Peitschenhieben, kleine blutende Wunden zeigten an, wo der Torturmeister mit dem Hexenstichel nach einer unempfindlichen Stelle gesucht hatte. Er war völlig erschöpft und immerzu durstig, aber wenn die Qual dann von neuem begann, meinte er aus sich hinauszutreten. Oft sah er sich selbst mit verzerrten Zügen an dem eisernen Ring in der Decke hängen oder auf dem grausam scharfen Bock sitzen, während er zugleich in einem Winkel des Raumes stand und die Anwesenden beobachtete.

Er konnte es selbst kaum glauben, als er eines Morgens Curthan sagen hörte: »Sie haben auch den dritten Grad der Folter überstanden. Wir bekommen kein Geständnis von ihnen.«

»Nur ein Dämon oder ein Mensch, der im Pakt mit den Dämonen steht, ist imstande, die Folter zu überstehen!« schrie Savertin in heller Wut. »Daß sie bislang nicht gestanden haben, ist der beste Beweis für ihren Dämonenpakt. Steh auf!« Er stieß mit dem Stock Mikail an, der in einer Lache aus Wasser und Erbrochenem auf dem Boden lag und kaum noch die Kraft hatte, vor dem groben Stoß zurückzuweichen. »Wir fangen von vorn an!«

Aber da widersprach Curthan. »Wir haben die vorgeschriebenen Foltern angewendet, und beide haben nicht gestanden. Vielleicht sind sie unschuldig.«

»Unschuldig? Die? Diese Kröten?« Savertin warf dem Magier, der zusammengesunken auf der Erde hockte, einen triumphierenden Blick zu. »Ihr habt Euch mit Schwarzer Magie schmerzfrei gemacht!«

Thezmar starrte ihn an. Sein Gesicht war eingefallen vor Qual, die Augen schwarzbraun umschattet. Plötzlich lachte er wie ein Wahnsinniger. »Wir haben uns schmerzfrei gemacht? Ach ja? Mich schmerzt vom Nacken bis zu den Zehen jeder Knochen, und außerdem könnte ich Euch mit diesem Eisenkragen um den Hals nicht einmal einen Furz herzaubern!«

Der Torturmeister schlug ihn grob mit dem fettigen Lederhandschuh auf den Mund. »Halt dein Lästermaul, Magier. Dir werden die großen Töne noch vergehen, wenn wir beide unsere nächste Tanzrunde drehen!«

Savertin lachte beifällig, aber Curthan widersprach von neuem. »Die Regeln für die Folter sind festgelegt«, beharrte er, »und wer die Tortur übersteht, darf nicht willkürlich weiter gefoltert werden. Wir haben keine Beweise für einen Dämonenpakt gefunden, und die Angeklagten bestreiten ihre Schuld. Wenn Ihr nicht noch handfeste Beweise findet, Savertin, so richten wir hier nichts mehr aus.«

Savertin hob die Hand an den Mund und biß an seinen langen Fingernägeln. »Ich weiß, daß sie schuldig sind«, wiederholte er bockbeinig.

»Das mag wohl sein«, beharrte Curthan, »aber wir haben keinen Beweis. Praios selbst …«

Savertins Augen leuchteten auf. »Ja!« rief er wild. »Praios selbst wird dieses Gezücht richten! Curthan, da unsere Möglichkeiten erschöpft sind, verlange ich ein Gottesurteil. Der Herr Praios selbst soll die Strafe bestimmen!«

Curthan zögerte. »Ein Gottesurteil? Nun, wenn Ihr darauf besteht … ja, warum auch nicht! So kommen wir wenigstens zu einer klaren Entscheidung. Wißt Ihr auch schon, welche Probe Ihr verlangen werdet?«

Savertin überlegte kurz, dann beugte er sich vor und flüsterte Curthan etwas ins Ohr. Der Mann lauschte, verzog einen Moment lang wie angewidert das Gesicht, sagte aber dann: »Gut. Einverstanden. Das Gottesurteil soll morgen vormittag im Burghof stattfinden.«

In dieser Nacht lagen Mikail und Thezmar beide schlaflos auf dem Fußboden der Folterkammer. Beide trugen grobe Sackleinenhemden und waren erbärmlich ungewaschen und ungekämmt. Das blasse Licht des Madamal fiel durch die Ritzen der Fensterläden und zeichnete weiße Bahnen auf den Fußboden.

»Ich kann nicht glauben, daß es vorbei ist«, murmelte Mikail. Die Unterseiten seiner Schenkel bluteten, wo ihm die scharfe Kante des Bocks ins Fleisch geschnitten hatte. »Ich dachte, es geht ewig so weiter.«

»Ich hätte nie geglaubt, daß ich es überstehen kann«, sagte Thezmar, dessen Waden blau und grün gequetscht und von blutigen Schrammen bedeckt waren. »Aber was wird morgen sein? Hast du schon jemals ein Gottesurteil erlebt?«

»Nein, aber ich nehme an, daß es auf ein Todesurteil hinausläuft. Laß uns jetzt schlafen, wir wollen morgen bei Kräften sein.«

Sie rollten sich auf dem harten Boden zusammen, und obwohl Kälte und Durst sie quälten, schliefen sie aus schierer Erschöpfung ein.

Am späten Vormittag des nächsten Tages wurden sie abgeholt. Die Ritter des Praiosordens führten die beiden jungen Männer barfuß und im Hemd die Treppe hinunter und in den Burghof hinaus. An ihren Hand- und Fußgelenken klirrten die eisernen Schellen. Der Tag war trüb und sehr kühl, ein leichter Wind wehte. Der Hof war gedrängt voll von Menschen: Aus allen Fenstern der Burg beugten sie sich heraus, an den

Wänden des Hofes und im grünen Busch dahinter standen sie dicht an dicht, und vor dem offenen Burgtor drängten sich in Scharen die neugierigen Bauern. Zwischen ihnen standen die Praiosritter und achteten darauf, daß niemand den beiden Gefangenen seine Sympathie zeigte.

An der offenen Seite des Hofes war ein Podest errichtet, auf dem Stühle für Curthan, Savertin und ihre Ritter standen. Die beiden Meister des Bannstrahls hatten bereits Platz genommen. Curthan hielt den Sonnenstab in der Hand, mit dem er seine Befehle gab.

Mikail fror in dem dünnen Hemd. Er warf einen Blick auf Thezmar und sah, daß es den Magier ebenfalls schauderte. Er bewegte mit einer krampfhaften Bewegung den Hals hin und her, um die Schmerzen zu lindern, die ihm der fünf Stein schwere eiserne Kragen verursachte. Sein Gesicht war sehr bleich, und seine großen Augen starrten auf eine Stelle in der Mitte des Hofes.

Dort war ein Pfosten eingerammt worden, mannsdick und mehr als zwei Schritt hoch. Ein breiter eiserner Reif war darum geschlagen, und daran hingen Haken, in die man die Hand- und Fußfesseln einhängen konnte. Mikail fühlte, wie es ihn eisig überrann. Er wußte nicht, welche schwere Probe sich Savertin für das Praiosurteil ausgedacht hatte, aber er konnte sich ausrechnen, daß er sie kaum überleben würde. Dafür hatte der Meister des Bannstrahls gewiß gesorgt. Es sei denn ... Die frommen alten Legenden sagten die Wahrheit, und die Götter standen den Unschuldigen tatsächlich bei!

Er begann zu beten, wurde aber augenblicklich von zwei Rittern unterbrochen, die ihn und Thezmar an den Armen packten und zu dem Pfahl führten. Dann hängten sie die schweren Ketten in die Haken ein, so daß die beiden jungen Männer mit dem Rücken zum

Pfahl standen, so eng gefesselt, daß sie sich kaum einen Schritt weit bewegen konnten. Das Eisen der Hand- und Fußfesseln schnitt jetzt, da sie sich keine Erleichterung mehr verschaffen konnten, grausam ins Fleisch.

Mikail wandte den Kopf nach allen Seiten und suchte fieberhaft nach einem Anzeichen, welche Probe Savertin ihnen zugedacht hatte. Dann sah er es. In einer Ecke des Hofes stand der Käfigwagen, der die Torturwerkzeuge transportiert hatte. Jetzt drängten sich die häßlichen Hunde darin, knurrend und geifernd. Und jetzt – jetzt ergriff der Torturmeister die Deichsel des Wagens und zog ihn vor, bis er genau vor den beiden Gefesselten stand. Die Hunde brachen in wildes Toben aus, sprangen an den Käfigstäben hoch, zeigten zähnefletschend die grimmigen Reißzähne.

»Er wird sie auf uns hetzen«, flüsterte Thezmar mit tonloser Stimme. »Die Duglumspest über dieses fromm vergoldete alte Schwein!«

Mikail konnte nicht anders, er begann zu zittern, als er die Hunde sah. Eisige Schauer jagten seinen Körper entlang, und sein Blick verschwamm vor Todesangst. Er fühlte, wie ihm die Knie weich wurden, aber die strammgespannte Kette hielt ihn unbarmherzig aufrecht. Das Blut rauschte hörbar in seinen Adern. Sein Mund war schmerzhaft trocken.

Savertin erhob sich bedächtig. »Leute von Brandthusen«, rief er mit seiner weithin tragenden Stimme, »ihr seid gekommen, um Zeugen zu werden, wie Praios diese beiden Männer richtet. Da mit Beweisen nichts zu gewinnen war und die Angeklagten unverschämt leugnen, stellen wir das Urteil nun Praios, dem Allgerechten, dem Höchsten Wahrer der Ordnung anheim. Praios selbst wird den Beweis erbringen, daß dieser Mann hier, Baron Mikail Ouvenske, und sein Freund und Geliebter, der Magier Thezmar

Karenkis, einen schwarzen Pakt mit der Buhle der Niederhöllen geschlossen haben, um ihre widernatürliche Lust zu befördern und der dämonischen Wonnen teilhaftig zu werden. Die Vampirin Libussa selbst hat es eingestanden, ehe sie zu Asche verbrannte, viele Zeugen haben es gehört. Die Angeklagten leugnen ihre Schuld, aber Praios' goldener Strahl der Wahrheit kann auch ihr Herz durchdringen, und nach dieser Wahrheit wird er sie richten. Seht die Frevler sterben, Leute von Brandthusen!« Dann fiel ihm etwas ein, und ziemlich lahm fügte er hinzu: »Sollten sie aber doch unschuldig sein, so wird Praios sie freisprechen. Wir knien nun nieder und erheben die Stimme in Bitte und Aufopferung zu Praios.« Er warf Mikail einen Blick zu, in dem blanker Triumph glomm, und setzte sich nieder.

Mikail hatte das Schlimmste erwartet, aber nicht, daß Savertin ihn der Qual aussetzen würde, frierend, mit grausamem Eisen gefesselt und in verkrampfter Haltung einen Praiosgottesdienst in voller Länge anhören zu müssen. Thezmar litt genauso, vielleicht noch schlimmer, weil ihm die Praioskrause gewaltig auf den Nacken drückte, so daß ihn immer wieder stechende Schmerzen durchfuhren.

Mikail verschwamm die Welt vor Augen. Er sah durch Nebelschwaden hindurch, wie Savertin den goldenen Ornat des Zelebranten anlegte und sich die rote Tiara mit Zwölfkrone und Sonnenemblem aufs Haupt setzte. Die triumphierende Musik der Lob- und Danklieder rauschte an seinen Ohren vorbei. Er hätte etwas darum gegeben, sich nur einmal richtig durchstrecken zu können. Und da waren die Hunde, die ihre Opfer rochen und in dem engen Käfigwagen übereinandersprangen.

Savertin hielt eine lange und eindringliche Predigt, er sprach mit bewegter Stimme von dem Dämonengezücht, das sich auf Dere ausbreitete und mit tückischer List und Verstellung die Dummen und Lasterhaften in seinen Bann zog. Er zählte ausführlich alle Greueltaten der Baronin Libussa auf und wies noch einmal darauf hin, daß die Vampirin selbst ihren Sohn als Mitschuldigen bezeichnet hatte.

»Sie sprach so«, rief er mit weithin hallender Stimme, »weil sie genaue Kenntnis hatte, daß er ihrem Pfad des Lasters und des Schreckens gefolgt war, daß er sich um den Preis der ewigen Schande die verderbten Genüsse der Niederhöllen erkauft hatte. Und der Magier, sage ich euch, ist sein Mittäter und Mitschuldiger, denn die beiden sind in allem Gefährten und teilen jede Lust und Schande miteinander.«

Als er endlich zum Schluß seiner Predigt kam, wandte er sich wieder unmittelbar an Mikail.

»Praios wird dir Recht sprechen«, sagte er, »und das Werkzeug seines Urteils werden diese unwissenden und unschuldigen Tiere sein. Der Knecht wird sie loslassen, und wir werden sehen. Bist du unschuldig, so werden sie dir kein Haar krümmen. Bist du aber schuldig« – seine Augen glühten in schwefligem Feuer auf, als er das sagte –, »so werden sie dir als erstes das Instrument deiner Lüste vom Leib reißen und dich dann bis zum Tode zerfleischen. Hast du noch etwas zu sagen?«

»Ich bin unschuldig«, sagte Mikail mit fester, lauter Stimme, und Thezmar fiel ein: »Auch ich bin unschuldig.«

Savertin grinste sie tückisch an. »Das werden wir ja gleich sehen.« Und er gab dem Henkersknecht das Zeichen, die Hunde loszulassen.

Mikail spürte, wie es ihm den Magen zusammenkrampfte. Er hatte das Gefühl, ohnmächtig zu werden, und wünschte es sich, aber die Schwäche ging vorbei, und er sah mit schrecklicher Klarheit und

Wachheit, was geschah. Sah den Henker an den hölzernen Wagen herantreten und am Schloß herumwerken, während die Hunde begriffen, daß sie losgelassen werden sollten, und in rasendem Blutdurst heulten und kläfften. Eisige Kälte erfaßte ihn, und er fühlte, wie ihm die Zähne ratternd zusammenschlugen. Er warf Thezmar einen Blick zu: Der Magier hatte krampfhaft die Augen geschlossen und betete im Flüsterton.

In seiner Todesangst sah auch Mikail keine andere Möglichkeit, und so flehte er Hesinde an, die Erhabene, seiner Unschuld eingedenk zu sein und sein Leben zu retten. Seine Lippen bewegten sich lautlos. Sein Herz schlug in schweren, laut hämmernden Schlägen.

Es schien ihm, daß alles erstaunlich langsam vonstatten ging: Das Tor des Wagens sprang mit trägem Schwung auf, die Hunde stürzten hervor. Eine ganze Weile schien zu vergehen, während sie zähnefletschend und knurrend über den Hof rannten, die gelben Augen blutunterlaufen, die Lefzen triefend vor Geifer. Mikail sah, wie einer der Hunde ihn ansprang und wie die Kiefer mit einem harten Ton vor seinem Gesicht zusammenschnappten. Unwillkürlich stieß er einen gellenden Angstschrei aus. Eine Welle des Entsetzens durchschoß ihn, und er spürte, daß er sein Wasser nicht halten konnte. Heiß lief es ihm an der Innenseite der Schenkel hinab.

Ein zweiter Hund sprang auf ihn los, aber diesmal schlug die Bestie mitten im Sprung einen Purzelbaum, fiel auf die Pfoten nieder und drehte sich im Kreis. Mikail preßte sich so eng an den Pfahl, wie er nur konnte. Seine Arme und Beine zitterten wie im Fieber. Er hörte Thezmar schreien, hoch und schrill wie ein Weib. Die Hunde tanzten schäumend um den Pfahl herum, Zähne schnappten nach ihm, blutunterlaufene Tieraugen glühten ihn an.

Aber keiner der Hunde biß zu.

Mikail war so starr vor Todesangst, daß er es erst überhaupt nicht bemerkte. Er wand und drehte sich in Verzweiflung in den engen Ketten, als würden ihm die Bestien das Fleisch in Brocken aus dem Leib reißen. Dann merkte er, daß Thezmars rasende Schreie verstummten. Und plötzlich wurde ihm bewußt, daß die Hunde alle wild herumtanzten, aber nicht einmal mehr ihr blutgieriges Gebell hören ließen. Sie schnauften und stießen unsichere kleine Kläfftöne aus, während sie sich um sich selbst drehten und nach dem eigenen Schwanz haschten. Manche sprangen in die Luft, als kratzten sie an unsichtbaren Wänden, andere rollten sich im Sand des Burghofs.

»Sie sind unschuldig!« rief eine laute Stimme. »Die Hunde beißen sie nicht!« Gemurmel wurde laut, Bewegung kam in die Menschenmenge.

Da sprang Savertin auf wie ein Rasender. »Treib sie an!« schrie er dem Henker zu. Seine Stimme kreischte beinahe vor Wut. »Treib die Bestien an! Wozu hast du die Peitsche?«

Curthan mischte sich mit fester Stimme ein. »Das ist ungültig, Euer Hochwürden. Praios hat seine Entscheidung getroffen.«

»Was schert mich Praios! Ich sagte …«

Da schoß ein Bannstrahl aus den Wolken hervor, fuhr wie eine weißleuchtende Feuerlanze in den Hof und erschlug den Meister des Bannstrahls an der Stelle, wo er stand.

Mikail stand wie von Sinnen da. Alle Fasern seines Körpers bebten. Kalter Schweiß lief ihm ins Gesicht und aus den Achselhöhlen. Er roch Brandgeruch, sah Savertins Leiche mit brandschwarzen, gräßlich verzerrten Zügen auf dem Podium liegen. Das Geschrei rundum schwoll an, Leute stürzten herbei. Plötzlich war Thimorn da, der mit bloßen Händen an Mikails Ketten riß, und Thyrza, die ihn mit tränenüberströmtem Gesicht umarmte.

»Bindet sie los! Der Gott hat gesprochen!« brüllte jemand, und Dutzende Stimmen nahmen den Ruf auf. »Bindet sie los! Sie sind unschuldig!«

Curthan Arsteeger mußte seine ganze Autorität aufbieten, um noch einmal Ruhe zu schaffen. Die Leute wichen zurück, das Geschrei verebbte. Der Meister des Bannstrahls rief mit lauter Stimme: »Kraft des Urteils, das Praios, der Vater der Götter, gesprochen hat, sind diese beiden Männer unschuldig. Bindet sie los! Und sie mögen in Frieden gehen.«

Gleich darauf fielen die Ketten rasselnd ab, und eifrige Hände nahmen Thezmar den Schandkragen ab. Die beiden Freunde standen einander gegenüber. Schließlich sagte Thezmar leise: »Mein Hemd ist naß.«

»Meines auch.« Mikail blickte auf das Gewebe nieder, das ihm an den Schenkeln klebte. »Aber wir leben.«

Die Begeisterungsschreie der Bauern und Diener erfüllten noch immer den Hof, als Mikail in sein Gemach trat und verloren nach seinen Kleidern tastete. Er fühlte sich krank vor Entsetzen. Nach wie vor fühlte er einen Kloß in der Kehle, als würde er gleich weinen oder schreien, und sein Kopf schmerzte dumpf. Er ließ sich, wie er war, vor dem Bett auf die Knie nieder und dankte der Hesinde in einem leidenschaftlichen Gebet für seine Rettung. Dann stand er auf, warf das von Urin und Schweiß getränkte Hemd in einen Winkel, wusch sich ab und kleidete sich an.

Kaum war er fertig damit, als an der Türe gepocht wurde und Curthan Arsteeger eintrat. Ohne um Erlaubnis zu bitten, setzte er sich in einen Armsessel und streckte die Beine von sich. »Ihr habt Praios viel zu danken«, sagte er. »Ich vertraue darauf, daß Ihr ihm ein großes Opfer bringt.«

Mikail ließ sich widerwillig in den gegenüberstehenden Ledersessel nieder. »Ich bin ein Hesindegläubiger«, sagte er knapp. »Was ich an Dank zu opfern habe, werde ich der erhabenen Magistra opfern.«

Curthan zog die Brauen hoch. »Praios war es, der zu Euren Gunsten eingegriffen hat.«

Jetzt fuhr Mikail auf. »Er hätte nicht einzugreifen brauchen, wenn man mir von Anfang an Glauben geschenkt hätte. Ich habe nie etwas anderes als die Wahrheit gesagt, und Thezmar ebenfalls. Aber Savertin *wollte* uns nicht glauben. Er wollte uns sterben sehen. Jetzt ist er selbst tot, und Praios war es, der ihn getötet hat.«

Curthan sagte mit gelassener Stimme: »Darüber wollte ich mit Euch sprechen. Ich muß Savertins Leichnam nach Festum zurückbringen; die Wahrerin der Ordnung würde nie gestatten, daß wir ihn einfach hier begraben. Das ist jedoch eine lange Reise, und ich muß ihn frisch erhalten. Wollt Ihr mir dabei helfen?«

»Was braucht Ihr?«

»Ein Faß voll Salzlake, groß genug, den Leichnam darin unterzubringen.«

»Das könnt Ihr haben.« Zornig setzte er hinzu: »Mir ist es auch lieber, wenn Hochwürden Savertin nicht auf meinem Boronanger begraben liegt.«

Eine Stunde später war im Baderaum ein großes leeres Salzgurkenfaß aufgestellt, und zwei Kisten mit Pökelsalz standen bereit. Mikail und Thezmar wurden Zeuge, wie der Leichnam des vom Blitz erschlagenen Meisters des Bannstrahls hereingetragen und auf die Ruhebank gelegt wurde. Dann begann der Torturmeister ihn bis auf die Haut auszukleiden. Als er vollständig nackt war, hoben zwei Ritter den Leichnam hoch und setzten ihn in das Faß, so daß er zusammengekauert darin hockte. Das Pökelsalz wurde darübergestreut und mit Wasser aufgegossen. Zuletzt ragte nur noch der weiße Haarschopf des Meister des Bannstrahls aus der Salzlake heraus. Dann wurde der Deckel des Fasses mit langen Nägeln geschlossen, und vier Ritter trugen es hinaus und stellten es in den Käfigwagen – denn das war der einzige Platz, den sie dafür zur Verfügung hatten.

Mikail und Thezmar sahen dem Troß der Meister des Bannstrahls nach, der sich zum Burgtor hinausbegab. Curthan war immerhin wohlerzogen genug, nicht die Gastfreundschaft eines Mannes zu verlangen, den er unschuldig verfolgt hatte. Er hatte sich sehr knapp verabschiedet, und nun zog er mit seinen Rittern, Hunden und dem eingepökelten Leichnam Hochwürden Savertins davon.

Eine halbe Stunde später saßen Mikail und Thezmar in der Badekammer in je einem hölzernen Zuber, und Soscha und Potinka bemühten sich um sie. Thezmar, der seine Zauberkräfte wiedergefunden hatte, hatte seine eigenen Wunden und die des Freundes geheilt. Ein tiefes Wohlbehagen überkam Mikail, als die Mägde ihm den alten Schmutz und Schweiß vom Körper schrubbten und das Haar wuschen.

»Du hast es geschafft«, sagte Thezmar. »Du hast die Vampire besiegt, und du bist der Inquisition entgangen. Jetzt hast du endlich Zeit, dich wie ein richtiger Baron um dein Lehen zu kümmern.«

Mikail nickte und wischte sich das Wasser vom Gesicht. »Ich weiß, es wird Zeit. Ich muß mich einmal ernsthaft mit Thimorn zusammensetzen und die ganzen Verwaltungsdinge durchstudieren. Aber weißt du, was mein erstes Werk sein wird? Ich lasse diese Kammer in ein Dampfbad umbauen. Wenn die Winter hier so lang und kalt sind, werden wir das brauchen.«

Thezmar streckte den nackten Arm aus und faßte spielerisch nach Mikails Hand. »Vergiß die grünen Ruten nicht«, sagte er leise.

Mikail lächelte. Dann sagte er: »Wir müssen heute noch losreiten und Zidonje zurückholen. Ich kann es nicht erwarten, ihr die gute Nachricht zu überbringen, daß wir am Leben und gesund sind.«

Das taten sie auch. Sie ritten nach Fedoran und machten sich dann auf den Weg zur alten Druidenhöhle. Der Tag war klar, aber eine beißende Kälte lag in der Luft. Die beiden ritten eben den Pfad entlang, der in den Wald führte, da rief Thezmar: »Sieh nur! Da kommen uns zwei Frauen entgegen! Sind das nicht Zidonje und die Hexe?«

Tatsächlich, es war Jaminka, die ihnen mit rüstigen Schritten entgegenkam, und an ihrer Seite lief Zidonje.

Mikail sprang vom Pferd, nahm Zidonje in die Arme und küßte sie. »Sagte ich dir nicht, du solltest warten, bis ich dich abhole?« schalt er sie leise.

»Wir wußten, daß die Meister des Bannstrahls abgereist waren«, erwiderte Zidonje. »Zurumbeel ließ es uns wissen. O Mikail, du mußt Schreckliches mitgemacht haben.«

»Laß uns nicht mehr daran denken. Komm, steig auf mein Pferd.«

Thezmar ließ Jaminka (und Zurumbeel) bei sich aufsitzen, und so ritten sie durch den leuchtenden Traviatag zurück nach Schloß Brandthusen, dem einstigen Galgenschloß, von dessen Mauern und Türmen der Fluch gewichen war.

# Anhang

## Erläuterung aventurischer Begriffe

*Die Götter und Monate der Menschen*

1. Praios = Gott der Sonne und des Gesetzes – entspricht Juli
2. Rondra = Göttin des Krieges und des Sturmes – entspricht August
3. Efferd = Gott des Wassers, des Windes und der Seefahrt – entspricht September
4. Travia = Göttin des Herdfeuers, der Gastfreundschaft und der ehelichen Liebe – entspricht Oktober
5. Boron = Gott des Todes und des Schlafes – entspricht November
6. Hesinde = Göttin der Gelehrsamkeit, der Künste und der Magie – entspricht Dezember
7. Firun = Gott des Winters und der Jagd – entspricht Januar
8. Tsa = Göttin der Geburt und der Erneuerung – entspricht März
9. Phex = Gott der Diebe und der Händler – entspricht März
10. Peraine = Göttin des Ackerbaus und der Heilkunde – entspricht April
11. Ingerimm = Gott des Feuers und des Handwerks – entspricht Mai
12. Rahja = Göttin des Weines, des Rausches und der Liebe – entspricht Juni

Die Zwölf = die Gesamtheit der Götter
Der Namenlose = der Widersacher der Zwölf
Los = mythologischer Urriese, der im Ringen mit Sumu die Welt formte

Sumu = mythologische Urriesin, die im Ringen mit Los die Welt schuf

*Maße, Geld, Gewichte*

Meile = 1 km
Schritt = 1 m
Spann = 20 cm
Finger = 2 cm
Halbfinger = 1 cm

Dukat = 50 DM
Silbertaler = 5 DM
Heller = 0,5 DM
Kreuzer = 0,05 DM

Gran = 0,04 g
Unze = 25 g
Stein = 1 kg
Quader = 1 t

*Himmelsrichtungen*

Praios = Süden
Firun = Norden
Efferd = Westen
Rahja = Osten